PASSADO PERFEITO

LEONARDO PADURA

PASSADO PERFEITO

ESTAÇÕES HAVANA

TRADUÇÃO
PAULINA WACHT | ARI ROITMAN

© Leonardo Padura, 2000
© da tradução Boitempo, 2005, 2016
Traduzido do original em espanhol *Pasado perfecto*
First published in Spanish language by Tusquets Editores, Barcelona, 2000

Direção editorial	Ivana Jinkings
Edição	Bibiana Leme
Assistência editorial	Thaisa Burani e Mariana Tavares
Tradução	Paulina Wacht e Ari Roitman
Coordenação de produção	Juliana Brandt
Assistência de produção	Livia Viganó
Capa	Ronaldo Alves
	sobre fotos de Maxence Peniguet (frente)
	e Ulbrecht Hopper (quarta)
Diagramação	Antonio Kehl

Equipe de apoio: Allan Jones / Ana Yumi Kajiki / Artur Renzo / Eduardo Marques / Elaine Ramos / Giselle Porto / Isabella Marcatti / Ivam Oliveira / Kim Doria / Leonardo Fabri / Marlene Baptista / Maurício Barbosa / Renato Soares / Thaís Barros / Tulio Candiotto

CIP-BRASIL. CATALOGAÇÃO NA PUBLICAÇÃO
SINDICATO NACIONAL DOS EDITORES DE LIVROS, RJ

P141p
2. ed.
     Padura, Leonardo, 1955-
     Passado perfeito / Leonardo Padura ; tradução Paulina Wacht , Ari Roitman. -
2. ed. - São Paulo : Boitempo, 2016.
     (Estações Havana)

     Tradução de: Pasado perfecto
     ISBN 978-85-7559-518-3

     1. Romance cubano. I. Roitman, Ari. II. Wacht, Paulina. III. Título. IV. Série.
16-36641   CDD: 868.992313
                                                                     CDU: 821.134.2(729.1)-3

É vedada a reprodução de qualquer parte deste livro sem a expressa autorização da editora.

2ª edição: novembro de 2016
1ª reimpressão: maio de 2019 ; 2ª reimpressão: julho de 2021;
3ª reimpressão: agosto de 2024

BOITEMPO
Jinkings Editores Associados Ltda.
Rua Pereira Leite, 373
05442-000 São Paulo SP
Tel.: (11) 3875-7250 / 3875-7285
editor@boitempoeditorial.com.br
boitempoeditorial.com.br | blogdaboitempo.com.br
facebook.com/boitempo | twitter.com/editoraboitempo
youtube.com/tvboitempo | instagram.com/boitempo

Para Lucía, com amor e sordidez.

Nota do autor

Os fatos narrados neste romance não são reais, embora pudessem ter sido, como a própria realidade o tem demonstrado.

Qualquer semelhança com fatos e pessoas reais é, pois, mera semelhança e obstinação da realidade.

Ninguém, portanto, deve sentir-se mencionado pelo romance.

Ninguém, tampouco, deve sentir-se dele excluído se de alguma maneira for mencionado.

Inverno de 1989

"Girou sobre si mesmo.
– Calem-se! – gritou.
– Nada dissemos – disseram as montanhas.
– Nada dissemos – disseram os céus.
– Nada dissemos – disseram os restos do navio.
– Muito bem, então – disse ele. – Fiquem em silêncio!
Tudo voltara à normalidade."

Ray Bradbury, "Perchance to Dream (Asleep in Armageddon)"
[Talvez sonhar (Dormindo durante o Armagedom)]

"Não tendo mais nada
Entre céu e terra que
Minha memória, que este tempo."

Eliseo Diego, "Testamento"

Não precisava nem pensar muito para entender que o mais difícil ia ser abrir os olhos. Aceitar nas pupilas a claridade da manhã que resplandecia nos vidros das janelas e pintava o quarto com sua iluminação gloriosa e então saber que o ato essencial de levantar as pálpebras é admitir que dentro do crânio habita uma massa escorregadia, disposta a empreender um balé doloroso ante o menor movimento de seu corpo. Dormir, talvez sonhar, pensou, recuperando a frase insistente que o havia acompanhado cinco horas antes, quando caíra na cama respirando o aroma profundo e escuro de sua solidão. Na penumbra remota viu a própria imagem de penitente culpado, ajoelhado diante da privada, descarregando ondas de um vômito ambarino e amargo que parecia interminável. Mas o telefone continuava a tocar como uma rajada de metralhadora perfurando seus ouvidos e triturando seu cérebro, lacerado numa tortura perfeita, cíclica, simplesmente brutal. Afinal tomou coragem. Mal movimentou as pálpebras, foi obrigado a fechá-las: a dor entrou por suas pupilas, e ele teve a convicção singela de que queria morrer e a terrível certeza de que seu desejo não se cumpriria. Sentiu-se muito fraco, sem forças para levantar os braços, apertar a testa e conjurar assim a explosão que cada toque maligno do telefone tornava iminente, mas decidiu enfrentar a dor e ergueu um braço, abriu a mão e conseguiu fechá-la em torno do fone para largá-lo no gancho e recuperar o estado de graça do silêncio.

Sentiu vontade de rir por sua vitória, mas nem isso conseguiu. Quis se convencer de que estava acordado, embora não tivesse muita certeza disso. O braço pendia do lado da cama como um galho quebrado, e ele sabia que a dinamite alojada em sua cabeça emitia bolhas efervescentes e ameaçava explodir a qualquer momento. Estava com medo, um medo conhecido demais e sempre esquecido. Também quis gemer, mas sua língua estava derretida no fundo da boca, e foi então que se produziu a segunda ofensiva do telefone. Não, não, porra, não, por quê?, tá, tá, lamentou-se, levantou a mão até onde estava o aparelho e, com movimentos de guindaste enferrujado, aproximou-o do ouvido e largou-o.

Primeiro foi o silêncio: o silêncio é uma bênção. Depois veio a voz, uma voz espessa e rotunda que ele julgou temível.

– Alô, alô, está me ouvindo? – parecia dizer. – Mario, alô, Mario, está me ouvindo? – e lhe faltou coragem para dizer que não, não estava ouvindo nem queria ouvir, ou então, simplesmente, que era engano.

– Sim, chefe – conseguiu sussurrar afinal, mas antes precisou aspirar até encher os pulmões, obrigar seus dois braços a trabalhar e ir até a altura da cabeça e conseguir que as mãos distantes apertassem as têmporas para aliviar a vertigem de carrossel desencadeada em seu cérebro.

– Vem cá, o que há com você, hein? Que diabo está acontecendo? – era um rugido ímpio, não uma voz.

Tornou a respirar fundo e quis cuspir. Sentiu que a língua tinha engordado, ou então não era a dele.

– Nada, chefe, estou com enxaqueca. Ou pressão alta, sei lá...

– Mario, não vamos começar outra vez. O hipertenso aqui sou eu, e não me chame mais de chefe. O que há com você?

– É isso mesmo, chefe, dor de cabeça.

– Amanheceu metido a gozador, não é? Pois então ouve só: sua folga acabou.

Sem coragem para pensar, abriu os olhos. Como imaginara, a luz do sol atravessava as janelas e à sua volta tudo era brilhante e cálido. Lá fora, o frio na certa havia diminuído e até poderia fazer uma linda manhã, mas sentiu vontade de chorar ou algo bastante parecido com isso.

– Não, Velho, pelo amor de Deus, não me faça uma coisa dessas. É meu fim de semana livre. Você mesmo disse, lembra?

– Era seu fim de semana, meu filho, era. Quem mandou virar polícia?

– Mas por que logo eu, Velho? Você tem um monte de gente aí – protestou e tentou se levantar. A carga móvel de seu cérebro se lançou contra a testa, e ele teve de fechar os olhos outra vez. Uma náusea tardia lhe subiu do estômago, e então ele descobriu, com uma pontada, o desejo inadiável de urinar. Apertou os dentes e tateou buscando os cigarros na mesa de cabeceira.

– Olhe, Mario, não pretendo pôr o assunto em votação. Sabe por que vai ser você? Porque me deu na telha. De maneira que vamos mexendo esse esqueleto: levanta!

– Você não está de brincadeira, né?

– Mario, para... Estou trabalhando, dá para entender? – alertou a voz, e Mario soube que sim, que ele estava trabalhando. – Preste atenção: na quinta-feira, dia 1º, foi notificado o desaparecimento de um executivo do Ministério da Indústria. Está me ouvindo?

– Quero ouvir você, juro.

– Continue querendo e não jure em vão. A esposa registrou a ocorrência às nove da noite, mas o homem ainda não apareceu, e já espalhamos a notícia pelo país inteiro. A coisa está fedendo. Você sabe muito bem que diretores de empresa com nível de vice-ministro não somem assim à toa em Cuba – disse o Velho, conseguindo que a voz transmitisse toda sua preocupação. O outro, por fim sentado na beira da cama, tentou aliviar a tensão.

– Não está no meu bolso, juro.

– Mario, Mario, olha a intimidade – e já era outra a voz. – O caso é nosso, e espero você daqui a uma hora. Se estiver com a pressão alta, tome uma injeção e corra para cá.

Encontrou os cigarros no chão. Era a primeira alegria daquela manhã. O maço estava pisoteado e murcho, mas o encarou com todo seu otimismo. Escorregou pela ponta do colchão até se sentar no piso. Enfiou dois dedos no maço, e o tristíssimo cigarro lhe pareceu um prêmio a seu formidável esforço.

– Você tem fósforos, Velho? – disse ao telefone.

– Por que essa pergunta, Mario?

– Não, nada. O que está fumando hoje?

– Você nem imagina – e a voz soou satisfeita e viscosa. – Um Davidoff, presente de fim de ano do meu genro.

E pôde imaginar o resto: o Velho contemplando a capa sem nervos do charuto, aspirando a fumaça tênue e tentando manter o centímetro e meio de cinza que tornava perfeito o ato de fumar. Menos mal, pensou ele.

– Guarda um pra mim, tá?

– Você não fuma charuto. Compra Populares na esquina e vem para cá.

– Tá, já sei... Escuta, e como se chama o homem?

– Um minuto... Aqui está, Rafael Morín Rodríguez, diretor da Empresa Atacadista de Importações e Exportações do Ministério da Indústria.

– Espera, espera aí – pediu Mario, e olhou para seu desgostoso cigarro. Ele tremia entre seus dedos, mas talvez não fosse pelo álcool.

– Acho que não ouvi direito. Rafael o quê?

– Rafael Morín Rodríguez. Entendeu agora? Muito bem, agora só faltam cinquenta e cinco minutos para você chegar à Central – disse o Velho, e desligou.

O arroto veio como a náusea, furtivo, e um sabor de álcool ardente e fermentado encheu a boca do tenente investigador Mario Conde. No chão, perto da cueca, viu sua camisa. Lentamente se ajoelhou e engatinhou até alcançar a manga. Sorriu. No bolso achou os fósforos e por fim pôde acender o cigarro, já umedecido entre seus lábios. A fumaça o invadiu e, depois da salvadora descoberta do cigarro maltratado, aquela era a segunda sensação agradável de um dia que já começava com rajadas de metralhadora, a voz do Velho e um nome quase esquecido. Rafael Morín Rodríguez, pensou. Depois levantou, apoiando-se na cama, e no trajeto seus olhos descobriram em cima da estante a energia matinal de Rufino, o peixe-de-briga que percorria a interminável redondez de seu aquário. "O que foi, Rufo?", sussurrou e contemplou as imagens do mais recente naufrágio. Não sabia ao certo se deveria pegar a cueca, pendurar a camisa, alisar o velho *jeans* e virar as mangas do casaco para o lado certo. Depois. Chutou a calça e quando caminhava para o banheiro lembrou que estava se urinando já fazia um bocado de tempo. De pé em frente à privada estudou a pressão do jato, que produzia uma espuma de cerveja fresca no fundo do vaso, que não era de flores, pois cheirava mal, e chegou ao seu nariz embotado o fedor amargo dos próprios dejetos. Viu caírem as últimas gotas de seu alívio e sentiu nos braços e nas pernas uma frouxidão de marionete inútil em busca de um cantinho sossegado. Dormir, talvez sonhar, se pudesse.

Abriu o armário de remédios e tirou a caixa de aspirinas. Na noite anterior fora incapaz de tomar uma e agora lamentava o fato como um erro imperdoável. Depositou três comprimidos na palma da mão e encheu um copo de água. Jogou as pílulas na garganta irritada pelas contrações do vômito e engoliu. Fechou o armário, e o espelho devolveu a imagem de um rosto que lhe pareceu distantemente familiar e ao mesmo tempo inconfundível: o diabo, disse para si mesmo, e apoiou as mãos na pia. Rafael Morín Rodríguez, pensou então, e também lembrou que, para pensar, precisava de uma xícara grande de café e um cigarro que não tinha e decidiu expiar todas as suas culpas conhecidas sob o frio perfurante do chuveiro.

– Puta merda, que desastre – falou consigo enquanto se sentava na cama para lambuzar a testa com aquela pomada chinesa, cálida e salvadora, que sempre o ajudava a viver.

Conde olhou, com uma saudade que já lhe parecia bastante conhecida, a Calzada do bairro, os latões de lixo em erupção, as embalagens de pizza para viagem arrastadas pelo vento, a pracinha onde aprendeu a jogar futebol transformada em depósito da sucata produzida pela oficina mecânica da esquina. Onde se aprende a jogar bola agora? Encontrou a manhã bela e morna que havia pressentido, e era agradável caminhar com o sabor do café ainda na boca, mas viu um cachorro morto, com a cabeça esmagada por um carro, apodrecendo ao lado do contêiner, e pensou que sempre via o pior, mesmo numa manhã como aquela. Lamentou o destino desses animais sem sorte, que doía nele como uma injustiça que ele mesmo não tentava remediar. Fazia muito tempo que não tinha um cachorro, desde a agônica e prolongada velhice de Robin, e estava cumprindo a promessa de não tornar a se afeiçoar por nenhum animal, até o dia em que se decidiu pela silenciosa companhia de um peixe-de-briga; insistia em chamá-los de Rufino, que era o nome do seu avô criador de galos de rinha, peixes sem manias nem personalidade definida, que a cada morte ele podia substituir por outro similar, também chamado de Rufino e confinado no mesmo aquário, onde exibiria orgulhoso o azul impreciso de suas barbatanas de animal de combate. Preferiria que suas mulheres passassem tão levemente quanto aqueles peixes sem história, mas as mulheres e os cachorros são terrivelmente diferentes dos peixes, mesmo os de briga, e ainda por cima não podia fazer em relação às mulheres as promessas abstencionistas que estabelecera em relação aos cachorros. No final, pressentia, ia acabar militando numa sociedade protetora de animais de rua e homens infelizes com as mulheres.

Botou os óculos escuros e caminhou até o ponto de ônibus pensando que o aspecto do bairro devia ser igualzinho ao seu, uma espécie de paisagem depois de uma batalha quase devastadora, e sentiu que alguma coisa se ressentia em sua memória mais afetiva. A realidade visível da Calzada contrastava com a imagem tão doce da lembrança daquele mesmo lugar, uma imagem que ele chegara a questionar se era mesmo real, se a tinha herdado da nostalgia histórica dos relatos do avô ou se simplesmente a inventara para tranquilizar o passado. A gente não precisa passar a porra da vida pensando, refletiu, e notou que o suave calor da manhã ajudava os analgésicos em sua missão de restituir peso, estabilidade e algumas funções primárias ao que havia dentro da sua cabeça, prometendo a si mesmo nunca mais repetir aqueles excessos etílicos. Seus olhos ainda ardiam de sono quando comprou o maço de cigarros e sentiu a fumaça complementando o sabor do café, e já era outra vez um ser em condições de pensar, até mesmo de lembrar. Então se arrependeu de ter dito a si mesmo que queria morrer e, para demonstrar que não queria, correu atrás do inconcebível ônibus quase vazio, coisa que o fez suspeitar que aquele ano começava absurdo, e nem sempre o absurdo faz a gentileza de se apresentar sob o disfarce de um ônibus vazio àquela hora da manhã.

Era uma e vinte, mas todos já estavam lá, com certeza não faltava ninguém. Tinham se dividido em grupos, e olhe que eram quase duzentos, e podiam ser reconhecidos pelo aspecto: sob as *majaguas*, ao lado da grade, estava o pessoal do Varona, donos havia muito tempo daquele canto privilegiado, o que dá mais sombra. Para eles o colégio pré-universitário consistia apenas em atravessar a rua que os separava, e pronto: falavam em voz alta, riam, ouviam Elton John a todo volume num rádio portátil Meridian que sintonizava perfeitamente a WQAM, *from* Miami, Flórida, e estavam com as gatinhas mais bonitas dessa tarde. Sem discussão. Os caras do Párraga, vaidosos e selvagens, resistiam ao sol de setembro no meio da Praça Vermelha, e aposto que estavam nervosos. Sua pose os tornava cautelosos, eram desses caras que usam cuecões por via das dúvidas, homem é homem e o resto é viadagem, diziam e observavam tudo passando o lenço pela boca, quase nem falavam, e a maioria exibia seu topete, o cabelo bem rente de praxe e a macheza, e as meninotas realmente não eram de se jogar fora, deviam ser ótimas dançarinas de salsa e coisa e tal e conversavam baixinho, como se estivessem um pouco assustadas por verem tanta gente junta pela primeira vez na vida. Os do Santos Suárez não, esses eram diferentes, pareciam mais finos, mais lourinhos, mais estudiosos, mais limpos e arrumadinhos, sei lá: tinham cara de gente da vanguarda e de ter mães e pais poderosos. Mas os do Lawton eram quase iguais aos do Párraga: na maioria eram só uns sujeitinhos metidos a malandros que olhavam tudo com desconfiança, também passavam o lenço pela boca, e logo pensei que ia haver duelo de valentões.

Nós, lá do bairro, éramos os mais indefiníveis: a turma do Loquillo, o Potaje, o Ñáñara e todo esse pessoal parecia ser do Párraga pelo cabelo e pelas atitudes; havia outros que pareciam do Santos Suárez, o Pello, o Mandrake, o Ernestico e o Andrés, talvez pela roupa; outros, do Varona, pela segurança e pela firmeza como fumavam e falavam; e eu parecia um verdadeiro bobalhão ao lado do Coelho e do Andrés, tentando absorver tudo pelos olhos e procurando na multidão alheia e desconhecida a garota que deveria ser minha namorada: eu queria que fosse trigueira, de cabelo comprido, boas pernas, bem gatinha, mas não gatinha assanhada, para que na escola rural lavasse a minha roupa e essas coisas, e, claro, que não fosse virgem, para não vir com a conversa de não quero transar e coisa e tal, afinal eu não a quero para casar, tomara que seja do La Víbora ou do Santos Suárez, esse pessoal sempre dá tremendas *partys*, e eu não ia recuar para Párraga ou Lawton, e as meninas lá no bairro não me interessavam, estavam por fora, não davam para ninguém, inclusive iam às festas com a mãe; minha namorada precisava cair no meu grupo, na lista havia mais mulheres do que homens, quase o dobro, fiz a conta e dava 1,8 para cada homem, uma inteira e a outra sem cabeça ou sem um peito, disse o Coelho, talvez fosse aquela mestiça, mas ela é do Varona, e esse pessoal já vem com namorado; e então o sinal tocou, e nesse dia 1º de setembro de 1972 abriram-se as portas do colégio de La Víbora, onde me aconteceriam tantas coisas.

Estávamos quase entusiasmados por entrar na gaiola, veja só o que não faz um primeiro dia de aula... Como se o espaço não fosse suficiente, alguns até correram – eram algumas, é claro – até o pátio, onde umas estacas de madeira numeradas indicavam o lugar em que cada grupo deveria formar fila. O meu era o cinco, e lá do bairro só vi o Coelho, que estudava comigo desde a quinta série. O pátio se encheu, eu nunca tinha visto tanta gente numa mesma escola, nunca mesmo, e comecei a olhar as fêmeas do grupo para fazer uma pré-seleção de candidatas. Olhando-as eu nem sentia o sol, que estava de derreter os miolos, e então cantamos o hino, e o diretor subiu no palanque que estava sob o pórtico, bem na sombra, e começou a falar pelo microfone. A primeira coisa que fez foi nos ameaçar: as mulheres, saias abaixo do joelho, e com sua correspondente franja, que para isso na inscrição haviam recebido o papel para comprar uniforme; homens, cabelo curto acima das orelhas, sem costeletas nem bigode; mulheres, blusa para dentro da saia, com colarinho, sem enfeites, que para isso na inscrição...; homens, calças normais, nem justas nem bocas-de-sino, que isto aqui é uma escola e não um desfile de moda; mulheres, meias esticadas, não enroladas nos tornozelos – como ficavam ótimas daquele jeito, até as magras pareciam melhorar –; homens, na primeira indisciplina, nem precisava ser grave, apenas regular, à disposição do Comitê Militar, que isto aqui é uma escola, e não o Reformatório de Torrens; mulheres, homens: proibido fumar nos banheiros, na hora do recreio ou em qualquer outra hora; e outra vez mulheres, homens, e o sol começou a me arder pelo corpo todo enquanto o diretor falava lá na sombra, e a segunda coisa que fez foi chamar o presidente da Federação de Estudantes do Ensino Médio. Ele subiu na plataforma e mostrou seu deslumbrante sorriso. Colgate, deve ter pensado o Magro, mas eu ainda não conhecia o cara magro que estava atrás de mim naquela fila. Para ser presidente dos estudantes, ele devia ser do segundo ou do terceiro ano, depois soube que era do terceiro, alto, quase louro, de olhos bem claros – um azul ingênuo e esvaecido –, parecendo recém-saído do banho, penteado, barbeado, perfumado, empertigado e, apesar da distância e do calor, muito seguro de si, quando começou o discurso se apresentando como Rafael Morín Rodríguez, presidente da Federação de Estudantes do Ensino Médio do Pré-Universitário René O. Reiné e membro do Comitê Municipal da Juventude. Lembro-me dele, do sol que me deixou com dor de cabeça e da certeza que tive de que aquele garoto tinha nascido para ser dirigente: falou até não poder mais.

As portas do elevador se abriram com a lentidão de uma cortina de teatro barato, e só então o tenente Mario Conde percebeu que aquela cena não incluía óculos escuros. A dor de cabeça quase cedera, mas a imagem familiar de Rafael Morín remexia lembranças que ele imaginava perdidas nos recantos mais obsoletos da memória. Conde gostava de lembrar, era um lembrador do cacete, dizia o Magro, mas ele teria preferido outro motivo para as rememorações. Avançou pelo corredor com mais vontade de dormir do que de trabalhar e, quando chegou ao escritório do Velho, ajeitou a pistola que estava quase escapulindo da cintura.

Maruchi, a chefe de expediente do Velho, tinha saído da recepção, e pelo horário ele calculou que devia estar lanchando. Bateu no vidro da porta, abriu e viu o major Antonio Rangel atrás de sua escrivaninha. Ouvia atentamente o que alguém lhe dizia ao telefone, e a ansiedade o fazia empurrar o charuto de um lado para o outro da boca. Com os olhos indicou a Conde a pasta aberta sobre a mesa. O tenente fechou a porta e se sentou diante do chefe, disposto a esperar o final da conversa. O major ergueu as sobrancelhas, pronunciou um seco entendo, entendo, certo, esta tarde, e desligou.

Então olhou admirado para a ponta maltratada do seu Davidoff. Havia ferido o charuto, os charutos são ciumentos, e com certeza seu sabor já não era o mesmo. Fumar e parecer mais jovem eram seus dois vícios confessos, e dedicava-se a ambos com esmero de artesão. Anunciava com orgulho seus cinquenta e oito anos de idade, sorrindo com o rosto sem rugas e acariciando o estômago de faquir; usava uniforme justo, os cabelos grisalhos das costeletas pareciam um capricho juvenil, e passava o final de suas tardes livres entre a piscina e a quadra de *squash*, aonde também levava seu charuto. E Conde o invejava profundamente: sabia que aos sessenta anos – se chegasse até lá – seria um velho artrítico e cheio de manias e por isso invejava o garbo evidente do major, o tabaco nem sequer o fazia tossir, e além do mais dominava todas as artimanhas de como ser um bom chefe, muito simpático ou muito exigente absolutamente segundo sua própria vontade. O mais temível dos seus atributos, sem dúvida, era a voz. A voz é o espelho da alma dele, pensava Conde sempre que absorvia as nuances de tom e gravidade pelas quais o major transitava nas conversas. Mas agora tinha nas mãos um Davidoff ferido e uma conta a acertar com um subordinado, e recorreu a uma de suas piores combinações de voz e tom.

– Não quero discutir o que houve esta manhã, mas não vou aturar mais. Antes de conhecer você, eu não era hipertenso, e não há de ser você quem vai me matar de infarto, para isso faço muita natação e transpiro feito um selvagem na quadra. Sou seu superior e você é um policial, escreva isso na parede do quarto para não esquecer nem mesmo

quando estiver dormindo. Da próxima vez te corto os ovos, entendeu?
E olhe bem que horas são, dez e cinco, ok?

Conde baixou a vista. Em sua cabeça surgiram algumas boas piadas,
mas sabia que não era hora. Na realidade, com o Velho não havia hora,
e mesmo assim vez por outra ele mostrava atrevimento:

— Você disse que ganhou esse Davidoff do seu genro, não foi?

— Uma caixa de vinte e cinco, lembrança de fim de ano. Mas não
mude de assunto, eu te conheço – e voltou a estudar, como se não estivesse entendendo nada, a agonia fumacenta do charuto. – Já estraguei
este... Bem, falei há pouco com o ministro da Indústria. Ele está muito
preocupado com o caso, acho que estava até um pouco alterado. Disse
que Rafael Morín é um quadro importante numa das secretarias do
Ministério, que trabalhou com muitos empresários estrangeiros, e quer
evitar um possível escândalo. – Fez uma pausa e chupou o havano. – Isto
é o que temos até agora – disse e empurrou a pasta para o subordinado.

Conde pegou a pasta, sem abri-la. Pressentia que aquilo podia ser
uma réplica da caixa terrível de Pandora e preferiria não ser ele a libertar
os demônios do passado.

— Por que você me escolheu, justo eu, para este caso? – perguntou
então.

O Velho tornou a chupar o charuto. Parecia esperançoso de uma
imprevisível melhora, ia se formando uma cinza pálida, regular, saudável, e ele aspirava suave, a medida certa em cada baforada para não
encabritar o fogo nem maltratar o nervo sensível do charuto.

— Não vou dizer, como já disse tempos atrás, que escolhi você porque
é o melhor, ou porque tem uma sorte do caralho e contigo as coisas dão
certo. Nem pensar, tudo isso já era, ok? E se eu disser que escolhi você
porque me deu na telha, ou porque prefiro ver você por aqui e não em
casa sonhando com romances que nunca vai escrever, ou porque esse
é um casinho de merda que qualquer um resolve? Escolha a ideia que
preferir e marque um xis.

— Fico com uma que você não quer me dizer.

— Isso é problema seu. Entendido? Olhe, em cada província há
um oficial encarregado da busca do Morín. Aqui está o registro da

22

ocorrência, as ordens que foram dadas ontem e a lista de pessoas que podem trabalhar com você. Incluí outra vez o Manolo... Eis os dados do homem, uma foto e uma pequena biografia que a mulher fez para nós.

– Que diz que ele é um cara impecável.

– Sei que você não gosta dos impecáveis, mas se deu mal. É, parece um homem impecável, um companheiro de confiança, e ninguém tem a menor ideia de onde possa estar metido ou do que lhe aconteceu, embora eu pense no pior... Mas, e você, não se interessa por nenhum detalhe? – trovejou, mudando bruscamente o tom da voz.

– Saída do país?

– Muito improvável. Além do mais, só houve duas tentativas, frustradas. O vento do norte está danado.

– Hospitais?

– Claro que nada, Mario.

– Hotéis?

O Velho negou com a cabeça e apoiou os cotovelos na mesa. Talvez estivesse entediado.

– Asilo político em motéis, puteiros, bares clandestinos?

Afinal sorriu. Um leve movimento do lábio sobre o charuto.

– Vá embora, Mario, e não esqueça: da próxima vez eu te ferro, com processo por desacato e tudo.

O tenente Mario Conde se levantou. Pegou a pasta com a mão esquerda e, depois de arrumar a pistola, esboçou uma saudação militar. Estava começando a virar-se quando o major Rangel ensaiou outra das suas combinações de voz e tom, buscando o raro equilíbrio que indicasse persuasão e curiosidade ao mesmo tempo:

– Mario, só quero fazer duas perguntas – e apoiou a cabeça entre as mãos. – Garoto, por que você entrou para a polícia? Conta de uma vez, vai.

Conde olhou para os olhos do Velho como se não houvesse entendido alguma coisa. Sabia que conseguia desconcertá-lo com sua mistura de despreocupação e eficácia e gostava de usufruir daquela mínima superioridade.

– Não sei, chefe. Estou matutando nisso há doze anos e ainda não sei por quê. E a outra pergunta?

O major se levantou e rodeou a mesa. Alisou a camisa do uniforme, uma jaqueta com dragonas e galões que parecia recém-chegada da lavanderia. Examinou os sapatos, a calça, a camisa e o rosto do tenente.

– Já que você é policial, quando vai se vestir como um policial, hein? E por que não se barbeia direito? Olha só, parece até doente.

– Foram três perguntas, major. Quer três respostas?

O Velho sorriu e negou com a cabeça.

– Não, quero que encontre o Morín. Afinal de contas, não me interessa por que você resolveu ser polícia e menos ainda por que não troca essa calça desbotada. O que me interessa é que seja rápido. Não gosto de ministros me pressionando – disse, retribuindo a continência a contragosto e voltando à sua mesa para ver o tenente Mario Conde sair.

Assunto: Desaparecimento

Depoente: Tamara Valdemira Méndez

Endereço residencial: Santa Catalina, 1.187, Santos Suárez, Cidade de Havana

Carteira de Identidade: 56071000623

Profissão: Odontologista

Relato do caso: Às 21h35 da quinta-feira, 1º de janeiro de 1989, a Depoente apresentou-se nesta Delegacia para notificar o desaparecimento do cidadão Rafael Morín Rodríguez, esposo da Depoente e morador no endereço supracitado, carteira de identidade 52112300565, cujas características são: pele branca, cabelo castanho-claro, olhos azuis, altura aproximada de 1,80 m. Explica a Depoente que, nas primeiras horas da madrugada do dia 1º de janeiro, e após participar de uma festa onde comemorou a passagem do ano com colegas de trabalho e amigos, a Depoente voltou a sua casa acompanhada pelo citado Rafael Morín Rodríguez e, após verificar que o filho de ambos dormia em seu quarto com a mãe da Depoente, dirigiram-se para o quarto de ambos e se deitaram, e que na manhã seguinte, quando a Depoente acordou, o cidadão Rafael Morín Rodríguez já não estava na casa, mas que a princípio não deu importância ao fato, porque ele costumava sair sem informar seu paradeiro. Por volta do meio-dia, um tanto preocupada, a Depoente telefonou para alguns amigos e colegas do serviço, assim como para a Empresa onde Rafael Morín Rodríguez trabalha, sem obter informação alguma sobre sua localização. Que a essa altura ficou preocupada, porque o cidadão Rafael Morín não utilizara o automóvel de sua propriedade (Lada 2107, placa HA11934) nem o da Empresa, que estava na oficina. Já na parte da tarde, acompanhada pelo cidadão René Maciques Alba, colega de trabalho do Desaparecido, ligaram para vários hospitais, sem resposta positiva, e depois visitaram outros com os quais fora impossível a comunicação por via telefônica, obtendo igual resultado negativo. Às 21h se apresentaram nesta Delegacia a Depoente e o cidadão René Maciques Alba com o propósito de registrar esta Ocorrência pelo desaparecimento do cidadão Rafael Morín Rodríguez.

Oficial de Guarda: Sgto. Lincoln Capote

Número de Ocorrência: 16-0101-89

Chefe da Delegacia: Primeiro Tte. Jorge Samper

Anexo 1: Fotografia do Desaparecido

Anexo 2: Informações profissionais e pessoais do Desaparecido

Iniciar a investigação. Elevar a nível de prioridade 1, Delegacia Provincial C. de Havana

Viu Tamara prestando seu depoimento e olhou outra vez para a foto do desaparecido. Era isto: um ímã que remexia saudades longínquas, dias que muitas vezes quis esquecer, melancolias sepultadas. Devia ser recente, o papel brilhava, mas poderia ter vinte anos e continuaria sendo a mesma pessoa. Certo? Certo: parecia imune aos pesares da vida e cordial mesmo nas fotografias de passaporte, sempre alheio ao suor, à acne e à oleosidade, à ameaça escura da barba, com esse quê de anjo irrepreensível e perfeito. Agora, porém, era um desaparecido, um caso policial quase vulgar, mais um trabalho que preferiria não realizar. O que está acontecendo, cacete?, pensou ao sair do escritório, sem vontade de ler o relatório com informações pessoais e profissionais do impecável Rafael Morín. Da janela do seu pequeno cubículo, usufruía um quadro que lhe parecia simplesmente impressionista, composto pela rua ladeada de velhíssimos loureiros, uma difusa mancha verde sob o sol, mas capaz de refrescar seus olhos doloridos, um mundo insignificante do qual conhecia cada segredo e cada alteração: um ninho novo de pardais, um galho que começava a morrer, uma troca de folhagem notada na escuridão daquele verde perpétuo e difuso. Atrás das árvores, uma igreja com grades altas e paredes lisas, alguns edifícios apenas entrevistos e, ainda, bem ao fundo, o mar, que só se percebia como uma luz e um aroma distantes. A rua estava vazia e cálida, e sua cabeça, apenas vazia e um pouco embotada; pensou em como gostaria de estar sentado debaixo daqueles loureiros, ter dezesseis anos outra vez, um cachorro para acariciar e uma namorada para esperar: então, sentado ali com a maior simplicidade, brincaria de sentir-se muito feliz e talvez até conseguisse recompor seu passado, que então seria seu futuro, e calcular logicamente como seria a sua vida. Adorava calcular, porque tentaria fazê-la diferente: aquela longa cadeia de erros e acasos que tinham formado a sua existência não podia se repetir, devia haver algum modo de endireitá-la ou ao menos rompê-la e tentar outra fórmula, na verdade outra vida. Seu estômago parecia mais sossegado, e ele desejava estar com a cabeça fresca para se meter naquele caso que vinha do passado, disposto a quebrar a tranquilidade da abulia sonhada para o fim de semana. Apertou a tecla vermelha do interfone e pediu para chamarem o sargento Manuel Palacios. Eu poderia ser como o Manolo, pensou, e pensou que felizmente existiam pessoas como o Manolo, capazes de tornar agradável a rotina dos dias de trabalho apenas com sua presença e seu otimismo. Manolo era um bom amigo, comprovadamente discreto e tranquilamente ambicioso, e Conde o preferia entre todos os sargentos e auxiliares de investigação da Central.

26

Viu a sombra que crescia contra o vidro da porta, e o sargento Manuel Palacios entrou sem bater.

– Pensei que você ainda não tivesse chegado... – disse, ocupando uma das cadeiras diante da mesa de Conde. – Que vida, irmão. Nossa, que cara de sono.

– Nem te conto o porre que tomei ontem. Horroroso – e sentiu que estremecia só de lembrar. – Era aniversário da velha Josefina, e começamos com umas cervejas que arranjei, depois seguimos com vinho tinto no jantar, um vinho romeno meio vagabundo, mas que desce bem, e terminamos eu e o Magro às voltas com um litro do rum envelhecido que supostamente era o presente que ele tinha dado à mãe. Quase morri quando o Velho me ligou.

– Maruchi disse que ele estava furioso porque você bateu o telefone na cara dele – sorriu Manolo, acomodando-se melhor na cadeira. Tinha apenas vinte e cinco anos e um evidente risco de escoliose: nenhum assento resultava propício para suas nádegas franzinas e ele não suportava ficar muito tempo em pé sem caminhar. Tinha braços compridos e corpo magro, com alguns movimentos de animal invertebrado: das pessoas que Conde conhecia, era a única capaz de morder o próprio cotovelo e lamber o nariz. Movia-se como se flutuasse, e olhando para ele se podia pensar que era fraco, até mesmo frágil, e por certo mais jovem do que aparentava ser.

– Acontece que o Velho está preocupado. Ele também foi chamado lá em cima.

– A barra está pesada, né? Porque foi ele mesmo que me ligou.

– Mais do que pesada. Olhe, leve isto – disse, organizando os papéis da pasta –, leia com atenção, e saímos em meia hora. Vou pensar por onde a gente começa.

– E você ainda pensa, Conde? – perguntou o sargento ao sair do escritório, movendo-se com sua leveza gasosa.

Conde tornou a olhar para a rua e sorriu. Sim, ele ainda pensava, e sabia que aquilo era uma bomba. Pegou o telefone, discou, e o som metálico do toque trouxe lembranças de um despertar terrível.

– Alô – ouviu.

– Jose, sou eu.

– Oi, como você acordou, garoto? – perguntou a mulher, e ele a sentiu alegre.

– É melhor nem falar disso, mas foi um belo aniversário, não foi? Como anda a béstia?

– Ainda não acordou.

– Tem gente que pode.

– E o que há de novo? De onde está ligando?

Suspirou e olhou outra vez para a rua antes de responder. O sol continuava ardendo no céu limpo, era um sábado que parecia feito sob medida, dois dias antes ele havia encerrado um caso de evasão de divisas, que o deixara esgotado com interrogatórios que pareciam intermináveis, e pretendia dormir todas as manhãs até segunda-feira. E agora esse homem tinha sumido.

– Do aquário, Jose – lamentou, referindo-se ao seu pequeno escritório. – Hoje me acordaram cedinho. Não há justiça para os justos, minha cara, pode acreditar.

– Então você não vem para o almoço?

– Acho que não. Escuta, que cheiro é esse que estou sentindo pelo telefone?

A mulher riu. Sempre consegue rir, que fantástica.

– Você não sabe o que vai perder, garoto.

– *Something special?*

– Não, *nothing special*, mas bem gostoso. Preste atenção: os inhames que você trouxe, cozidos, com molho, bastante alho e laranja-azeda; umas costelinhas de porco que sobraram de ontem, e olha que já estão quase cozidas pela marinada e são duas por cabeça; o feijão-preto está pegando sabor, do jeito que vocês gostam, porque vai ficar bem curtido, delicioso, e agora mesmo vou botar um fio de azeite argentino que comprei no armazém; o arroz já está no fogo baixo, e também com alho, como recomendou aquele nicaraguense amigo seu. E a salada: alface, tomate e rabanete. Ah, sim, e doce de coco ralado com queijo... Ainda não morreu, Condesito?

– Puta merda, Jose – disse, sentindo uma reviravolta em seu abdome maltratado. Era fanático por mesas generosas, dava a vida por um cardápio como aquele e sabia que Josefina estava preparando a comida especialmente para ele e para o Magro, e ele ia perder. – Chega, não quero falar mais contigo. Chama o Magro, acorda aquele bêbado de merda!

– Diz-me com quem andas... – riu Josefina, largando o fone. Fazia vinte anos que a conhecia e nem nos piores momentos a vira ser fatalista ou derrotada. Conde a admirava e gostava dela, às vezes de maneira mais tangível que da sua própria mãe, com quem nunca tivera a identificação nem a confiança que lhe inspirava a mãe de Carlos, o Magro, que não era mais magro.

– Alô – disse o Magro, e sua voz soava profunda e pegajosa, tão horrível como devia ter soado a dele quando o Velho o acordara.

– Vou curar teu porre – anunciou Mario, e sorriu.

– Porra, até que seria ótimo, porque estou morto. Escuta, bicho, nunca mais vou tomar outro como o de ontem à noite, juro pela tua mãe.

– Está com dor de cabeça?

– É a única coisa que não dói – respondeu o Magro. Ele nunca sentia dor de cabeça, Mario sabia: podia beber qualquer quantidade de álcool, a qualquer hora, misturar vinho doce, rum e cerveja e cair de bêbado, mas nunca sentia dor de cabeça.

– Bem, vamos ao assunto. Me ligaram esta manhã...

– Do trabalho?

– Me ligaram esta manhã do trabalho – continuou Conde – para me passar um caso urgente. Um desaparecimento.

– Não brinca, Baby Jane sumiu outra vez, cara?

– Continua zoando, parceiro, que vou acabar com você. O desaparecido é ninguém mais, ninguém menos que um diretor de empresa com nível de vice-ministro, e é seu amigo. Chama-se Rafael Morín Rodríguez. – Um bom silêncio. Acertei no queixo, pensou. Ele nem sequer disse: porra, cara. – Magro?

– Porra, cara. O que aconteceu?

– É isso aí, desapareceu, sumiu do mapa, voou feito Matías Pérez, ninguém sabe onde está. Tamara deu queixa na polícia no dia 1º à noite, e até agora o sujeito continua sem aparecer.

– E não se sabe de nada? – a expectativa aumentava a cada pergunta, Conde imaginava a cara do amigo e, entre as manifestações de assombro do Magro, conseguiu contar os detalhes que conhecia do caso Rafael Morín. – E agora, o que você vai fazer? – perguntou o Magro, depois de assimilar a informação.

– Rotina. Ainda não me ocorreu nada. Vou interrogar pessoas, coisas assim, como sempre, sei lá.

– E é por culpa de Rafael que você não vem almoçar?

– Olhe, falando nisso, diz para a Jose guardar a minha parte, não dar para nenhum imbecil morto de fome que passar. Quando terminar, sigo para aí.

– E vai me contar, não é?

– E vou te contar. Evidentemente, preciso ir ver Tamara. Mando lembranças suas?

– E também os parabéns, porque começou o ano novo com vida nova. Olha, bicho, depois me conta se a gêmea continua gostosa como sempre. Espero você de noite, cara.

– Calma aí – apressou-se Conde. – Quando o porre passar, pensa um pouco nessa história e depois conversamos.

– E o que voocê acha que vou fazer? Em que vou pensar? Depois conversamos.

– Bom apetite, meu irmão.

– Vou dar seu recado para a velha, meu irmão – disse e desligou, e Mario Conde pensou que a vida é uma merda.

O magro Carlos já não é magro, pesa mais de noventa quilos, cheira a azedo como todos os gordos, e o destino foi cruel com ele, mas quando o conheci era um magro que parecia que ia se quebrar a qualquer hora. Sentou na minha frente, ao lado do Coelho, sem saber que iríamos ocupar essas três carteiras, ao lado da janela, todo o tempo que passássemos no pré-universitário. Ele tinha uma lâmina afiadíssima para fazer ponta nos lápis, e eu perguntei: "Ei, Magro, me empresta esse canivete?", e daquele dia em diante chamei-o de Magro, mas não podia imaginar que ele seria meu melhor amigo e que algum dia deixaria de ser magro.

Tamara sentava duas fileiras à frente do Coelho, e ninguém sabia por que tinham mandado sua irmã gêmea para outro grupo, pois as duas vinham da mesma escola, tinham a mesma idade, os mesmos sobrenomes e até o mesmo rosto lindíssimo, dá para entender? Mas afinal foi melhor assim, porque Aymara e Tamara se pareciam tanto que talvez não soubéssemos nunca quem era uma e quem era a outra. Quando o Magro e eu nos apaixonamos por Tamara, estivemos a ponto de deixar de ser amigos, e foi Rafael quem veio resolver a questão: nem para o Magro, nem para mim. Ele se declarou a Tamara, e dois meses depois do começo do curso os dois já eram namorados, desses grudentíssimos que se encontram no recreio e ficam conversando os vinte minutos de mãos dadas, olhando-se o tempo todo, e tão longe do ruidoso mundo que em qualquer lugar explodiam em beijocas. Eu seria capaz de matá-los.

Mas o Magro e eu continuamos amigos e apaixonados por ela, e podíamos compartilhar nossa frustração pensando nas coisas ruins que desejávamos a Rafael: desde uma perna quebrada até coisa pior. E, quando estávamos muito fodidos, nos imaginávamos namorados de Tamara e Aymara – não importava na época quem era de quem, mas nós dois preferíamos sempre Tamara, não sei por que, já que as duas eram lindíssimas – e nos casávamos e morávamos em casas tão gêmeas quanto as irmãs: tudo igualzinho, uma ao lado da outra. E, como éramos muito distraídos, às vezes errávamos de casa e de irmã, e o marido de Aymara ficava com Tamara e vice-versa, para nos consolar e nos divertir muito, e depois tínhamos filhos gêmeos, que nasciam no mesmo dia – quatro ao mesmo tempo –, e os médicos, que também eram distraídos, confundiam as mães e os filhos e diziam: dois pra cá, dois pra lá, e além do mais as crianças cresciam juntas, mamavam no peito de qualquer uma das mães e depois se confundiam de casa o tempo todo, e assim passávamos horas falando bobagens, até que os garotos ficavam grandes e se casavam com umas meninas que eram quádruplas e também iguaizinhas e começava uma grande confusão, enquanto Josefina, depois de chegar do trabalho, baixava o volume do rádio, não sei como vocês podem suportar essa cantilena o dia inteirinho, reclamava, vão ficar surdos, dizia, mas nos preparava leite batido – às vezes com manga, outras com *mamey* e até com chocolate. O Magro ainda era magro da última vez que brincamos de nos casar com as gêmeas. Estávamos no terceiro ano do pré-universitário, ele namorava a Dulcita, e a Cuqui já havia terminado comigo, quando Tamara anunciou na sala de aula que ela e Rafael iam se casar e convidavam a todos, a festa seria na casa dela – e, por mais que lá as festas sempre fossem muito boas, juramos que não iríamos. Nessa noite tomamos nosso primeiro porre memorável: na época, um litro de rum era demais para nós dois, e Josefina teve de nos dar um banho, uma colherada de beladona para suportar os vômitos e o mal-estar e, até, de nos colocar uma bolsa de gelo no saco.

O sargento Manuel Palacios engatou a ré, pisou no acelerador, e os pneus gemeram maltratados quando o carro recuou para sair do estacionamento. Parecia menos frágil quando, sentado ao volante, olhou para a porta da Central e viu o rosto incólume do tenente Mario Conde: talvez não tivesse conseguido impressioná-lo com aquela manobra tipo Gene Hackman em *French Connection*. Embora fosse muito jovem e sobre ele se comentasse que dentro de poucos anos seria o melhor investigador da Central, o sargento Manuel Palacios mostrava uma imaturidade evidente quando tinha nas mãos uma mulher ou um volante. A fobia de Conde ao exercício, para ele excessivamente complexo, de dirigir com as mãos, acompanhar com o olhar o que havia à frente e atrás do carro e, ao mesmo tempo, acelerar, mudar a marcha ou frear com os pés fazia de Manolo o motorista permanente nos casos que o Velho insistia em entregar aos dois. Conde sempre achou que aquele concubinato automobilístico que economizava um motorista era o motivo pelo qual o major Rangel os escalava juntos com tanta frequência. Na Central alguns diziam que Conde era o melhor

32

investigador da equipe e que o sargento Palacios logo o superaria, mas poucos entendiam a afinidade nascida entre a parcimônia sufocante do tenente e a vitalidade arrasadora daquele sargento quase famélico e com rosto de criança, que com certeza fizera algum truque para ser aceito na Academia da Polícia. Só o Velho percebeu que eles poderiam se entender. Afinal pareciam ter conseguido.

Conde foi para o carro. Caminhava com um cigarro nos lábios e o casaco aberto, escondendo as olheiras atrás dos óculos escuros. Parecia preocupado quando abriu a porta e se sentou no banco da frente.

– Bem, afinal, vamos para a casa dessa mulher? – perguntou Manolo, pronto para dar a partida.

Conde ficou em silêncio por uns instantes. Guardou os óculos no bolso do casaco, pegou a foto de Rafael Morín que estava na pasta e a colocou sobre as pernas.

– O que acha desta cara? – perguntou.

– A cara? Bem, quem entende de psicologia é você, eu gostaria de ouvi-lo para saber alguma coisa.

– E, por enquanto, o que acha dessa história?

– Ainda não sei, Conde, mas é atípica. Quer dizer – retificou olhando para o tenente –, é estranho pra caralho, né?

– Continue – incentivou Conde.

– Olhe, por enquanto um acidente está fora de questão, e não há evidências de uma fuga do país, pelo menos é o que dizem os últimos relatórios que acabei de ver, mas de todo modo eu não apostaria nisso. Não pensaria num sequestro, porque também não vejo lógica.

– Esqueça a lógica e continue.

– Bem, não vejo lógica num sequestro porque não sei o que se pode pedir em troca dele, e não acho que tenha fugido com uma mulher ou coisa assim, certo?, porque seguramente ele iria imaginar o escândalo que isso provocaria, e ele não parece alguém capaz de fazer essas loucuras. Custaria o próprio emprego, não é verdade? Resta uma solução com duas possibilidades: ou mataram o cara por puro acaso, talvez para roubar alguma coisa ou porque o confundiram com alguém, ou então o mataram porque realmente estava metido em alguma confusão, não sei de que tipo. A outra coisa que me ocorre é quase absurda: que ele esteja escondido por algum motivo, mas nesse caso não entendo por que não inventou alguma coisa para atrasar a ida da mulher à polícia. Podia inventar uma viagem a outra província ou qualquer história... Mas esse homem me cheira a cachorro morto na estrada. Por enquanto não há outro remédio a não ser investigar tudo: casa, trabalho, bairro, sei lá, descobrir um motivo para tudo isso.

– Puta que pariu – disse Conde com o olhar fixo na rua que se abria à sua frente. – Vamos para a casa dele. Pegue a Santa Catalina pela Rancho Boyeros, vai.

Manolo deu a partida. As ruas continuavam desertas sob o fogaréu de um sol vigoroso que induzia ao repouso naquele meio-dia que se aproximava. No céu, nuvens altas e sujas se acumulavam no horizonte. Conde tentou pensar no almoço de Josefina, no jogo que ia haver naquela noite, no mal que fazia a si mesmo fumando tantos cigarros por dia. Queria afugentar a mistura de melancolia e excitação que o dominava enquanto o carro se aproximava da casa de Tamara.

– E você, está de folga? O que você acha, Conde? – perguntou Manolo, assim que passaram pelo Teatro Nacional.

– Mais ou menos a mesma coisa que você, por isso fiquei quieto. Não acredito que ele esteja escondido nem que vá tentar uma saída ilegal, não mesmo – disse e observou outra vez a foto.

– Por que acha isso? Pelo cargo dele, né?

– É, pelo cargo. O sujeito viajava para o exterior quase dez vezes por ano... Mas, principalmente, porque o conheço há uns vinte anos.

Manolo se atrapalhou com as marchas, e o carro quase morreu. Acelerou fundo e manteve o motor ligado após uma sacudida. Sorriu balançando a cabeça e olhou para o colega.

– Não me vá dizer que ele é seu amigo.

– Não disse isso. Falei que o conhecia.

– Há vinte anos?

– Dezessete, para ser exato. Em 1972 eu o ouvi pela primeira vez discursando no La Víbora. Era presidente da Feem.

– E o que mais?

34

– Olhe, não quero influenciar você, Manolo. A questão é que nunca fui com a cara do sujeito, mas isso agora não interessa. O importante é que ele apareça rápido para eu poder voltar para a cama.

– Você acha mesmo que não interessa?

– Rápido, pega o verde – disse, mostrando o sinal na esquina da Boyeros e da *calzada* del Cerro.

Conde acendeu outro cigarro, tossiu duas vezes e guardou na pasta a foto de Rafael Morín. A lembrança de Tamara anunciando que iria se casar com Rafael ressuscitara com violência inesperada. Podia ver as três listras brancas da saia de seu uniforme, as meias enroladas nos tornozelos e o cabelo cortado num penteado em forma de óvalo simétrico. Depois de terminar o pré-universitário, tinham se visto apenas quatro ou cinco vezes, e em cada uma delas tornara a sentir no peito a sensualidade envolvente daquela mulher. Avançavam pela *calzada* de Santa Catalina, mas Conde não via as casas onde alguns dos velhos colegas de estudos moravam, nem os gramados aparados, nem a paz daquele bairro eternamente aprazível, onde fora a tantas festas com o Coelho e o Magro. Pensava numa outra festa, a de quinze anos de Tamara e Aymara, quase no começo do primeiro ano do pré-universitário, no dia 2 de novembro, especificou sua memória, e em como ficara impressionado com a casa onde as garotas moravam, o pátio parecendo um parque inglês bem cuidado, com grande quantidade de mesas embaixo das árvores, na grama e ao lado do chafariz, onde um velho anjinho, resgatado de alguma demolição colonial, mijava sobre os lírios em flor. Havia espaço até para Os Gnomos tocarem, a melhor, a mais famosa banda do La Víbora, e para mais de vinte casais dançarem; e havia flores para cada uma das meninas, travessas cheias de croquetes – de carne –, pastéis – de carne – e bolinhos de queijo fritos, daqueles que nem sonhando se encontravam naquela época de fila para tudo. Os pais das gêmeas, na época embaixadores em Londres, e antes em Bruxelas e em Praga, e depois em Madri, sabiam fazer festas, e o Magro, o Coelho, Andrés e ele diziam que nunca haviam estado numa melhor que aquela. Havia até uma garrafa de rum em cada mesa. "Parece uma festa de fora", sentenciou o Coelho, e eles acharam a mesma coisa, e depois ele pensou que até o grandessíssimo Gatsby iria gostar de uma festança daquelas.

Rafael Morín, em clima de conquista, dançou a noite inteira com Tamara, e Conde ainda era capaz de lembrar dos babados do vestido de renda branca da menina, flutuando com o inevitável "Danúbio azul", que para ele era preto, com todos seus pespontos cinzas.

– Encosta ali – ordenou ao sargento quando atravessaram a rua Mayía Rodríguez, e jogou a guimba na rua. Na calçada em frente, bem na esquina, erguia-se a casa de dois andares onde as gêmeas moravam, uma edificação espetacular e brilhante com janelões de vidro escuro, paredes de tijolos vermelhos e fortificada atrás de um jardim podado com esmero profissional, na altura precisa para não ocultar a fileira de esculturas de concreto que imitavam a figuração de Lam.

– Olha só onde era – exclamou Manolo. – Toda vez que eu passava por aqui, observava a casa e pensava que queria ter uma parecida. Também pensava que, numa casa como essa, nunca ia haver problemas com a polícia, e eu jamais poderia vê-la por dentro.

– Não, não é mesmo uma casa para policiais.

– Deram pra ele, não é?

– Não, dessa vez não. Era dos pais da mulher dele.

– Como será morar numa casa assim, hein, Conde?

– Deve ser diferente... Escuta, Manolo. Tenho uma ideia que quero aprofundar: a festa do dia 31. Rafael Morín desapareceu depois dessa festa. Pode ter acontecido alguma coisa lá que tenha a ver com isso, porque estou cagando e andando para as casualidades e você sabe disso muito bem. Agora preciso de um favor seu.

Manolo sorriu e bateu com as duas mãos no volante.

– O Conde pedindo favores? De trabalho ou pessoais? Diga lá, faço o que você pedir.

– Então amarra bem essa língua e me deixa levar sozinho a conversa com Tamara. Também a conheço há muito tempo e acho que assim vou conseguir lidar melhor com ela. É esse o favor. Muito complicado? Se te ocorrer algo, você me fala depois, certo?

– Certo, Conde, não tem problema, não tem problema – disse o sargento, preparando-se para fazer o sacrifício de assistir ao que ele adivinhava ser um acerto de contas com o passado. Enquanto trancava

36

o carro, Manolo viu Conde atravessar a rua e perder-se entre a sebe de folhas-de-papagaio e a cabeça de um espantado cavalo de cimento que mais parecia de Picasso que de Lam. De qualquer maneira, aquela casa continuava remota demais para um policial.

Os olhos são duas amêndoas polidas, clássicas, um pouco umedecidas. Apenas o necessário para sugerir que na verdade são dois olhos e podem até chorar. O cabelo, artificialmente cacheado, cai numa mecha em espiral sobre a testa e quase engole as sobrancelhas grossas e tão altas. A boca tenta sorrir, de fato sorri, e os dentes de animal saudável, brancos e deslumbrantes, merecem o prêmio de uma risada completa. Não parece ter trinta e três anos, pensa ele diante da ex-colega. Ninguém diria que ela já pariu, ainda pode ensaiar uns passos de balé e agora parece mais dona de sua beleza profunda: é plena, maciça, inquietante, no auge de seus encantos e suas formas. Também poderia vestir novamente a saia do uniforme e a blusa justinha no corpo, pensa ele, ajeitando a pistola no cinto e apresentando o sargento Manuel Palacios, que está de olhos arregalados, e Conde sente vontade de ir embora quando se acomoda no sofá ao lado de Tamara e ela oferece uma poltrona a Manolo.

Está com um vestido largo e suave, de um amarelo ardente, e ele nota que não a altera em nada: mesmo envolvida naquela cor agressiva, é a mulher mais bela que já conheceu, e não sente mais vontade de ir embora, e sim de esticar o braço quando ela se levanta.

– As voltas que a vida dá, hein? – diz. – Esperem, vou trazer café.

Ela caminha para o corredor, e ele observa o movimento de suas nádegas presas sob o finíssimo amarelo do tecido. Descobre nas coxas a beirada diminuta da calcinha e troca um olhar com Manolo, que quase não respira, lembrando que aquela bunda antológica havia sido a causa de muitas lágrimas quando a professora de balé lhe recomendara uma alteração inevitável em sua vida artística: o terremoto de seus quadris, o carregamento de carne de suas nádegas e a redondez de suas coxas não eram de sílfide nem de cisne, mas antes de gansa poedeira, e sugeriu uma transferência imediata para a velha e boa arte da rumba, suarenta e salpicada de aguardente.

– Triste destino, não é? – diz, e Manolo levanta os ombros, disposto a indagar sobre aquela tristeza inexplicável, quando ela volta e o obriga a olhá-la.

– Mima acabou de fazer, ainda está quentinho – afirma estendendo uma xícara a Manolo e depois outra a ele. – Incrível, Conde em pessoa. Você já deve ser major ou capitão, não é, Mario?

– Tenente, e às vezes nem sei como – diz e experimenta o café, mas não tem coragem de acrescentar: Que café bom, cacete, exclusivo para os amigos, na verdade o melhor café que tomava nos últimos anos.

– Quem diria que você ia entrar para a polícia...

– Ninguém, acho que ninguém.

– Este homem era uma figura – se dirige a Manolo e torna a olhar para ele. – Você nunca foi um aluno exemplar porque não ia àquelas atividades todas e fugia antes da última aula para ouvir os episódios de *Guaytabó*. Ainda lembro.

– Mas tirava boas notas.

Ela sorri, não pode evitar. O fluxo das lembranças que corre entre os dois pula os momentos ruins, limados pelo tempo, e só encosta nos dias agradáveis, fatos memoráveis ou acontecimentos que foram melhorados pela distância. Ela está até mais bonita, parece mentira.

– E você não escreve mais, Mario?

– Não, nunca mais. Mas algum dia... – diz e se sente incomodado.

– E a sua irmã?

– Aymara está em Milão. Vai ficar cinco anos com o marido, que é representante e comprador do Sime. O novo marido, sabe?

– Não sabia, mas que ótimo!

– Mario, você tem notícias do Coelho? Nunca mais o vi.

– Tenho, ele terminou o curso de pedagogia, mas deu um jeito de sair do magistério. Está no Instituto de História e ainda continua pensando no que teria acontecido se não houvessem matado o Maceo ou se os ingleses não tivessem saído de Havana e essas tragédias históricas que ele inventa.

38

– E o Carlos, como vai?

Ela diz "Carlos", e ele quer se perder no decote. O magro Carlos garantia que Tamara e Aymara tinham os mamilos grandes e escuros, olha só os lábios delas, dizia, têm alguma coisa de negro, seguindo a teoria dele de que os mamilos e os lábios eram diretamente proporcionais em cor e volume. No caso de Tamara, eles viviam querendo comprovar a teoria, esperavam que se abaixasse para pegar um lápis, vigiavam seus movimentos nas aulas de educação física, mas ela era dessas que sempre usavam sutiã. E hoje, como estaria?

– Muito bem – mente. – E você?

Ela pega a xícara e a deixa na mesa de vidro, perto de uma imaginativa foto de casamento onde Tamara e Rafael, vestidos de noivos, abraçados e felizes, se entreolham diante de um espelho oval. Ele pensa que Tamara deveria dizer que está bem, mas não tem coragem, seu marido desapareceu, talvez esteja morto, e ela, muito angustiada, mas na realidade parece estar bastante bem e, por fim, diz:

– Estou muito preocupada, Mario. Tenho um pressentimento, sei lá...

– Que pressentimento?

Ela balança a cabeça, e a mecha irreverente de cabelo baila em sua testa. Está nervosa, esfrega as mãos, há ansiedade nos olhos sempre aprazíveis.

– Uma coisa ruim – diz e se volta para o interior da casa silenciosa. – É estranho demais para não ser coisa ruim, não acha? Olhe, Mario, pode fumar se quiser – e tira da parte de baixo da mesinha de vidro um cinzeiro imaculado. Cristal de Murano, azul violáceo com pintas prateadas. Ele acende um cigarro e acha que é uma heresia sujar aquele cinzeiro.

– E você, não fuma? – ela pergunta a Manolo, e o sargento sorri.

– Não, obrigado.

– Incrível, Tamara – diz Conde, e sorri. – Faz quinze anos que não venho a esta casa e está tudo igualzinho. Lembra quando quebrei aquele vaso?, acho que de porcelana, não é?

– Cerâmica de Sargadelos – ela encosta no sofá e tenta ajeitar a mecha de cabelo que oculta a testa. As lembranças também te torturam, minha amiga, pensa ele, querendo se sentir como quando todo o grupo estava naquela casa cinematográfica, reunido na biblioteca com o pretexto de estudar, e sempre havia refrigerantes, às vezes até bombons, ar-condicionado na biblioteca e sonhos em comum, o Magro, o Coelho, Cuqui, Dulcita, Conde, todos eles algum dia teriam uma casa como esta, quando formos médicos, engenheiros, historiadores, economistas, escritores e essas coisas que iam ser e que nem todos foram. Ele não suporta as lembranças e por isso diz:

– Já li seu depoimento à polícia. Fale algo mais.

– Não sei, foi assim mesmo – diz após pensar um momento, enquanto cruza as pernas e depois os braços, ela ainda é flexível, nota ele.

– Chegamos da festa, eu fui para o quarto primeiro e já meio adormecida senti que ele deitava na cama e perguntei se estava passando mal. Tinha bebido bastante na festa. Quando me levantei, nem sinal de Rafael. Até depois do almoço não me preocupei de verdade, porque às vezes ele saía sem dizer aonde estava indo, mas nesse dia não tinha trabalho.

– Onde foi a festa?

– Na casa do vice-ministro que dirige a empresa de Rafael. Em Miramar, perto do supermercado na esquina da Quinta com a 42.

– Quem estava lá?

– Bem, deixa eu pensar – pede tempo e torna a se ocupar da mecha infatigável. – Claro, os donos da casa, Alberto e sua mulher. Alberto Fernández, ele se chama – acrescenta quando Conde extrai uma pequena caderneta do bolso de trás da calça. – Você continua levando o bloco no bolso de trás?

– Velhos defeitos – diz ele, balançando a cabeça, porque não imaginava que alguém pudesse se lembrar daquele costume, ele mesmo quase nem lembrava. De quantas coisas terei de me lembrar, pergunta-se, e Tamara sorri, e ele torna a refletir, como pesam as lembranças, e pensa que talvez não devesse estar ali; se tivesse contado ao Velho, talvez ele o substituísse, e acha que então o melhor é pedir substituição, não, não deveria mesmo estar procurando um homem que não quer encontrar e conversando com a esposa desse homem, aquela mulher cuja nostalgia lhe desperta o desejo. Mas diz: – Nunca gostei de andar com pasta.

– Lembra quando você brigou no pátio do pré-universitário com Isidrito, aquele de Managua?

– Ainda dói. Como me bateu, aquele roceiro – e sorri para Manolo, genial no seu papel de ouvinte marginalizado.

– E por que foi que brigaram, Mario?

– Olhe, começamos discutindo sobre beisebol, quem era melhor, Andrés, Biajaca e o pessoal do meu bairro, ou os de Managua, então eu me irritei e disse que do meu bairro para lá só nasciam filhos da puta. E, claro, o caipira ficou furioso.

– Se Carlos não tivesse apartado a briga, acho que Isidrito te mataria, Mario.

– Seria a perda de um bom policial – sorri e decide guardar o bloco. – Escuta, acho melhor você me dar depois uma lista dos convidados, dizendo em que trabalha cada um e, se puder, alguma maneira de localizá-los. De todos que você lembrar. E, além do vice-ministro, foram à festa outras pessoas importantes?

– Bem, foi o ministro, mas ele saiu cedo, por volta das onze, porque tinha outro compromisso.

– E falou com Rafael?

– Eles se cumprimentaram e tal, mas não conversaram muito. Os dois sozinhos, quero dizer.

– Aham. E conversou a sós com alguém?

Ela pensa. Quase fecha os olhos, e ele espia de lado. Passa a brincar com as cinzas do seu cigarro e por fim amassa a guimba. Agora não sabe o que fazer com o cinzeiro e teme reeditar a cena do vaso de Sargadelos. Mas não pode evitar o aroma de Tamara: ela cheira a limpo e a brilhante e a lavanda cara e a terra úmida e, sobretudo, a mulher.

– Acho que com Maciques, o chefe de gabinete dele. Mas os dois passam a vida nisso, falando de trabalho, e nas festas eu tenho que aturar a mulher do Maciques; você precisa ver, meu Deus, é mais metida do que chave na fechadura... Quer dizer, você precisa ouvir. Descobriu ainda outro dia que algodão é melhor do que poliéster e já diz que adora seda...

– Posso imaginar. E com quem mais ele falou?

– Bem, Rafael ficou um pouco na varanda e quando voltou estava chegando o Dapena, um galego que vem sempre a Cuba fazer negócios.

– Espera aí – pede ele, tornando a pegar sua caderneta. Um galego?

– Galego da Galícia, isso mesmo. José Manuel Dapena, esse é o nome completo do homem. Tem alguns negócios ligados à empresa de Rafael, mas lida principalmente com o Ministério do Comércio Exterior.

– E você diz que os dois conversaram?

– Bem, Mario, eu os vi voltando juntos da varanda, não sei se havia mais pessoas.

– Tamara – diz e começa a brincar com o botão da caneta, fazendo um tique-taque monótono –, como são essas festas?

– Que festas? – Tamara se espanta, parecendo não entender.

– Essas festas que vocês frequentam, com ministros, vice-ministros e empresários estrangeiros, como são?

– Não entendo, Mario, são como qualquer festa. As pessoas falam, dançam, bebem, não sei aonde você está querendo chegar. Deixa a caneta quieta, por favor – pede então, e ele nota que está irritada.

– E ninguém fica bêbado, nem fala palavrões, nem mija pelas varandas?

– Não estou com vontade de brincar, Mario, juro – aperta as pálpebras, mas não parece cansada. Quando retira os dedos, seus olhos estão mais brilhantes.

– Desculpe – diz ele e devolve a caneta ao bolso da camisa. – Fale de Rafael.

Agora ela respira diante do pedido. Balança a cabeça negando algo que só ela sabe o que é e dirige os olhos à janela que dá para o jardim interno. É teatral, pensa ele, e segue seu olhar, descobrindo apenas a cor falsa, levemente escurecida, das samambaias que crescem exuberantes do outro lado do vidro fosco.

– Preferiria outro policial, sabe? Com você, sei lá, fica difícil.

– Comigo acontece a mesma coisa com relação a você e Rafael. Além do mais, se o seu marido não tivesse sumido, eu estaria na minha casa lendo e sem trabalhar até segunda-feira. Agora o que eu quero é que ele apareça rápido. E você tem que me ajudar nisso, certo?

42

Ela faz um gesto de se levantar, mas volta ao mesmo lugar do sofá. A boca agora é uma linha reta, uma boca de pessoa contrariada, que se suaviza ao olhar para o sargento Manuel Palacios.

– O que posso dizer sobre Rafael? Você também o conhece... Vive para o trabalho, não foi à toa que chegou a essa posição, e o pior é que adora trabalhar feito um burro de carga. Acho que é mesmo um bom dirigente, e todo mundo repete isso. Sempre recorrem a ele para qualquer coisa, porque tudo o que ele faz sai direito. Ele mesmo diz que é um homem de sucesso. Passa o tempo todo em viagens pelo exterior, principalmente na Espanha e no Panamá, fazendo contatos e compras, e parece que é bom nos negócios. Dá para imaginar Rafael como negociante?

Ele também não consegue imaginar, e observa o conjunto de som que ocupa o ângulo da saleta: gravador, toca-discos, toca-fitas duplo, CD, equalizador, amplificador e duas caixas com alto-falantes de não se sabe que potência de saída, e pensa que ali, sim, a música é música de verdade.

– Não, não imagino – diz e, em seguida, pergunta: – E de onde saiu esse equipamento de áudio? Isso custa mais de mil dólares...

Ela olha outra vez para Manolo e depois examina abertamente o ex-colega.

– O que há com você, Mario? Que perguntinhas são essas? Você sabe muito bem que ninguém trabalha feito doido por puro prazer. Todo mundo quer alguma coisa e... aqui, quem pode comer filé não come arroz com ovo.

– É, se Deus deu...

– Qual é o seu problema, Mario?

Ele procura a caneta, mas a deixa no lugar.

– Nada, nada, não se preocupe, certo?

– Não, eu me preocupo, sim. Se você tivesse que viajar a trabalho, não iria e não compraria coisas para sua mulher e seu filho? – pergunta, procurando consenso em Manolo. O sargento apenas levanta os ombros, ainda com a xícara nas mãos.

– Estou mal nas duas pontas: nem viajo ao exterior, nem tenho mulher e filho.

– Mas tem inveja, não é? – diz suave, e volta a olhar as samambaias. Ele sabe que tocou num ponto fraco de Tamara. Durante anos ela tentara parecer igual aos outros, mas sua origem pesava demais, e ela sempre terminava sendo diferente: seus perfumes nunca eram as colônias baratas que os outros usavam, pois era alérgica e só admitia certas lavandas masculinas; os vestidos de festa dos sábados se pareciam com os das amigas, mas eram de linho indiano; ela sabia tossir, espirrar e bocejar em público e era a única que entendia de cara as canções de Led Zeppelin ou Rare Earth. Ele ajeita o cinzeiro no sofá e pega outro cigarro. É o último do maço e, como sempre, Conde se assusta ao perceber o quanto fumou, mas pensa que não, não tem um pingo de inveja.

– Talvez – aceita, contudo, quando acende o cigarro e entende que não tem forças para discutir com ela. – Mas é o que menos invejo de Rafael, juro – sorri e olha para Manolo. – Que São Pedro abençoe essas coisas.

Ela fecha os olhos, e ele se pergunta se terá assimilado as nuances de sua inveja. Agora está mais perto, absorve seu cheiro à vontade, quando ela segura a mão dele.

– Desculpe, Mario – pede –, mas estou assim, muito nervosa. Também, é lógico, com esta confusão – diz e retira a mão. – Então, você quer uma lista?

– Companheira, companheira – diz então o sargento Manuel Palacios, levantando a mão, como se pedisse a palavra lá do fundo da sala de aula, sem coragem de olhar para Conde. – Sei como a senhora se sente, mas tem que nos ajudar.

– Acho que era isso que eu estava fazendo, não?

– Claro, claro. Mas eu não conheço o seu marido... Antes do dia 1º, a senhora o viu fazendo alguma coisa diferente?

Ela põe a mão no pescoço e o acaricia um instante, como se gostasse muito dele.

– Por natureza, Rafael era meio estranho. Tinha um caráter assim, muito volúvel, qualquer coisa o angustiava. Se notei alguma coisa estranha, eu diria que no dia 30 ele estava tenso, falou que estava cansado com tantos balanços de fim de ano, mas no dia 31 foi quase o contrário, acho que se divertiu na festa. Mas o trabalho sempre o preocupou, a vida toda.

– E não disse nada, não fez nada que chamasse a atenção? – continuou Manolo sem olhar para o tenente.

– Não, nada que eu saiba. Até porque no dia 31 ele foi almoçar com a mãe e ficou lá quase o dia inteiro.

– Com licença, Manolo – interveio Conde, e observou o sargento esfregando as mãos, ele estava a todo vapor e poderia ficar uma hora fazendo perguntas. – Tamara, de qualquer maneira quero que você tente se lembrar do que ele fez nos últimos dias que possa ter relação com o que está acontecendo. Tudo é importante. Coisas que ele não dizia ou não fazia habitualmente, se falou com alguém que você não conhecia, sei lá... E também é importante que você prepare a lista. Está pensando em sair hoje?

– Não, por quê?

– Nada, para saber onde vai estar. Quando eu terminar na Central, posso passar por aqui para buscar a lista e conversarmos um pouco mais. Por mim não há problema, é meu caminho.

– Tudo bem, faço a lista e espero você, não se preocupe – aceita e luta outra vez contra aquela mecha de cabelo inconformado.

– Tome – diz ele arrancando uma folha do bloco. – Qualquer coisa, pode me localizar nestes números.

– Certo, claro – ela concorda e pega o papel, e o sorriso que esboça é uma dádiva. – Olha só, Mario, você está com entradas na testa. Não vai ficar careca, hein?

Ele sorri, levanta e segue até a porta. Gira a maçaneta e deixa Manolo passar. Agora está na frente de Tamara e a fita bem nos olhos.

– É, acho que vou ser careca também – diz e acrescenta: – Tamara, não se irrite comigo. Tenho um trabalho a fazer, você entende isso, não é?

– Eu te entendo, Mario.

– Então me diga uma coisa: além de você, quem poderia se beneficiar com a morte de Rafael?

Ela se surpreende, mas logo sorri. Esquece a mecha invencível e responde:

— Que espécie de psicólogo você seria, Mario? Me beneficiar... Um aparelho de som e o Lada que está lá fora?

— Não sei, não sei — admite ele, levantando a mão em sinal de adeus. — Não acerto uma contigo — e sai da casa na qual não entrava havia quinze anos, sabendo que sai machucado. Não quer vê-la na porta ensaiando uma despedida. Avança até a rua e atravessa sem olhar para o trânsito.

— Vamos andando que está frio — diz ao se acomodar no carro, e não consegue evitar: olha para a casa e recebe a despedida da mulher que o observa da porta, ao lado de um agressivo arbusto de cimento.

— Nesse mato tem cachorro.

— O que está dizendo?

— Tome cuidado, Conde, tome cuidado.

— O que é isso, Manolo? Vai me esculhambar?

— Eu? Nada disso! Não, Conde, você está muito velho e já é policial há bastante tempo para saber o que te convém e o que não. Mas ela não me convence.

— Então vamos ver, onde está o problema, diz.

— Sei lá, rapaz, só que realmente ela não me convence. É fina demais para mim. Até para você... Mas, mesmo assim, tente se imaginar no lugar dessa mulher, com o marido desaparecido, quem sabe morto ou metido em sabe-se lá que confusão...

— Aham.

— Você não acha que ela está meio assim, com ar de pouco-me--importa?

— E isso quer dizer que é culpada de alguma coisa?

— Porra, quando o burro empaca...

— Mas, rapaz, como vou entender você se não diz as coisas com clareza...

— Clareza, é? Quer que eu fale com clareza? Escute, Conde, basta olhar para você para ver que está babando por essa mulher, e é só olhar para ela e se nota que ela também sabe disso. E então, quer dizer, não haveria problema se não fosse essa história do marido, entende? Eu já te falei, tem alguma coisa esquisita nesse negócio.

– Você acha que ela sabe de alguma coisa?

– Pode ser... Não sei, mas tome cuidado, compadre. Certo?

– Certo, sargento.

Disse "sargento" e esticou o braço, mandando-o parar o carro.

– Encosta, encosta – pediu quando viu o guarda parado na calçada e os dois policiais carregando o homem. Sabia muito bem o que estava acontecendo e da janela mostrou sua identificação aos agentes. – O que houve?

– Estava bêbado, jogado ali – explicou um dos policiais, mostrando o portal da igreja de San Juan Bosco. – Vamos levá-lo para a delegacia e esperar até que se refresque – disse, e o homem quase lhe escapa das mãos.

– Está bem, ajudem o homem – Conde fez um gesto de despedida e pediu a Manolo para seguir. Não fazia frio àquela hora, mas Conde sentiu arrepios. Os bêbados perdidos o assustavam tanto quanto os cachorros de rua e, sem perceber, passou os dedos pela cabeça para verificar a observação de Tamara. Também estou ficando careca?, e aproveitou que o carro estava parado no sinal da Coca-Cola para se olhar no retrovisor. Talvez sim.

– Manolo – disse então sem olhar para o colega –, vamos adiantar o trabalho. Eu fico no Ministério do Comércio Exterior para descobrir quem é esse galego Dapena e onde encontrá-lo se precisarmos, e você vai ver o Maciques para conversar com ele. Grave a entrevista, e pegue leve, por favor, porque ultimamente você anda embalado. Depois nos encontramos na Central... Mas vá me dizer que não gostaria de comer uma mulher como essa?

"...saber se podia gravar a entrevista / não tem problema, companheiro, como for melhor pra vocês... / bem, o senhor é René Maciques Alba e trabalha como chefe de gabinete de Rafael Morín Rodríguez, o cidadão que desapareceu no dia 1º? / sim, companheiro, no dia 1º... /

e há quanto tempo trabalha com ele? / ...bem, é quase o contrário, deixe-me explicar, eu era chefe de gabinete do antigo diretor da empresa e, quando nomearam o companheiro Rafael, continuei com a mesma responsabilidade, sabe como é?, isso foi há dois anos e meio, em junho de 1987, quase lembro do dia... / como era seu relacionamento com ele? / com Rafael?... claro, pois não, é um pouco difícil de dizer, mas ele e eu tínhamos uma relação de amizade, foi assim desde o começo, e o que eu posso falar de um amigo, ele era um dirigente e tanto, preocupado com o trabalho e com os subordinados, dessas pessoas de quem todo mundo gosta, responsável... / tem alguma ideia sobre o desaparecimento dele? / ideia?, ideia... não, na verdade ele e eu fomos à festa de Ano-Novo na casa do companheiro Alberto, o vice-ministro / qual é o nome completo? Vice-ministro de quê? / ...ah, sim, Alberto Fernández-Lorea, vice-ministro da Indústria, ele é responsável por tudo o que tem a ver com a área comercial do Ministério e, como estava dizendo, fomos à casa dele, em Miramar, cada um com sua esposa, e ficamos lá mais ou menos das dez até as duas e pouco ou três da manhã, o tempo passa sem a gente perceber, então Rafael e eu conversamos um pouco e acertamos uma reunião na segunda para preparar os contratos de um negócio urgente no Japão / que tipo de negócio? / tipo?... uma compra, entende, rolamentos e outras coisas que têm a ver com plásticos e informática, nisso os japoneses têm bons preços, sabe / e o senhor diz que não notou nada de estranho naquele dia? / não... mesmo matutando muito, acho que não, ele dançou, bebeu, comeu, aliás comeu à beça, ele dizia que o vice-ministro faz o melhor porco assado do mundo / e na empresa, algum problema? / não, não mesmo... este final de ano foi muito bom, talvez com um pouco de tensão por causa da quantidade de serviço, ah, sim, ele vivia preocupado com os problemas, mas isso é normal, com as responsabilidades que ele tem, não é mesmo?, e além do mais, toda essa confusão nos países socialistas vai nos complicar cada vez mais, o senhor sabe... / tem alguma ideia de onde ele pode estar? / hein?, olha, tenente – tenente, não é? / sargento / sim, sargento, olha, não entendo o que está acontecendo, ele vivia uma vida normal / então, que problemas tinha na empresa? / na empresa?... na empresa, nenhum, sargento, já falei, o

48

Rafael mantinha tudo na mais perfeita ordem, muito bem organizado / e saía com muitas mulheres? / como, com muitas?, quem lhe disse isso, sargento? / ninguém, quero saber onde está Rafael Morín, ele andava com mulheres? / não, não sei nada sobre a vida particular dele... / mas vocês eram amigos ou não? / sim, éramos, mas só amigos de trabalho, entende?, vez por outra eu fazia uma visita à casa dele, ele passava na minha e coisas assim / alguém na empresa tinha alguma coisa contra ele? / em que sentido? De querer prejudicá-lo ou coisa assim? / é, nesse sentido / ...não, acho que não, mas sempre há os ressentidos ou invejosos, em Havana tem mais do que mosquito, é verdade, porém ele não era homem de fazer inimigos, pelo menos no trabalho, que é onde eu o conhecia bem / quem é José Manuel Dapena? / ah, sim, Dapena, um empresário espanhol / que relação ele mantém com Rafael? / bem, deixe-me explicar, Dapena tem negócios com uns estaleiros em Vigo, e a gente fez algumas importações por intermédio dele, porque não tinham muito a ver com a nossa área, era mais com o pessoal da Pesca / e o que ele estava fazendo na festa? / na festa?, foi convidado, não foi? / convidado por quem? / pelo dono da casa, imagino / e como era o relacionamento entre Rafael e Dapena? / olha, para ser sincero, era puramente comercial, e não sei se devo dizer, mas... / diga, por favor / é que um dia o Dapena deu em cima da mulher de Rafael... / e houve confusão? / não, não, nem pensar, foi um mal-entendido, mas depois disso Rafael não ia mais com a cara dele / e o senhor é amigo do espanhol? / não, amigo não, na verdade eu não gostava muito dele depois do que aconteceu com Tamara, é, a esposa do companheiro Rafael, o galego é desses caras que acham que são Deus só porque têm dólares / e o que houve com o ex-diretor da empresa? / ei, e o que isso tem a ver?... desculpe, sargento... sei lá, um pouco de boa vida, como se diz vulgarmente, ele se aproveitou e o senhor sabe como é... / e Rafael, não era assim? / Rafael?, não, que nada, muito pelo contrário, pelo menos até onde eu saiba... / e até onde sabe? / ele era diferente, quero dizer / a que horas eles saíram da festa? / ah..., sim, mais ou menos às três / e foram embora juntos? / não... quer dizer... quase juntos, eu saí e o deixei despedindo-se do companheiro vice-ministro e... / e o quê? / não, nada não, e fui embora... / e o senhor diz então que não tem a menor ideia do que pode ter acontecido com o cidadão Rafael Morín? / é, sargento, não tenho..."

René Maciques devia ter uns cinquenta anos, estava um pouco careca e usava óculos arredondados, como os de um bibliotecário típico, pensou Conde com os olhos fixos no gravador. O trabalho de Manolo dava destaque à retórica burocrática do homem e à sua ética estrita de sempre proteger a retaguarda do chefe até que se prove o contrário, esteja onde estiver, pelo menos agora que não se sabe onde diabo ele se meteu, pensou. Mas a esfera de relações e amizades de Rafael, a gravação da entrevista com Maciques e sua própria conversa com Tamara punham diante de seus olhos um ponto importante em sua busca: Rafael Morín continuava sendo o mesmo sujeito impecável de sempre, e ele não devia prejulgar. Suas lembranças eram cicatrizes de feridas que considerava fechadas fazia muito tempo, e um caso em investigação é outra história, nos casos há antecedentes, evidências, pistas, suspeitas, premonições, iluminações, certezas, dados estatísticos e comparações, rastros, documentos e um bocado de coincidências, mas nada de enganoso e equívoco como os prejulgamentos.

Levantou-se e caminhou até a janela do cubículo. De tanto observá-lo, aquele fragmento de paisagem se tornara sua vista favorita. As folhas dos loureiros se moviam agora com leveza, impulsionadas pela brisa que vinha do norte e trazia a mancha de nuvens escuras e pesadas que tornavam o horizonte mais próximo. Duas freiras com suas roupas escuras de inverno saíam da igreja e subiam numa van Volkswagen com uma naturalidade simplesmente pós-modernista. Seu estômago vazio dançava como as folhas dos loureiros, mas não queria pensar em comida. Pensava em Tamara, Rafael, no magro Carlos, em Aymara morando em Milão e em Dulcita sabe-se lá onde, na espetacular festa de quinze anos das gêmeas, e pensava em si mesmo, dentro daquele escritório frio no inverno e tão quente no verão, olhando para as folhas de um loureiro e empenhado em encontrar alguém que não gostaria de ter de procurar. Tudo perfeito.

50

Apoiou as pontas dos dedos no vidro gelado da janela e se perguntou o que tinha feito da própria vida: toda vez que remexia no passado sentia que não era ninguém e que não tinha nada, trinta e quatro anos e dois casamentos desfeitos, largou Maritza por Haydée e Haydée o largou por Rodolfo, e ele não soube ir buscá-la, embora continuasse apaixonado por ela e pudesse perdoar quase tudo: teve medo e preferiu tomar porres todas as noites durante uma semana inteira, para afinal não esquecer aquela mulher e o fato terrível de que tinha sido um magnífico cornudo e que seu instinto de polícia não o alertara para um crime que já durava meses antes do desenlace. Sua voz ficava rouca durante dias por causa dos dois maços de cigarros que consumia a cada vinte e quatro horas, e sabia que, além de careca, terminaria com um buraco na garganta e um lenço xadrez no pescoço, como um caubói na hora do lanche, talvez falando por um aparelhinho que lhe daria uma voz de robô de aço inoxidável. Já quase não lia e tinha até se esquecido do tempo em que jurara, olhando para a foto daquele Hemingway que fora o ídolo mais adorado de sua vida, que seria escritor e somente escritor e que todo resto eram acontecimentos válidos como experiências vitais. Experiências vitais. Mortos, suicidas, assassinos, contrabandistas, cafetões, michês, estupradores e estuprados, ladrões, sádicos e esquisitos de todas as espécies e categorias, sexos, idades, cores, procedências sociais e geográficas. Muitíssimos filhos da puta. E pegadas, autópsias, batidas, tiros disparados, tesouras, facas, cabos, cabelos e dentes arrancados, rostos desfigurados. Suas experiências vitais. E elogios ao final de cada caso resolvido, e uma terrível frustração, nojo e impotência infinita ao final de cada caso arquivado sem solução. Dez anos rastejando pelos esgotos da sociedade haviam terminado por condicionar suas reações e perspectivas, mostrando-lhe apenas o lado mais amargo e difícil da vida, e conseguiram impregnar em sua pele aquele cheiro de podre do qual não se livraria jamais, e o pior é que só o notava quando era especialmente agressivo, porque seu olfato estava embotado para sempre. Tudo perfeito, tão perfeito e agradável quanto um bom chute nos colhões.

O que você fez da sua vida, Mario Conde?, perguntou-se como fazia todo dia, e como todo dia quis recuar na máquina do tempo e desmanchar um por um seus próprios estragos, seus enganos e excessos, iras e ódios, despir-se da sua existência equivocada e descobrir o ponto exato onde pudesse começar de novo. Mas tem sentido?, também se perguntou, agora que estou ficando até careca, e respondeu como sempre: Onde estava mesmo? Ah, em que não devia prejulgar, mas acontece que adoro prejulgar, pensou, e ligou para Manolo.

O conto se chamava "Domingos" e era uma história real e de cunho autobiográfico. Começava num domingo de manhã, quando a mãe do personagem (minha mãe) o acordava, "Levanta, meu filho, são sete e meia", e ele entendia que nessa manhã não poderia tomar café, nem ficar mais um pouco na cama, nem jogar bola depois, porque era domingo e tinha de ir à igreja, como todos os domingos, enquanto seus amigos ("Vão arder no inferno", dizia sua/minha mãe) passavam aquela única manhã sem aulas vadiando pelo bairro e organizando partidas, com a mão ou com taco, na viela da esquina e no campinho do clube. Isso me parecia muito anticlerical, eu tinha lido Boccaccio e, no prólogo, explicava-se o que é ser anticlerical, e a obrigação de ir à igreja me fez ser anticlerical também, quando só queria ser boleiro, e então tive a ideia de escrever o conto, mas sem ser anticlerical explícito, e sim sutil, ou melhor, submerso, como o iceberg de que fala Hemingway. Foi esse o conto que levei para a oficina literária.

É uma coisa incrível você se sentir escritor. Mesmo que a oficina, na verdade, parecesse uma corte dos milagres. Tinha de tudo: desde os dois únicos veados reconhecidos do pré-universitário, Millán e o negrinho Pancho, até Quijá, o capitão do time de basquete, que fazia sonetos compridíssimos; da Adita Vélez, tão fina, linda e delicada que era im-possível imaginá-la no ato cotidiano de expelir um cagalhão, até Miki Cara de Boneca, o galã do pré-universitário, que nunca tinha escrito uma única linha na vida e o que queria era alguma mina para paquerar; do negro Afón, que quase nunca ia às aulas, até a professora Olguita, de literatura, que dirigia aquilo, passando por mim e pelo Manco, que era o inventor e a alma da oficina. O pessoal dizia: "Este sim é um poeta", porque ele tinha publicado uns versos em *O jacaré barbudo* e usava uma camisa branca de colarinho duro e mangas compridas arregaçadas até o cotovelo, mas não porque fosse poeta ou coisa assim, é que não tinha outra camisa branca para ir ao pré-universitário e estava liquidando as últimas glórias de colarinho e gravata que seu pai usara como promotor de vendas na Venezuela em cinquenta e tanto, justamente quando nasceu o Manco, que era portanto venezuelano, mas de La Víbora, e foi ele quem teve a ideia de fazer uma revista da oficina literária e sem querer criou aquela esculhambação.

Nós nos reuníamos às sextas à tarde, debaixo das alfarrobeiras que havia no pátio de educação física, a professora Olguita levava uma garrafa térmica enorme com chá gelado, e a noite nos surpreendia atracados com poemas e contos, e éramos hipercríticos com os outros, buscando sempre a minúcia das coisas, o marco histórico, se era idealista ou realista, qual o assunto e qual a temática e todas essas bobagens que nos ensinavam nas aulas só para que nunca mais gostássemos de ler, mas a professora Olguita não falava dessas coisas e toda semana lia para nós um capítulo de *O jogo da amarelinha*; dava para ver que ela gostava muito, porque quase chorando nos dizia isto é a literatura, e foi ficando tão parecida com a Maga que eu quase me apaixono por ela, mesmo sendo namorado da Cuqui e estando apaixonado por Tamara, e olhe que a Olguita tinha o rosto cheio de buraquinhos e era dez anos mais velha que eu, e ela também disse que sim, que era uma boa ideia publicar todo mês uma revista com as melhores coisas da oficina.

Esta foi outra encrenca: as melhores coisas. Como nós todos escrevíamos coisas magníficas e seria preciso um livro para caberem todas, o Manco disse que no número zero – e me surpreendeu essa história de número zero, que na verdade era o um, porque zero é zero e eu não conseguia tirar da cabeça alguma coisa como uma revista com as páginas em branco, ou melhor, no caso, como uma revista que nunca existiu, sabe – tínhamos de ser muito rigorosos, e ele e Olguita escolheram as coisas, um voto de confiança para eles dessa vez. E escolheram "Domingos", e eu não cabia em mim de alegria só de pensar que ia ser escritor de verdade, e o Magro e Jose ficaram contentíssimos, e o Coelho invejosíssimo, enfim eu ia ser publicado. No número zero também entraram dois poemas do Manco – quem pode pode – e um da namorada do Manco – idem –, um conto do Pancho, o negrinho veado, uma crítica de Adita à peça de teatro do grupo do pré-universitário, outro conto da Carmita e uma nota editorial da professora Olguita para apresentar o número zero de *La Viboreña*, a revista literária da oficina literária José Martí, do pré-universitário René O. Reiné. Que coisa enrolada.

A tal revistinha ia ter dez páginas, o Manco conseguiu um pacote de duas resmas, dava para cem exemplares, e a professora Olguita pediu à direção para imprimi-los, e todas as noites eu ficava ansioso para ver *La Viboreña* e saber que já era um escritor de verdade. No acabamento, passamos uma noite acertando e grampeando as folhas e na manhã seguinte fomos à porta do pré-universitário distribuir para o pessoal, o Manco não arregaçou a camisa e parecia um garçom, e a professora Olguita nos olhava da escada, estava orgulhosa e contente na última vez que a vi rindo.

No dia seguinte o secretário nos convocou, sala por sala, para uma reunião às duas da tarde na diretoria. Éramos tão escritores e tão ingênuos que esperávamos receber diplomas, além de elogios e outros estímulos morais, por aquela revista tão inovadora, quando o diretor nos disse para nos sentarmos, e já estavam ali sentados a titular da cadeira de espanhol, que nunca estivera na oficina, a secretária da Juventude e Rafael Morín, que respirava como se estivesse com um pouco de asma.

O diretor, que no ano seguinte não seria mais diretor por causa do escândalo Waterpré, abusou de seu direito de palavra: O que significava esse lema da revista, "O comunismo será uma aspirina do tamanho do sol", será que o socialismo era uma dor de cabeça? O que pretendia a companheira Ada Vélez com sua crítica à peça sobre os presos políticos no Chile? Destruir os esforços do grupo de teatro e a mensagem da obra? Por que será que todos, todos os poemas da revista eram de amor e não havia nenhum dedicado à obra da Revolução, à vida de um mártir, à pátria, enfim? Por que o conto do companheirinho Conde era de tema religioso e evitava uma tomada de posição contra a igreja e seu ensino escolástico e retrógrado? E principalmente, disse, nós estávamos como se houvéssemos bebido, e parou em frente à

54

magra Carmita, dava para ver que a coitada estava tremendo, e eles todos balançavam a cabeça dizendo que sim, por que se publica um conto assinado pela companheira Carmen Sendán com o assunto de uma garota que se suicida por amor? (E disse assunto, não tema.) Por acaso essa é a imagem que nós devemos passar à juventude cubana de hoje? Esse é o exemplo que propomos, em vez de ressaltar a pureza, a entrega, o espírito de sacrifício que deve primar nas novas gerações...?, e aí começou a zona total.

A professora Olguita se levantou, estava vermelhíssima, desculpe a interrupção, companheiro diretor, disse e olhou para a titular, que se esquivou do tiro e começou a limpar as unhas, e para o diretor, que sustentou o seu olhar, mas preciso dizer uma coisinha: e disse muitíssimas coisas, que não era ético que ela só soubesse ali do tema daquela reunião (disse tema e não assunto), que discordava totalmente desse método que tanto lembrava a Inquisição, que não entendia como era possível tamanha incompreensão dos esforços e iniciativas dos estudantes, que só trogloditas políticos podiam interpretar os trabalhos da revista daquela maneira, e como vejo que não há diálogo a partir dessas acusações e dessa perspectiva stalinista que o senhor propõe e que a companheira aqui da minha cadeira evidentemente aprova, faça-me o favor de assinar a minha demissão porque não posso continuar neste pré-universitário, apesar de haver alunos sensíveis, bons e valiosos como esses garotos – e apontou para nós, e saiu da sala da diretoria e nunca mais vou esquecer que ela ainda estava vermelhíssima e agora chorando e era como se não tivesse buraquinhos no rosto, porque tinha se transformado na mulher mais linda do mundo.

Ficamos paralisados, até que Carmita começou a chorar, o Manco olhou para o tribunal que nos julgava, e então Rafael se levantou, até sorriu e foi para o lado do diretor, companheiro diretor, disse, depois deste feio incidente, acho que é bom falar com os estudantes, porque todos são excelentes companheiros e creio que vão entender o que o senhor colocou. Você mesma, Carmita, disse e pôs a mão no ombro da magrela, com certeza não pensou nas consequências desse conto idealista, mas temos que ficar de olho nisso, não é mesmo?, e acho que o melhor é demonstrar que vocês podem fazer uma revista à altura destes tempos, na qual possamos ressaltar a pureza, a entrega, o espírito de sacrifício que deve primar nas novas gerações (*sic*), não é verdade, Carmita? E a coitada da Carmita disse que sim, sem saber que estava dizendo sim para sempre, que Rafael tinha razão, e até eu duvidei se não teria mesmo, mas não podia me esquecer da professora Olguita e do que tinham dito sobre o meu conto, e então o Manco se levantou, com licença, disse, qualquer reclamação contra ele, que a fizessem como crítica no seu comitê de base, e também foi embora, o que lhe custou um ano de restrição de direitos, além de que ficou mal-faladíssimo, sempre fora encrenqueiro e espertalhão, além de autossuficiente, acha que só porque publicaram uns poeminhas dele, disse a titular quando o viu sair, e eu quis morrer como nunca mais tornei a querer na vida, estava com medo, não podia falar, mas não entendia a minha culpa, eu apenas escrevera o que sentia e as coisas que tinham me acontecido na infância, que gostava mais de jogar bola na esquina do que de ir à missa, e felizmente guardei cinco exemplares de *La Viboreña*, que nunca chegou ao número um, que seria o da democracia, porque a professora Olguita, tão boa gente e tão bonita, achava que poderíamos escolher por votação os melhores frutos da nossa abundante colheita literária.

— Você já almoçou? — Manolo fez que sim, esfregou levemente o estômago e Conde pensou que não era boa ideia continuar ali sem comer nada. — Bem, preciso que você vá agora para o computador e puxe todos os casos, todos, registrados em Havana nos últimos cinco dias e que...

— Mas todos todos? — perguntou Manolo, sentando-se na frente de Conde, disposto a discutir a ordem. Olhava para ele fixamente, no rosto, e a pupila do seu olho esquerdo começou a deslocar-se em direção ao nariz até quase desaparecer atrás do tabique.

— Pare, não me olhe desse jeito... Posso terminar? Posso falar? — perguntou o tenente, apoiando o queixo entre as mãos, observando seu subordinado com resignação e perguntando-se mais uma vez se Manolo era vesgo.

– Vai, fala – aceitou o outro, adotando uma dose da resignação do chefe. Passou o olhar para a janela e seu olho esquerdo avançou devagar rumo à posição normal.

– Olha, meu velho, para começar a entender essa confusão, precisamos descobrir alguma relação com alguma coisa, sei lá o quê. Por isso quero que você pegue os dados no computador e selecione em seu brilhante cérebro tudo o que possa ter a ver com o desaparecimento de Rafael Morín. Vai ver, sai alguma coisa. Quem sabe?

– Entendo, atirando no escuro.

– Ah, Manolo, não fode, a coisa é assim. Vai, espero você daqui a uma hora.

– Me espera daqui a uma hora. Uma hora? Escuta, você me apronta cada uma... e nem sequer me contou o que houve com o hispano!

– Não foi nada. Falei com o chefe de segurança do Comércio Exterior e parece que o galego é mais puro que a virgem santíssima. Gosta de uma putaria e é bastante pão-duro com as meninas, mas me veio com a ladainha de que é amigo de Cuba, tem feito bons negócios com a gente, nada de anormal.

– E você vai falar com ele?

– Bem que gostaria, sabe? Mas acho que o Velho não vai nos dar um avião para ir até Cayo Largo. O homem está lá desde a manhã do dia 1º. Parece que todo mundo foi embora na manhã do dia 1º.

– Acho que precisamos vê-lo, depois do que Maciques disse...

– Ele não volta até segunda, de maneira que temos de esperar. Bem, dentro de uma hora te vejo aqui, parceiro.

Manolo se levantou e bocejou, abrindo a boca o quanto pôde e resmungando com ternura.

– Com o sono que me deu depois do almoço...

– Escuta, você sabe o que me espera agora mesmo? Hein? – insistiu Conde na pergunta, e abriu uma pausa para se aproximar do sargento. – Pois tenho que ir falar com o Velho e dizer que estamos na mesma... Quer trocar?

Manolo iniciou a retirada, sorrindo.

– Não, vai você, para isso ganha uns cinquenta pesos a mais que eu. Daqui a uma hora, certo? – aceitou o encargo e saiu do cubículo sem ouvir o aham com que o tenente se despedia.

Conde viu-o fechar a porta e então bocejou. Pensou que poderia estar curtindo uma longa sesta àquela hora, aconchegado e coberto, depois de se empanturrar com a comida da Jose, ou entrando num cinema, adorava aquela escuridão em pleno meio-dia, para ver filmes muito sórdidos e comoventes, como *A amante do tenente francês, Gente como a gente* ou *Nós que nos amávamos tanto*. Não está certo, pensou, pegando a pasta e sua maltratada caderneta de anotações. Se acreditasse em Deus, teria se encomendado a Ele antes de se apresentar ao Velho de mãos vazias.

Saiu do cubículo e avançou pelo corredor que levava à escada. A última sala do corredor, a mais ampla e fresca do andar inteiro, estava iluminada, e decidiu então fazer uma escala necessária. Bateu no vidro, abriu e viu as costas encurvadas do capitão Jorrín, que olhava para a rua com o antebraço apoiado no peitoril da janela. O velho lobo da Central virou um pouco e disse, entre, Conde, entre, continuando na mesma posição.

– Você acha que eu já tenho mesmo que me aposentar, hein, Conde? – perguntou o homem, e o tenente percebeu que escolhera uma hora ruim. Logo eu para aconselhar, pensou.

Jorrín era o detetive mais antigo da Central, uma espécie de instituição à qual Conde e muitos de seus colegas apelavam como a um oráculo em busca de conselhos, presságios e vaticínios de utilidade comprovada. Falar com Jorrín era como um rito imprescindível em cada investigação escabrosa, mas Jorrín estava envelhecendo, e aquela pergunta era um sinal terrível.

– O que foi, mestre?

– Estou tentando me convencer de que devo me aposentar, mas queria saber o que pensa alguém como você.

O capitão Jorrín se virou, mas continuou perto da janela. Parecia cansado, triste ou talvez sufocado por alguma coisa que o atormentava.

– Não, nenhum problema com o Rangel, nada disso. Nos últimos tempos somos até amigos. O problema é comigo, tenente. Este trabalho vai me matar. São quase trinta anos nessa luta e acho que não aguento mais, não aguento mais, repetiu, e baixou a cabeça. Você sabe o que estou investigando agora? A morte de uma criança de treze anos, tenente. Um menino brilhante, sabe? Estava se preparando para competir na olimpíada latino-americana de matemática. Dá para imaginar? Foi morto ontem de manhã, na esquina da própria casa, para roubarem sua bicicleta. Foi morto a golpes, por mais de uma pessoa. Chegou morto ao hospital, com fratura no crânio, nos dois braços, em várias costelas e sei lá em quantas coisas mais. Como se tivesse sido atropelado por um trem, mas não foi um trem, foram pessoas que queriam uma bicicleta. O que é isso, Conde? Como é possível tanta violência? Eu já deveria estar acostumado com essas coisas, não é? Pois nunca me acostumei, tenente, nunca, e elas me atingem cada vez mais, doem cada vez mais. É uma merda este nosso trabalho, não?

– É verdade – disse Conde e se levantou. Caminhou até parar ao lado do colega. – Mas o que se vai fazer, capitão? Essas coisas acontecem...

– Mas tem gente por aí que nem as imagina, tenente – interrompeu o consolo que Conde lhe oferecia e voltou a olhar pela janela. – Esta manhã fui ao enterro do garoto e percebi que já estou muito velho para continuar nisso. Porra, sei lá, só de pensar que ainda matam uma criança para roubar a bicicleta... Não sei, não.

– Posso dar um conselho, mestre?

Jorrín se manteve em silêncio, consentindo. Conde sabia que, no dia em que o velho Jorrín tirasse o uniforme, entraria numa agonia irreversível que o levaria à morte, mas também sabia que tinha toda a razão, imaginou a si mesmo dentro de vinte anos procurando os assassinos de uma criança, e viu que era demais.

– Só posso dizer uma coisa, e acho que é a mesma coisa que o senhor me diria se eu estivesse na sua situação. Primeiro encontre os caras que mataram o garoto e depois decida se deve se aposentar – disse e caminhou até a porta, puxou a maçaneta e então acrescentou: – Quem mandou ser policial, não é verdade? – e seguiu para fora em busca do elevador, mordido pela angústia que o veterano lhe transmitira. Olhou o relógio e viu que eram apenas duas e meia; sentiu que atravessara uma longa manhã de minutos preguiçosos e horas moles e difíceis de superar, e viu diante de seus olhos um relógio de Dalí. Entrou no escritório do Velho e, quando estava perguntando a Maruchi se podia vê-lo, soou a campainha do interfone. A garota disse espera aí, fazendo um gesto com a mão, e apertou o botão vermelho. Uma voz de lata enferrujada, que o aparelho deixava gaga, perguntou se o tenente Mario Conde estava lá em cima ou onde havia se metido que não aparecia. Maruchi olhou para ele, bateu em outra tecla e disse:

– Está na minha frente – e trocou de tecla outra vez.

– Avisa a ele que tem uma ligação, de Tamara Valdemira, passo para aí?

– Diga que sim, se não vai me morder – Conde se aproximou do telefone cinza.

– Passe, Anita – pediu Maruchi e desligou, acrescentando: – Acho que Conde está interessado no caso.

O tenente pôs a mão no gancho e a campainha soou. Olhou para a chefe de expediente do Velho enquanto o telefone dava o seu segundo toque, mas não atendeu.

– Estou nervoso – confessou à garota, ergueu os ombros, o que vou fazer?, e esperou que o terceiro toque terminasse. Então atendeu: – Alô, pode falar – e Maruchi ficou observando.

– Mario? Mario? Sou eu, Tamara.

– Sim, o que foi?

– Sei lá, uma bobagem, mas talvez te interesse.

– Pensei que Rafael tivesse aparecido... Então, o que é?

– Sei lá, encontrei a agenda de Rafael na biblioteca, estava ali ao lado da extensão e, enfim, não sei se é bobagem.

– Vai em frente, mulher – pediu, e olhou outra vez para Maruchi: são todas iguais, deu a entender com um suspiro.

– Nada, Mario, é que a agenda estava aberta na página do "z".

– Não vá me dizer que Rafael é o Zorro e por isso não aparece!

Ela ficou um instante em silêncio.

– Você não pode evitar, não é?

Ele sorriu e disse:

– Às vezes não consigo... Mas, vamos, o que há com o "z"?

– Nada, é que só tem dois nomes: Zaida e Zoila, cada um com um número.

– E quem são essas? – perguntou com evidente interesse.

– Zaida é a secretária de Rafael. A outra, não sei.

– Está com ciúmes?

– Nem pensar. Acho que estou um pouco velha para esses espetáculos.

– Nunca é tarde... Ele deixava a agenda lá?

– Não, por isso mesmo te liguei. Ele sempre guardava na maleta, e a maleta está no lugar de sempre, ao lado da estante do fundo.

– Certo, então passe os números – disse, e com os olhos pediu a Maruchi para anotá-los. – Zaira, 327304, isso é de El Vedado. E Zoila, 223171, esse é de Playa. Aham – disse, lendo as anotações de Maruchi.

– E então você não tem ideia de quem seja Zoila?

– Não, não mesmo.

– Certo, e a lista?

– Quase pronta. Por isso fui à biblioteca... Mario, estou ficando preocupada.

– Está bem, Tamara, vou checar esses números e depois passo por aí. Certo?

– Certo, Mario, espero você.

– Aham, até mais.

Pegou o papel que a secretária lhe oferecia e o estudou um pouco. Zaida e Zoila, parecia uma dupla mexicana de rancheiras melancólicas. Deveria ter perguntado a Tamara como era o relacionamento entre Rafael e Zaida, mas não teve coragem. Anotou os nomes e os números em seu bloco e, sorrindo, pediu a Maruchi:

– Parceirinha, ligue para o pessoal lá de baixo e diga para eles descobrirem os endereços desses dois telefones, está bem?

– Tudo bem – disse a garota, sacudindo a cabeça ante o inevitável.

– As mulheres gentis acabam comigo. Quando receber eu te pago...
E o chefe?

– Entre, está te esperando, como quase sempre... – e apertou o botão preto do interfone. Bateu de leve e abriu a porta do escritório. Atrás de sua mesa, o major Antonio Rangel oficiava a cerimônia de acender um havano. Inclinando sutilmente a chama do isqueiro a gás, fazia o charuto girar, e cada movimento de seus dedos correspondia a uma aprazível exalação de fumaça azul que flutuava à altura de seus olhos, abraçando-o numa nuvem compacta e perfumada. Fumar era uma parte transcendente de sua vida, e qualquer um que conhecesse sua afeição fetichista pelos bons havanos nunca o interrompia enquanto acendia um, além de, na medida do possível, oferecer a ele charutos de boa marca em cada ocasião propícia: aniversário, bodas, Ano-Novo, nascimento de um neto ou formatura de um filho; e o major Rangel acumulava então uma reserva de colecionador orgulhoso, da qual escolhia marcas para as diferentes horas do dia, fortalezas para estados de ânimo e tamanhos de acordo com o tempo que poderia dedicar ao ato de fumar. Só quando terminou de acender o charuto e observou com satisfação de profissional a coroa perfeita da brasa na ponta, endireitou-se na cadeira e olhou para o recém-chegado.

– Queria me ver, não é?

– Que remédio. Vai, pode sentar.

Quando você está assim, tenso, e sente que não consegue pensar, a melhor coisa a fazer é acender um charuto, mas não para dar pitadas e tragar a fumaça, e sim para fumá-lo de verdade, que é a única maneira de fazer o tabaco entregar todos os seus benefícios. Eu mesmo, fumando assim e fazendo outras coisas, estou desperdiçando este Davidoff 5.000 Gran Corona de 14,2 centímetros, que merece uma fumada reflexiva ou simplesmente que você se sente para fumar e conversar durante uma hora, tempo que um charuto deve durar. O que acendi de manhã foi um desastre: primeiro, porque a parte da manhã nunca é o melhor momento para um charuto dessa categoria e, depois, porque não lhe dei a atenção devida, maltratei-o e depois não consegui mais consertá-lo, e então parecia que estava fumando uma palha de amador, pode acreditar. Não entendo como você prefere fumar dois maços de cigarros por dia em vez de um bom charuto. Isso altera você. E eu nem digo um Davidoff 5.000 ou outro bom Corona, um Romeo y Julieta Cedros número 2, por exemplo, um Montecristo número 3 ou um Rey del Mundo de qualquer medida, basta um bom charuto de capa escura, que abrase suavemente e queime por igual: isso é viver, Mario, ou o que mais se parece com viver. Kipling dizia que uma mulher é apenas uma mulher, mas um bom puro, como chamam na Europa os charutos, é algo mais. E eu te digo que o sujeito tinha toda a razão, porque de mulheres não entendo grande coisa, mas disso aqui conheço bastante. É a festa dos prazeres e dos sentidos, meu velho: recreia a vista, desperta o olfato, liberta o tato e cria o bom gosto que completa uma xícara de café depois da refeição. E até tem sua música para os ouvidos. Ouve só, eu o rolo entre os dedos e ele se lamenta como se estivesse no cio. Está ouvindo? Estes são os prazeres complementa-res: ver uma cinza bem formada de dois centímetros ou tirar o anel da marca depois de fumar o primeiro terço. Não é viver de verdade? Não me olhe com essa cara, isso é perfeitamente sério, mais do que pode imaginar. Fumar é um prazer, sim, sobretudo para quem sabe fumar. O que você faz é um vício, uma vulgaridade, e por isso você fica agressivo e se desespera. Entenda uma coisa, Mario: este é um caso como qualquer outro, e você vai resolver. Mas não deixe que o passado te influencie, ok? Olhe, para ajudar você a sair desse buraco, vou abrir uma exceção. Você sabe, eu nunca dou charutos de presente, mas vou te dar um destes Davidoff 5.000. Agora vou pedir a Maruchi para te trazer um café, você acende como eu já te disse que se deve fazer e depois me conta. Se isso não te ajudar a viver, você é mesmo um bosta. Maruchi.

"*Sábado 30-12-88*

"Roubo com violência, Empresa Varejista Município Guanabacoa. Segurança ferido grave. Autores detidos. Encerrado."

"Tentativa de homicídio, Município La Lisa. Autor detido: José Antonio Evora. Vítima: esposa do autor. Estado grave. Declaração: reconhece culpabilidade. Motivo: ciúmes. Encerrado."

"Assalto e roubo, Parque de Los Chivos, La Víbora, Município 10 de Outubro. Vítimas: José María Fleites e Ohilda Rodríguez. Autor: Arsenio Cicero Sancristóbal. Detido 1-1-89. Encerrado."

"Homicídio. Vítima: Aureliana Martínez Martínez. Moradora em 21, n. 1.056, e/ A e B, Vedado, Município Plaza. Motivo: desconhecido. Aberto."

"Desaparecimento: Desaparecido Wilfredo Cancio Isla. Caso aberto: possível tráfico de drogas. Desaparecido encontrado em casa interditada. Acusado de violação de domicílio. Detido em investigação por possíveis conexões com drogas."

"Roubo com violência..."

Fechou os olhos e apertou as pálpebras com a ponta dos dedos. A conversa com Jorrín tinha mexido com a hipersensibilidade que não perdera com tantos anos de ofício e que o fazia imaginar cada um dos casos. E aquela lista de delitos inúteis enchia três páginas de computador, e ele pensou que Havana estava se transformando numa cidade grande. Aspirou suavemente o charuto que o Velho lhe dera. Nos últimos tempos, pensou, roubos e assaltos se mantinham em linha ascendente, o desvio de recursos estatais parecia incontrolável e o tráfico de dólares e obras de arte era muito mais do que moda passageira. É um bom tabaco, mas nada disso tem a ver com Rafael. Dezenas de queixas diárias, de casos que se abriam, que eram resolvidos ou que ainda estavam sendo investigados, conexões insólitas que ligavam uma simples cervejaria clandestina a uma mesa de apuração de loterias clandestinas, e a mesa com a falsificação de bônus de gasolina, e a falsificação com um carregamento de maconha, e a droga com um verdadeiro depósito de eletrodomésticos de diversas marcas para escolher e adquiridos com dólares que às vezes não podiam ser rastreados, e se este tabaco me

64

ajudasse a pensar, porque precisava pensar depois que o Velho ouvira sua história com Rafael Morín e Tamara Valdemira, fui apaixonado feito um cão por essa mulher, Velho, mas isso já faz vinte anos, não é?, perguntou o major, e disse:

– Esquece do substituto. Preciso que você resolva esse caso, Mario, não te chamei por capricho esta manhã. Você sabe que não gosto de incomodar por causa de bobagens e que não sou noveleiro para ficar inventando tragédias onde não há. Mas a história desse homem me cheira mal. Não me decepcione agora – disse também, e acrescentou: – Mas com cuidado, Mario, com cuidado... Pense, pense, porque a coisa deve ter alguma explicação, e você é o melhor para descobri-la, certo?

– E o que você pensou, Conde? – perguntou então o sargento Manuel Palacios, e Conde viu voarem uns pirilampos que tinham nascido em seus olhos devido à pressão dos dedos.

Levantou e voltou para a janela de suas meditações e melancolias. Faltavam três horas para o anoitecer, e o céu estava nublado, indicando, talvez, a volta da chuva e do frio. Sempre preferira o frio para trabalhar, mas aquela escuridão prematura o deprimia e roubava a pouca vontade que ainda lhe restava. Nunca desejara tanto encerrar um caso, as pressões de cima que o Velho lhe transmitia o deixavam desesperado, e a imagem das nádegas de Tamara ondulando sob o vestido amarelo era quase um tormento, mas também uma advertência: Tome cuidado. Todo mundo parecia ver um perigo. O pior, no entanto, era o sentimento de desorientação que o afligia: estava tão perdido quanto Rafael e não gostava de trabalhar assim. O major tinha aprovado seus primeiros passos e lhe dado autorização para conversar com o empresário espanhol e investigar a empresa – é, aí pode aparecer alguma coisa, dissera –, para entrevistar pessoas e levar papéis aos especialistas em finanças e contabilidade da Central, só que precisava esperar até segunda, e o major não queria que aquilo demorasse até segunda. Mas fumando aquele charuto de sabor sedoso ele se convenceu de que o desaparecimento de Rafael Morín não tinha nada a ver com o acaso e de que seria preciso percorrer todos os caminhos lógicos que pudessem levar ao princípio do fim daquela história; e a festa e a empresa, a empresa e a festa pareciam dois caminhos confluentes.

– Tamara ligou para falar de algo que pode ser uma pista – respondeu por fim a Manolo, e lhe contou sobre a agenda. O sargento leu os nomes, os números, os endereços das duas mulheres e em seguida perguntou ao tenente:

– E você acha mesmo que pode sair alguma coisa daí?

– Estou interessado em Zaida, a secretária, e também quero saber quem é essa Zoila. Vem cá, quantos nomes com "z" você tem na sua agenda?

Manolo levantou os ombros e sorriu. Não, não sabia.

– Nos dicionários, o "z" tem apenas oito, dez páginas, e quase ninguém tem nomes que comecem com "z" – disse Conde, e abriu a própria agenda. – Eu só tenho a Zenaida, lembra da Zenaida?

– Ei, Conde, deixa pra lá, que a garota não está mais nessa.

O tenente fechou a agenda e guardou-a na gaveta da escrivaninha.

– Elas nunca estão nessa. Muito bem, então vamos ver as "z", pode ir pegando o carro.

A noite de sábado não ia ser nada espetacular. Estava caindo um chuvisco frio que duraria até a madrugada; sentia-se frio mesmo no carro fechado, e Conde teve saudade do sol potente que acompanhara seu despertar naquela mesma manhã. Com a chuva, as ruas ficavam desertas, e uma abulia cinzenta dominava aquela cidade que vivia no calor e se recolhia ante tímida friagem e um pouco de água. O lânguido inverno tropical ia e vinha, inclusive em um mesmo dia, e era difícil saber o tempo que estava fazendo: Um inverno de merda, pensou, e observou a rua Paseo, escurecida por seus arvoredos, varrida por um vento marinho que arrastava papéis e folhas secas. Ninguém tinha coragem de ocupar os bancos da passagem central da avenida que Conde considerava a mais bela de Havana e que agora era propriedade absoluta de um obsessivo que fazia sua corrida vespertina abrigado num impermeável. Que força de vontade. Numa tarde assim, ele gostaria de se jogar na cama com um livro na mão e no sono quando chegasse à terceira página. Numa tarde assim, sabia também, o frio e a chuva irritavam as pessoas condenadas à clausura, e mesmo as esposas mais pacíficas costumavam transformar em questão de honra feminina resistir ao impulso machista do marido com uma martelada na testa do próprio, entre um bife e outro, e sem remorso. Por sorte, naquela noite seria reiniciado o campeonato depois da interrupção de fim de ano, e ele pensou que talvez a chuva impedisse a partida. Seu time, o Industriales de suas angústias e insônias, ia jogar essa noite no Latino-Americano contra o Vegueros para decidir quem passava para o *play-off* final do campeonato, porque o La Habana já estava classificado. Gostaria de poder ir ao estádio, precisava daquela terapia de grupo que tanto se parecia com a liberdade, em que se podia dizer qualquer coisa, desde xingar a mãe do juiz até chamar de burro o técnico do próprio time, e sair dali triste pela derrota ou eufórico pela vitória, mas relaxado, afônico e vital. Ultimamente Conde era a própria encarnação do ceticismo: tentava até nem ver os jogos, porque o Industriales estava cada vez pior e ainda por cima a sorte tinha se esquecido deles, e, tirando o Vargas e o Javier Méndez, os outros pareciam jogadores da segundona, com as pernas frouxas demais para entrar a sério numa final e ganhar. Tinha se esquecido de Zaida e Zoila quando chegaram ao Malecón e o chuvisco salobre se juntou ao que caía do céu, e Manolo praguejou em voz alta, pensando que de noite teria de lavar o carro antes de guardá-lo.

— Faz tempo que você não vai ao estádio, Manolo?

— Que conversa é essa de estádio, Conde? O que tem a ver? Olhe só onde nos enfiamos com este carro, como sou burro, eu devia ter entrado na Linha — lamentou-se quando dobraram pela rua G rumo à Quinta. Pararam na frente de um edifício e saíram do carro.

— O estádio te curaria desses chiliques.

Zaida Lima Ramos morava no sexto andar do prédio, apartamento 6D, confirmou o tenente Mario Conde em suas anotações e, do vestíbulo, observou como Manolo se molhava todo para desmontar a antena do carro e sorriu com a explicação dele:

67

– Prevenção de delito, tenente. Mês passado, sumiram com a outra, em frente à minha casa – disse ele, e ambos caminharam até o elevador, onde foram recebidos por um cartaz que dizia: ENGUIÇADO.

– Bom começo, não é mesmo? – disse Conde, e se dirigiu à escada, mal iluminada por lâmpadas raquíticas na saída de alguns andares. Enquanto subia, arfava respirando pela boca e sentia como seu ritmo cardíaco se acelerava pela falta de ar e como o exercício entumescia os músculos das pernas. Por um instante, pensou que o atleta da rua Paseo tinha razão e, no quinto andar, encostou-se no corrimão da escada, olhou para Manolo e depois para os dois lances que faltavam até a porta do sexto andar e implorou com a mão, espera, espera aí, precisava respirar, ninguém vai respeitar um detetive da polícia que bate na porta com a língua de fora, lágrimas nos olhos e implorando por um copo de água, pelo amor de Deus. Queria sentar, e maquinalmente tirou um cigarro do bolso do casaco, mas acabou sendo razoável. Ajeitou-o entre os lábios ressecados, sem acender, e atacou os últimos lances da escada interminável.

Chegaram ao corredor, também na penumbra, e encontraram o 6D no extremo oposto. Antes de bater, Conde decidiu acender o cigarro.

– Como abordamos o assunto? – quis saber Manolo antes de começar a conversa.

– Estou interessado no homem em seu trabalho, vamos por aí. Bem suave, como quem não quer nada, certo? Mas, se for preciso, você dá uma de perspicaz e meio incrédulo.

– Gravamos?

Pensou um instante, apertou a campainha e disse:

– Ainda não.

A mulher se surpreendeu quando os viu. Com certeza estava esperando alguém, e aqueles dois desconhecidos, na tarde de sábado chuvosa e fria, fugiam a todos os seus cálculos. Boa tarde, disseram os policiais, apresentando-se em seguida, e ela então disse que sim, a voz tremia um pouco, era Zaida Lima Ramos. Convidou-os a entrar, mais confusa ainda, tentando alisar o cabelo emaranhado, talvez a tivessem acordado, estava com cara de sono, e eles explicaram o motivo da visita: seu chefe havia desaparecido, o companheiro Rafael Morín.

68

– Já sabia disso – disse ela, acomodando-se na poltrona. Sentou com as pernas bem apertadas e tentou esticar a saia, que mal chegava aos joelhos.

Conde observou que tinha pelos nas coxas, uns leves redemoinhos em subida, e tentou deter outro redemoinho, o que subia por sua imaginação. A mulher tinha entre vinte e cinco e trinta anos, olhos grandes e pretos e boca carnosa e ampla de mulata benfeita, tanto que, mesmo despenteada e sem maquiagem, Conde achou-a decididamente maravilhosa. A sala do apartamento era pequena, mas estava arrumada com esmero, tudo brilhava. Na estante que recobria a parede oposta à varanda, Conde notou a presença de um aparelho de televisão Sony, um gravador Beta, um som estéreo e suvenires característicos de várias partes do mundo: um mosaico de Toledo, uma estatueta mexicana, uma réplica em miniatura do Big-Ben e uma da torre de Pisa, enquanto Zaida explicava que Maciques tinha telefonado no dia 1º à tarde procurando Rafael, que ela não tinha a menor ideia de onde ele poderia estar e depois ligou várias vezes para ele, a última de manhã, estava preocupada, não havia nada de novo sobre Rafael?

– Belo apartamento – comentou o tenente e, com o pretexto de encontrar um cinzeiro, observou-o com mais liberdade.

– Pouco a pouco a gente vai juntando umas coisinhas – disse ela, sorrindo, mas parecia nervosa –, e tentando morar num lugar agradável. O problema é que meu filho e os amigos dele sempre espalham tudo.

– Você tem um filho?

– Tenho, de doze anos.

– Doze ou dois? – perguntou Conde, realmente em dúvida.

– Doze, doze – esclareceu ela. – Saiu agorinha mesmo com uns amigos do prédio. Imaginem, com este frio, inventaram de tomar sorvete no Coppelia.

– Dizem os chineses, enfim, não sei se todos, mas pelo menos um que eu conheço, pai de uma colega nossa, que é bom tomar sorvete no frio – sorriu, enquanto Manolo mantinha o silêncio do seu personagem. Se agisse sempre assim...

– Aceitam um café? – perguntou Zaida, ela sentia frio, ou talvez medo e frio, e não sabia se cruzava os braços ou se lutava contra a escassez de sua saia.

– Não, obrigado, Zaida. Na realidade, não queremos tomar seu tempo, você estava esperando visita, não é? Só queríamos que nos falasse um pouco sobre seu chefe, o que sabe dele, a esta altura qualquer coisa pode ajudar.

Não sei, parece tão incrível, tão impossível que Rafael tenha sumido, tomara que não, mas estou com uma angústia... Não quero nem pensar. Porque escondido ele não está, né? E, sei lá, por que, para que ele iria se esconder, não é mesmo? Não tem sentido, tudo isso é muito estranho. Eu passei três dias pensando e não entendo. Com licença, vou fechar as janelas da varanda, de repente faz frio e esta casa é uma geladeira, o mar está logo ali e fiquei com um pouco de dor de cabeça, acho que de tanto dormir... Bem, acho que conheço bastante Rafael, imaginem, faz nove anos que trabalho com ele, comecei no almoxarifado central do Ministério, ele me arranjou uma vaga de datilógrafa e me ajudou muito, eu não tinha experiência, isso aconteceu quando o pai do menino foi embora pelo Mariel, eu soube quando ele já estava lá, foi uma loucura, assim de repente, sem me dizer nada e, bum!, me aparece em Miami, foi com um tio, preparou tudo às escondidas e não confiou nem em mim, não se despediu do filho, foi horrível, não gosto nem de lembrar, e como eu sabia um pouco de datilografia, tinha terminado o pré-universitário, mas estava com o menino pequeno e, sei lá, são problemas de família, mas minha mãe ainda estava zangada comigo por causa da gravidez antes do casamento e um senhor aqui do lado, o do comitê, disse que no trabalho dele precisavam de uma datilógrafa no almoxarifado e que não era nada difícil, só planilhas, cartões e coisas desse tipo. Puxa, eu sempre perco o fio da meada. Bem, o caso é que comecei a trabalhar e, como as coisas se acalmaram com minha mãe, me matriculei no curso de secretária à noite e Rafael me ajudou muito, todos os sábados me dava folga para eu resolver meus problemas e ficar

70

com o menino, porque o trabalho e o curso me tomavam o dia inteiro, durante dois anos, e, quando me formei, peguei o emprego de secretária, que estava vago, mas ele tinha guardado pra mim, afinal de contas eu já vinha fazendo esse trabalho havia um bom tempo. Rafael. Vejam só, sempre considerei Rafael um verdadeiro amigo, não sei de que pode lhes servir essa cantilena, mas ele é um bom amigo, posso garantir, e como chefe não tem melhor, mais humano, responsável, preocupado com todo mundo, naquela época e agora aqui na empresa, porque, é claro, ele quis que eu também viesse para a empresa, porque a coisa aqui é mais complicada e precisava de pessoas de confiança, é uma tremenda responsabilidade, quase tudo é em dólares e com companhias de fora, sabem como é... Tremenda responsabilidade, mas ele mantinha tudo nos trinques, como se diz na gíria, sempre, sempre mesmo, e além do mais nunca teve problemas com nenhum funcionário, pelo que eu me lembre, podem perguntar ao García, do sindicato, vocês vão ver só. Não, por isso mesmo não entendo o que está acontecendo, tudo anda direitinho como sempre, nesses dias estávamos atolados de trabalho com o planejamento de 89, e, como sempre terminávamos tarde, ele me mandava para casa com um motorista, ou então me trazia ele mesmo, parece mentira Rafael não aparecer em lugar nenhum, eu ainda não posso acreditar... deve ter acontecido alguma coisa com ele, né? Ah, imaginem só, quando Alfredito tinha seis anos, Alfredito, o meu filho, pegou meningite e eu pensei que ele ia morrer, e como Rafael me tratou, nem o pai do menino seria assim, quer carne?, quer um carro para o hospital?, quer o salário completo?, mas, enfim, isso não tem nada a ver, o que interessa é como ele me tratou, e eu não sou exceção. Sempre o vi agindo assim com todo mundo, perguntem por aí, perguntem ao García, do sindicato. O coitado... Um telefonema. Um telefonema no dia 1º? Não, não, a última vez que vi Rafael foi no dia 30, porque no fim do ano não houve expediente, ele veio comigo até aqui, subiu para tomar um café e disse que estava muito cansado, esgotado, foi o que disse, porque conversamos um pouco e ele me deu... uma bobagem, uma lembrança de fim de ano, sabe, tanto tempo trabalhando juntos, um ao lado do outro, ele é mais do que meu chefe, a convivência traz o afeto, sabe como é?, e parecia tão cansado. E o que vocês estão pensando de tudo isso?

– Não, não me diga o que está pensando, não me diga nada ainda – pediu ao sargento quando chegaram à rua. Continuava caindo uma chuva fina e monótona, e a noite havia se apoderado da cidade. – Vamos para a esquina da 70 com 17, para ver que surpresa nos prepara a Zoila.

– Evitando prejulgar? – perguntou Manolo enquanto recolocava a antena no lugar.

– Pare com essa porra, compadre. Deixe a antena quieta, nós já vamos parar de novo.

Manolo prosseguiu como se não tivesse ouvido nada e terminou de instalar a antena enquanto Conde se acomodava no carro. Percebia que o tenente começava a ficar nervoso, e nesses casos era melhor ignorá-lo. Não quer saber o que eu penso?, então não digo e pronto. Mas penso muitas coisas, disse em voz alta e deu a partida, subindo pela Linha em direção ao túnel, enquanto Conde fazia uns rabiscos no seu bloco amarfanhado. Brincava outra vez com o botão da caneta e, sem pedir licença, desligou o rádio que Manolo havia ligado. Mesmo assim, o sargento Manuel Palacios admitia que preferia trabalhar com aquele tenente meio neurótico, havia decidido isso quando ainda era um suboficial novato e o mandaram para a equipe que investigava um roubo de quadros no Museu Nacional e um perito do grupo lhe dissera: "Olhe, aquele ali é o Conde. É o chefe da operação. Não se assuste com nada do que ele disser, porque é meio maluco, mas é boa gente e, além do mais, acho que é o melhor", o que Manolo comprovaria mais tarde em várias ocasiões.

– E eu, posso saber o que você acha? – perguntou então o sargento, com os olhos fixos no asfalto.

– Também não.

– Está em crise, compadre?

– Aham, à beira de um ataque de nervos. Olha, conheço Rafael Morín e estou farejando o final desse filme, mas ainda tenho muitos pontos soltos e não quero prejulgar.

O carro avançava pela 19, e Manolo decidiu fumar seu primeiro cigarro do dia. Desse aí também sinto inveja, pensou Conde, só fuma quando tem vontade.

– Quando você começa a encher o saco com esse negócio de prejulgamentos, é porque está em crise pra valer – afirmou Manolo, e dobrou na 70 rumo à 17.

– Essa, essa – disse Conde quando viu a casa número 568. – Pare por aqui mesmo, e se tirar a antena de novo te meto uma advertência, ouviu?

– Entendido. Mas pelo menos feche direito a janela, pode ser? – gritou Manolo enquanto subia a sua até o topo.

Havia uma luz acesa no portão da casa, mas a porta e a janela da frente permaneciam fechadas. Conde bateu duas, três vezes e esperou. Manolo, já ao seu lado, ajeitava o casaco de náilon e tentava meter o zíper no trilho. O tenente bateu de novo e olhou para o colega, empenhado em puxar o zíper.

– Esses zíperes são horríveis, meu velho. Mas esqueça, porque aqui não tem ninguém – e tornou a bater com força na madeira da porta.

As batidas retumbaram distantes, como numa casa vazia.

– Vamos para o comitê – disse então o tenente.

Avançaram pela calçada procurando o cartaz do CDR, que por fim apareceu na mesma esquina, quase oculto na selva de mamoneiras e palmeiras do jardim.

– Este é o problema no frio. Cada vez sinto mais fome, Conde – choramingou Manolo, implorando uma folga ao superior.

– E o que você acha que eu tenho na barriga? Juntando o que bebi ontem à noite, o café de hoje e o charuto que o Velho me deu, parece que estou com um sapo morto no estômago. Já me sinto enjoado.

Bateu no vidro da porta, e os latidos imediatos de um cachorro arrepiaram Manolo.

– Não, pelo amor de Deus, eu volto para o carro – disse, lembrando-se do seu imbatível recorde de mordidas a trabalho.

– Não fode, rapaz, fica quieto – e a porta se abriu. Um cachorro branco e preto veio até o portão, alheio aos gritos do dono. Leãozinho, chamava ele, que coisa chamar de Leão aquele vira-lata de cor indefinida, rabo enroscado e meio cambaio, que havia ignorado a presença de Mario Conde e agora se esmerava em cheirar as calças e os sapatos de Manolo, como se alguma vez tivessem sido seus.

– Ele não morde – avisou o homem, com orgulho de dono de cachorro bem-educado. – Mas protege muito bem. Boa noite. Conde se apresentou e perguntou pelo presidente do comitê.

– Sou eu mesmo, companheiro. Querem entrar?

– Não, não se incomode, só queríamos saber se viu Zoila Amarán hoje, precisamos encontrá-la para uma verificação...

– Algum problema?

– Não, não, só isso, uma verificação.

– Pois, olhe, companheiro, acho que vai ser difícil. Pra pegar a Zoilita você tem que jogar um laço, porque ela não para quieta – comentou o presidente. – Leãozinho, vem cá, deixe o companheiro sossegado senão ele te leva preso – disse e sorriu.

– E ela mora sozinha?

– Sim e não. Na casa dela moram também o irmão e a mulher, mas eles são médicos e, como foram mandados para Pinar del Río, só vêm aqui de três em três meses. Por isso agora ela está sozinha e ouvi falar, quer dizer, sabe como é, mesmo sem querer a gente acaba ouvindo, acho que foi hoje mesmo, comprando pão ali na venda, que ela disse que ia não sei aonde e há três dias não aparece.

– Três dias? – perguntou Conde, e quase sorriu vendo o alívio de Manolo quando Leãozinho finalmente perdeu o interesse em seus sapatos e sua calça e foi para o jardim.

– É, uns três dias. Mas, olhe, vou ser sincero, porque a verdade é esta. Desde pequena, e eu a vi nascer logo ali, essa Zoilita parece um cata-vento, nem a mãe, que já morreu, a falecida Zoila, conseguia saber para onde ela ia se virar. Eu até pensei que ia ser mulher-macho, mas que nada. Bem, então ela não fez mesmo nada de errado?, porque é meio doida, mas não é pessoa ruim, também digo isso com toda a franqueza.

Conde ouviu as opiniões do homem e pegou um cigarro no bolso do paletó. Seu cérebro queria avaliar o fato de Zoila não aparecer em casa fazia justamente três dias, mas de repente sentiu-se cansado de

74

tudo, de Zaida e Maciques defendendo Rafael, de Zoila e do galego Dapena, que também tinha sumido no dia 1º, de Tamara e Rafael, mas disse:

– Não, não se preocupe, não há problema nenhum. Só queríamos saber mais duas coisas: que idade a Zoilita tem e onde ela trabalha?

O presidente encostou o antebraço na moldura da porta, observou Leãozinho cagando plácida e abundantemente no jardim e sorriu.

– Não lembro a idade exata. Preciso ver no registro...

– Não, não, mais ou menos – ressuscitou Manolo.

– Uns vinte e três anos – disse então. – Quando a gente envelhece, dá no mesmo se a pessoa tem vinte ou trinta anos, né? E a outra pergunta: trabalha lá mesmo, na própria casa, fazendo artesanato com sementes, caracóis e essas coisas, e ganha bastante bem, só trabalha quando precisa, mas, do jeito que está a situação, no final do ano ela faz sua colheita, porque está difícil arrumar qualquer coisinha, não é mesmo?

– Bem, companheiro, muito obrigado – disse Conde, interferindo no fluxo de palavras que ameaçava envolvê-los. – Só queremos que nos faça um favor. Quando ela aparecer, ligue para este número e deixe um recado para o tenente Conde ou o sargento Palacios. Pode ser?

– Claro, companheiros, é um prazer, podem contar conosco, sem dúvidas. Mas, olhe, tenente, não está certo vocês não entrarem um pouco para tomar um cafezinho passado agora mesmo, hein? Sempre achei que, quando dois policiais vão a um CDR, deve ser desse jeito, não é mesmo?

– Eu também achava, mas não se preocupe. Há policiais que têm até medo de cachorro – disse Conde, e apertou a mão do homem.

– Que simpático, hein? – disse Manolo enquanto caminhavam para o carro. Estava com o casaco aberto de encontro ao ar frio. – Hoje você está muito engraçadinho. Como se fosse pecado não aturar cachorros.

– Deve ser por isso que te mordem. Olha só como você está suando, meu velho.

– É, já conheço essa história da adrenalina, e do cheiro, e da puta que o pariu, mas o caso é que eles sempre vêm pra cima de mim.

Entraram no carro e Manolo respirou fundo com as duas mãos ao volante.

– Bem, já temos uma ideia de quem é Zoilita. O negócio se complica, não é?

– Complica, mas não é o fim do mundo. Olhe, vamos fazer uma coisa. Eu estou indo buscar a lista dos convidados do vice-ministro, enquanto isso você se encarrega de botar dois agentes para investigar a Zaida e a Zoilita. Principalmente a Zoilita. Quero saber onde ela se meteu e que papel tem nisso aí.

– E por que não trocamos? Eu pego a lista, que tal?

– Olhe, Manolo, é melhor não cutucar onça com vara curta. Nem um resmungo a mais – disse e olhou para a rua. Estava fascinado com a persistência daquelas listras brancas que o carro devorava, e só então percebeu que tinha parado de chover. Mas à dor do seu estômago faminto e maltratado somava-se agora a pressão da urina que lhe enchia a bexiga. – Que mais nós podemos fazer?

Manolo continuou com os olhos fixos na rua.

– Estou falando com você, Manolo – insistiu Conde.

– Bem, acho que as coincidências são incríveis, mas a da Zoilita é muita coincidência, não acha? E também acho que você tem que falar com Maciques. Esse homem sabe muito mais.

– Vamos vê-lo segunda-feira na empresa.

– Eu o veria antes.

– Amanhã, se der tempo, está bem?

– Tudo bem.

– Agora ligue o rádio, que estou mijando nas calças.

– Pode se mijar, que não vou ligar o rádio.

– O que foi, meu velho, ainda está apavorado por causa de um vira-lata?

– Não, é que por culpa sua não podemos ouvir rádio. Roubaram a antena em frente à casa da Zoilita.

76

A canção preferida dele sempre foi "Strawberry Fields forever". Descobriu-a num dia inesperado de 1967 ou 1968 na casa de seu primo Juan Antonio; fazia um calor tremendo, mas Juan Antonio e três dos seus amigos, que já eram grandes, estavam na oitava série, sentaram-se no quarto do primo, lembrava, como se fossem rezar para o profeta: no chão, em volta de um velhíssimo toca-discos RCA Victor, tinha até traças, que girava um disco opaco e sem identificação. "É uma cópia, espertalhão, como quer que tenha letrinhas?", disse Juan Antonio com seu mau humor habitual, e também se sentou no chão porque ninguém queria falar nada, nem mesmo sobre mulheres. Então Tomy pegou o braço do toca-discos, colocou-o sobre o vinil com todo o carinho, e a canção começou; ele não entendeu nada, os Beatles não cantavam tão bem como nos discos de verdade, mas os grandes sussurravam a letra, como se a soubessem, e ele só sabia que *field* era jardim, *centerfield* é jardim central, concluiu, mas isso foi depois. Naquele instante sentiu que estava assistindo a um ato de magia irreproduzível e, quando a canção terminou, pediu, vai, Tomy, bota de novo. E agora estava cantando outra vez e não sabia por quê: queria negar que aquela melodia era a bandeira de suas saudades de um passado onde tudo tinha sido simples e perfeito e, embora já soubesse o que a letra significava, preferia repeti-la sem consciência e sentir apenas que estava caminhando por aquele campo de morangos que jamais tinha visto, mas que suas lembranças conheciam tão bem, somente ele e aquela música. "Strawberry Fields" vinha sempre assim, sem se anunciar, e empurrava todo o resto. Estava cantando, voltava a qualquer parte da canção e sentia-se melhor, já não via o céu escuro tristemente encoberto nem a imagem de Rafael Morín discursando no palanque do pré-universitário, não queria fumar e não ouvia Manolo relatando sua última conquista amorosa enquanto o levava até a casa de Tamara, *Strawberry Fields forever, dan, dan, dan...*

— A agenda estava bem aqui.

O tempo é uma mentira; nada mudou na biblioteca: a coleção completa da enciclopédia *Espasa-Calpe*, a que mais sabe, com suas lombadas azul profundo e suas letras douradas e brilhantes apesar dos anos; o diploma do pai de Tamara de doutor em direito conserva impassível seu lugar privilegiado, suplantando inclusive os dois desenhos de Víctor Manuel de que ele sempre gostara tanto. O volume escuro das histórias do Padre Brown, com sua capa de couro que acaricia os dedos, é uma pontada na melancolia, o velho doutor Valdemira lhe recomendara havia muitos anos, quando Conde não podia nem imaginar que seria colega de profissão do padreco de Chesterton. E a mesa de mogno é imortal, ampla como o deserto e bela como uma mulher. Uma boa mesa para escrever. Apenas o couro envolvente da cadeira giratória parece um pouco cansado, tem mais de trinta anos e é de pelo legítimo de bisão, era o lugar do escolhido para dirigir a revisão da matéria na noite anterior às provas, privilégio de quem soubesse mais. No dia em que Mario Conde entrou pela primeira vez naquela sala, sentiu-se pequeno, desamparado e terrivelmente inculto, e sua memória ainda é capaz de lhe devolver aquela dilacerante sensação de pequenez intelectual de que não conseguiu se curar.

– Sonhei muitas vezes com este lugar. Mas nem nos sonhos lembrava que seu pai tivesse telefone aqui, ou tinha?

– Não, nunca teve. Papai odiava duas coisas, a ponto de ficar doente, e uma delas era o telefone. A outra era a televisão, o que demonstra que era um homem sensível – lembra ela, deixando-se então cair numa das duas cadeiras situadas em frente à escrivaninha.

– E como se ligam essas duas fobias com esta lareira de tijolos vermelhos numa biblioteca em Havana? – pergunta ele, inclinando-se diante da pequena lareira para brincar com um dos atiçadores.

– Tinha lenha e tudo. É bonita, não é?

– Beleza não bota a mesa... Enquanto não cair neve em Cuba, não sei para que serve isso aí.

Ela sorri tristemente.

– Esta era a fachada do cofre. Eu só soube disso aos vinte anos. Papai era um personagem. Um bom personagem.

Ele larga o atiçador e senta-se na outra cadeira, junto a Tamara. A biblioteca só recebe a luz do pequeno abajur *art nouveau* com pés de bronze e cachinhos de uva cor violeta intenso, e ela absorve um reflexo ambarino que pinta a metade de seu rosto com um tom cálido e vital. Veste um abrigo de ginástica, do mesmo azul profundo da *Espasa-Calpe*, e seu corpo de bailarina desproporcionada parece agradecido naquela roupa que o acaricia e modela.

– Foi Rafael quem instalou a extensão aqui, há uns sete ou oito anos. Ele é que não podia viver sem um telefone.

Ele assimila essa pequena decisão de Rafael e sente que pesa sobre seus ombros o cansaço de um dia longo demais, um dia em que só ouviu falar de Rafael Morín. Tantas pessoas lhe falaram dele que Conde já começa a duvidar se o conhece mesmo ou se se trata de um fenômeno de circo com mil rostos, unidos por um ar de família, mas decididamente diferentes. Gostaria de conversar sobre outras coisas, seria bom dizer a ela que veio cantando "Strawberry Fields" pelo caminho, sente-se propenso a esse tipo de confidência, ou dizer que a acha cada vez mais bonita, mais apetitosa, e afinal pensa que ela pode considerar essas confissões banais e vulgares.

– Não soube da morte do seu pai. Teria ido – diz por fim, porque sente a presença tangível do velho diplomata na sala.

– Não se preocupe – ela balança a cabeça, e isso basta para que a mecha de cabelo recupere sua inquietação e volte para a testa –, foi um tremendo corre-corre, impressionante. Foi duro aceitar que o papai tinha morrido, sabe?

Ele faz que sim e torna a sentir vontade de fumar. A necrologia sempre o impulsiona a fumar. Descobre um cinzeiro de cerâmica em cima da escrivaninha e fica contente por não ser um cristal de Murano ou um Moser ou um Sargadelos gravado à mão, da coleção do doutor Valdemira. Enquanto isso, ela se levanta e vai até o barzinho embutido numa das laterais da estante.

– Tomo um drinque com você. Acho que nós dois precisamos – recita o refrão e, em seguida, serve o líquido de uma garrafa quase quadrada em dois copos altos. – Não sei você, mas eu gosto puro, sem gelo. O gelo corta o perfume de um bom uísque escocês.

– Ballantine's, é?

– Da reserva especial de Rafael – diz, e lhe entrega o copo. – Saúde e boa sorte.

– Saúde e pesetas para o cofre, porque beleza é o que sobra – diz ele, e experimenta o uísque sentindo o abraço morno envolver-lhe a língua, a garganta, o estômago vazio, começando a sentir-se melhor.

– Quem é Zoila, Mario?

Ele abre o casaco e bebe pela segunda vez.

– Ele andava por aí com mulheres?

– Não tenho certeza, mas para dizer a verdade sentia cada vez menos interesse em ficar em cima de Rafael e não tenho a menor ideia do que ele fazia da vida.

– O que quer dizer isso?

– Rafael mal parava em casa, estava sempre em reuniões ou viajando, e é isso mesmo, não me interessava pela vida dele, mas agora quero saber. Quem é essa Zoila?

– Ainda não sabemos. Ela sumiu de casa há vários dias. Estamos investigando.

– E você acha mesmo que Rafael está...? – e o assombro era verdadeiro.

Ele não entende muito bem e fica sem jeito. Ela o encara, cobrando uma resposta.

– Não sei, Tamara, por isso perguntei sobre mulheres. Você é quem deveria me dizer.

Ela prova a bebida e depois tenta sorrir, sem sucesso.

– Estou muito confusa, menino. Tudo isso me parece uma piada de mau gosto e às vezes acho que não, que é um pesadelo, Rafael está numa de suas viagens, nada disso está acontecendo e não vai dar em nada, de repente ele vai entrar por aquela porta – diz, e ele não consegue evitar: olha para a porta. – Preciso de estabilidade, Mario, não sei viver sem estabilidade, dá para entender?

Ela diz, e ele a entende, é fácil entender sua estabilidade, pensa, e a vê tomar outro gole e sentir a golfada suave do uísque, desce o fecho do agasalho até uma altura francamente perigosa: ele gostaria de olhar, tenta se concentrar no copo, mas não consegue e olha porque sente

80

que está tendo uma ereção. O que é isso?, pretende entender aquele mistério, as pessoas não desmaiam na rua só de ver Tamara, mas ele perde a respiração, não consegue tirar da cabeça o desejo que aquela mulher provoca nele e cruza as pernas para submeter suas ânsias a uma aplicação forçada da lei universal da gravidade. Pra baixo, rapaz.

– Não acredito que Rafael seja capaz de uma coisa dessas, não acredito mesmo. Ter uma amante? Olhe, para ser sincera, não sei de nada, mas não duvido, vocês adoram fazer essas coisas, não é? Mas não acredito que ele tenha coragem de ficar escondido por aí com uma mulher, acho que o conheço bem demais para imaginá-lo nessa.

– Eu também não acredito. Não mesmo – insiste ele, convencido, Rafael não ia largar tudo assim, de uma hora para outra, e essa tal Zoilita não é nenhuma duquesa de Windsor. Mais do que isso não sei, mas dessas coisas tenho certeza, pensa.

– E o que mais descobriu?

– Que o galego Dapena ficou doido quando viu você.

Os olhos dela se abrem, como podem abrir tanto, ele se pergunta, e ela levanta a voz, contrariada, desconcertada, quase sem elegância.

– Quem te disse isso?

– Maciques.

– Puxa, que língua... E depois falam das mulheres.

– Mas o que houve com o galego, Tamara?

– Um mal-entendido, não aconteceu nada. Então foi só isso que você descobriu – e toma outro gole.

Ele descansa o queixo na palma da mão e volta a notar o cheiro dela. Começa a se sentir tão bem que lhe dá medo.

– Sim, não é muito. Acho que passamos o dia sem sair do lugar. Esse trabalho é mais difícil do que você imagina.

– Dá para imaginar, principalmente agora que sou suspeita.

– Eu não disse isso, Tamara, você sabe. Tecnicamente você é suspeita, por ser a pessoa mais próxima, a última a saber alguma coisa dele, e sabe-se lá quantos motivos você tem ou poderia ter para se livrar de Rafael. Eu avisei que isto é uma investigação e que podia ser um pouco incômoda.

Ela termina a bebida e deixa o copo ao lado do abajur que a ilumina.

– Mario, você não acha que é uma bobagem me dizer essas coisas?

– E por que você sempre me chamou de Mario e não de Conde, como todos os outros da turma?

– E por que você muda de assunto? Realmente me incomoda que possa pensar isso de mim.

– Como vou explicar? Olhe, você acha que é muito agradável passar a vida assim? Pensa que trabalhar com assassinos, ladrões, estelionatários e estupradores é a maior diversão, e a gente ainda precisa ser razoável e gentil?

Ela consegue obrigar seus lábios a formarem um pequeno sorriso, enquanto sua mão tenta arrumar a mecha irreverente e torta que insiste em nublar-lhe a testa.

– Conde, né? Então me diga, por que resolveu ser da polícia? Para ficar resmungando e se lamentando o dia todo?

Ele sorri, não pode evitar, é a pergunta que mais vezes ouviu em seus anos de detetive e feita pela segunda vez no mesmo dia, e pensa que ela merece uma resposta.

– É fácil. Sou policial por duas razões: uma que desconheço e que tem a ver com o destino que me levou a isso.

– E a que você conhece? – insiste ela, e ele sente a expectativa da mulher e lamenta ter de decepcioná-la.

– A outra é muito simples, Tamara, e talvez até ridícula, mas é a verdade: porque não quero que os filhos da puta façam suas coisas impunemente.

– Um verdadeiro código de ética – diz ela depois de assimilar todas as derivações da resposta e pegar seu copo outra vez. – Mas você é um policial triste, o que não vem a ser a mesma coisa que um triste policial... Quer mais bebida?

Ele estuda o fundo do copo e hesita. Gosta do sabor do uísque escocês, estaria sempre disposto a arriscar a vida ao lado de uma garrafa de Ballantine's, sente-se tão bem perto dela, envoltos na sábia penumbra da biblioteca, e a acha tão bonita. Mas diz:

– Não, deixa, ainda nem tomei café.

82

– Quer comer?

– Quero, preciso, mas obrigado, tenho um compromisso – quase se lamenta. – Estão me esperando na casa do Magro.

– Unha e carne, como sempre – e ela sorri.

– Ainda não perguntei pelo seu filho – diz ele, e se levanta.

– Imagina, com tanta confusão... Ele não está, pedi a Mima para levá-lo ao meio-dia à casa da tia Teruca, lá em Santa Fé, para ficar pelo menos até segunda-feira ou até que se saiba alguma coisa. Acho que tudo isso o perturba... Mario, o que pode ter acontecido com Rafael? – e ela também se levanta e cruza os braços diante do peito, como se de repente o espírito do uísque a houvesse abandonado e ela estivesse com muito frio.

– Bem que eu gostaria de saber, Tamara. Mas vá se acostumando: seja lá o que for, não é nada bom. Preparou a lista dos convidados da festa?

Ela permanece imóvel, como se não tivesse ouvido, e depois descruza os braços.

– Está aqui – responde, pegando uma folha embaixo de uma revista. – São todos os que lembrei, acho que não faltou ninguém.

Ele recebe o papel e se aproxima do abajur. Lê atentamente os nomes, os sobrenomes, o emprego de cada um.

– Não tinha ninguém como eu, né? – pergunta e olha para ela. – Nenhum triste policial?

Ela torna a cruzar os braços diante do peito e observa a lareira, como que pedindo o ato impossível de dar calor.

– De manhã notei que você mudou muito, Mario. Por que essa amargura? Por que fala como se tivesse pena de si mesmo, como se os outros fossem uns canalhas, como se você fosse o mais pobre e o mais puro de todos?

Ele recebe a rajada e pressente que se enganou em relação a ela, que continua sendo uma mulher inteligente. Está fraco e desguarnecido, com vontade de sentar, tomar outro uísque e falar e falar. Mas tem medo.

– Não sei, Tamara. Outro dia conversamos sobre isso.

– Acho que você está fugindo.

– Um policial nunca foge, simplesmente sai e leva junto a sua alegria.

– Você não tem remédio.

– Nem sequer cura.

– Bem, me avise de qualquer coisa, por favor – diz ela avançando pelo corredor, caminhando com os braços ainda cruzados, e Mario Conde, depois de piscar para a imagem daquela *Flora* colorida e exuberante na quietude do desenho, emoldurada e pendurada na melhor parede da sala, indaga o que Tamara Valdemira deve fazer sozinha naquela casa tão vazia. Olhando-se nos espelhos?

O magro Carlos no centro do grupo. Está com os braços abertos, a cabeça um pouco inclinada para a direita, parece crucificado, e na época não imaginava que algum dia iria carregar uma cruz. Sempre dava um jeito de estar no centro, ou talvez nós todos o empurrássemos um pouquinho até transformá-lo no umbigo do grupo, onde tanto ele como nós nos sentíamos tão bem. Era capaz de disparar uma piada por minuto, inventar uma brincadeira com qualquer bobagem que na boca de outro produziria uma chateação infame e alguns sorrisos forçados. Usava cabelos compridos, não sei como conseguia mantê-los assim com a vigilância que havia na porta do pré-universitário, e ainda era muito magro, embora já cursássemos o terceiro ano e nesse dia tivéssemos feito a matrícula na universidade. Como primeira opção ele escolhera engenharia civil, seu sonho era construir um aeroporto, duas pontes e principalmente a planta de uma fábrica de preservativos, com uma produção diferenciada em tamanhos, cores, sabores e formas, capaz de cobrir as exigências do Caribe inteiro, o lugar da Terra onde se trepava mais e melhor, esta era a sua obsessão: as trepadas; e como segunda opção escolheu mecânica. Dulcita, entre o Magro e o Coelho, na época era namorada do Magro, e se o Magro não estivesse crucificado com certeza estaria passando a mão na sua bunda e ela sorrindo, pois também adorava aquela pornografia. Sua saia, com três listras brancas na bainha, é a mais curta de todas, bem acima do joelho, ela sabia como ninguém arregaçá-la na cintura assim que punha o pé fora da escola; merecia o esforço: tinha joelhos redondos, coxas compactas e

84

compridas, pernas que inventaram a expressão bem-torneadas, feitas à mão, e uma bunda – como dizia o Magro numa de suas desastrosas equivalências poéticas – mais dura que acordar com fome às cinco da manhã, e no entanto era sintética, uma compensação, dizia ele, porque não tem nem sombra de tetas. Dulcita sorri feliz, porque está certa de que vai fazer arquitetura e trabalhar com o Magro nas suas obras, ela fazendo os projetos, e como segunda opção escolheu geologia, também tem loucura por entrar em cavernas, principalmente com o Magro, e realizar a obsessão dos dois: trepar. Então Dulcita era perfeita: boa amiga até dizer chega, tremenda gata, inteligente à beça e nunca falhava em nada; assim como passava cola nas provas, também dava uma força para alguma garota, ela era assim, uma amiga de verdade, um homem, porra, e nunca entendi por que foi para os Estados Unidos, quando me contaram eu não acreditei, ela era igual a todos nós, o que será da sua vida... O Coelho não consegue evitar que seus dentes fiquem à mostra, sabe-se lá se estava rindo, com aqueles dentões nunca se sabia, também era magérrimo e havia se inscrito em história como primeira opção e licenciatura em história como segunda, e naquela época estava totalmente convencido de que, se os ingleses não tivessem saído de Havana em 1763, quem sabe Elvis Presley nasceria em Pinar del Río, ou River Pine City, ou sei lá que merda ele diria, com aquelas botas de cano alto que eram seus sapatos de ir à escola, de passear à noite e de ir às festas no sábado e coisa e tal. Ele sim era magro porque não tinha outro remédio, na casa dele estavam comendo um fio, não em sentido figurado, mas um fio elétrico de verdade, que Goyo trazia do emprego de eletricista e dizia: macarrão de fio, fio com batata, croquetes de fio. Tamara está séria, mas pensando bem fica melhor assim: fica mais... bonita?, uma mecha castanho-claro sobre a testa, indomável, assim esmaecida, sempre lhe cobria o olho direito e lhe dava um ar de não sei o que, de Honorata de Van Gult, e ali, ao lado de Dulcita, dava para dizer que Dulcita sempre foi mais bonita, mas Tamara é outra coisa, um negócio diferente de bonita, ela é ótima, gostosa, um avião, dessas de parar o trânsito e deixar Matusalém de pau duro: uma vontade de engoli-la aos pedaços, com roupa e tudo, eu disse uma vez ao Magro, mesmo que depois passasse uma semana cagando pano. E tinha vontade de sentá-la num gramado assim, bem aparado, ficar sozinho com ela uma tarde inteira e simplesmente encostar a cabeça na generosidade de suas coxas, acender um cigarro, ouvir o canto dos passarinhos e ser feliz. Escolhera odontologia como primeira opção e medicina como segunda, e é uma pena vê-la tão séria, já que a futura odontologista tinha uns dentes que jamais iriam ao odontologista, e o Coelho seria seu primeiro paciente, quando eu te pegar na minha cadeira de dentista faço o doutorado colocando esses troços no lugar, ela dizia a ele. Continuo com a mesma cara de susto: sento bem à direita, claro que ao lado de Tamara, como fazia sempre que dava; e, olhe, com as calças que cortava na altura dos joelhos para que minha velha costurasse de novo com a perna invertida: o joelho, que é mais largo, para baixo e a bainha, mais estreita, grudada no joelho, e só assim a gente podia ter uma calça boca-de-sino, como se usava na época. E meu tênis sem meia, remendado na altura dos dedos mindinhos, que são levantados e sempre arrebentam os tênis no mesmo lugar. Também estou sorrindo, mas é um sorriso forçado, assim meio de lado e com uma cara de fome que dá medo, já tinha olheiras e devia estar pensando, não tenho certeza de conseguir entrar em letras, quase não tem vagas em letras este ano, minha média é boa, mas isso é uma caixinha de surpresas, e eu lá morto de vontade de entrar, e como segunda opção escolhi psicologia e não odontologia, por culpa de Tamara, porque não suporto ver sangue e essas coisas, talvez seja melhor fazer história feito o Coelho, ou, sei lá, psicologia?, essa profissão tem perspectivas, mas eu não sabia, nunca soube, que complicação para decidir, e é lógico que eu não estou com muita vontade de rir naquela última foto que tiramos descendo a escada do pré-universitário, na véspera das provas finais em que todos íamos passar porque no terceiro ano não reprovam mais ninguém, quer dizer, isso se não houver outro escândalo Waterpré nem nos derem provas especiais para nos atazanar a vida, como aconteceu com o pessoal do terceiro no ano passado, até com a própria Dulcita, que é inteligentíssima mas está repetindo por causa disso, enfim, todos íamos passar, com certeza. Atrás da foto está

escrito junho de 1975, e ainda éramos muito pobres – quase todos –
e muito felizes. O Magro é magro, Tamara é mais do que... bonita?,
Dulcita é como os outros, o Coelho sonha em mudar a história e eu
vou ser escritor, como Hemingway. O papel foi amarelando com os
anos, um dia se molhou e ficou manchado num canto, e quando olho
aquela cena sinto um enorme complexo de culpa porque o Magro
não é mais magro e porque atrás da câmara, invisível mas presente,
sempre esteve Rafael Morín.

Apertou a campainha quatro vezes seguidas, deu várias batidas na
porta, gritou. Ninguém em casa?, e deu uns pulinhos, a proximidade
do banheiro provocava nele uma vontade aguda de urinar, não dava
mais para aguentar e tornou a bater na porta.

– Estou com fome, mas fome de verdade, e estou me mijando – disse
Conde antes de se aproximar dela, então lhe deu um beijo na testa e
depois inclinou a sua, já quase correndo, para receber o beijo da mulher. Era um hábito de quando o magro Carlos ainda era muito magro
e Conde passava dias naquela casa, e eles jogavam pingue-pongue,
tentavam aprender a dançar, com resultados duvidosos, e estudavam
física de madrugada antes das provas. Mas o magro Carlos não era mais
magro, e só Conde teimava em chamá-lo assim. O magro Carlos pesava
agora mais de noventa quilos e morria em suaves prestações em cima de
uma cadeira de rodas. Em 1981, em Angola, levou um tiro nas costas,
logo acima da cintura, que destroçou sua medula. Nenhuma das cinco
operações que tinha feito conseguiu melhorar as coisas, e todo dia o
Magro amanhecia com uma dor inédita, um nervo morto ou mais um
músculo imóvel para sempre.

– Menino, que cara!, pelo amor de Deus – disse Josefina quando
o viu sair do banheiro, enquanto lhe oferecia um copo médio de café.

– Estou podre, Jose, e com uma fome que não me deixa nem pensar
– e devolveu o copo depois de beber o café de um gole só.

Aliviado e fumando, entrou no quarto do amigo. O Magro estava
na cadeira de rodas diante da televisão e parecia preocupado.

– Disseram que estão preparando o campo, talvez haja jogo. Ei, não, o que é isso, cara? – protestou quando viu a garrafa de rum que o amigo desembrulhava.

– Temos que conversar, meu irmão, e preciso dar duas bicadas num rum. Se você não quer...

– Porra, você é quem vai me matar – disse o Magro, e começou a girar a cadeira. – Não põe gelo no meu copo, esse Santa Cruz é ótimo.

Conde saiu do quarto e voltou armado de dois copos e um saca-rolhas.

– E, então, como vão as coisas?

– Estou chegando da casa de Tamara, Magro, e juro, a danada está mais linda do que nunca. Não é que não envelheça, é que melhora.

– Tem mulheres que são assim. Você ainda pensa em se casar com ela?

– Vai à merda. Este rum está bom mesmo.

– Parceiro, pega leve hoje, você está com uma cara horrível.

– É o sono e a fome e ainda por cima estou ficando careca – disse, mostrou as entradas na testa e tornou a beber. – Enfim, nosso homem está sumido e não se sabe onde se meteu, nem por que sumiu, nem se está vivo ou morto...

O Magro continuava inquieto. Deu uma olhada na televisão que passava clipes musicais enquanto não começava o jogo. Entre as pessoas que Conde conhecia, o Magro era, bem mais do que ele mesmo, quem mais sofria por causa do esporte, desde quando era magro e *centerfield* do time do pré-universitário. As únicas duas vezes em que Conde o viu chorar tinham sido por causa da bola, e seu choro era um choro de boleiro, com lagrimões e fungadas, para além de qualquer consolo possível.

– Como a vida dá voltas... – disse afinal o magro Carlos e observou outra vez o amigo. – Você procurando Rafael Morín.

– Não dá tantas voltas assim, Magro, pense bem. Ele continua igualzinho, um safado oportunista que deve ter feito não sei quantas canalhices para chegar aonde chegou.

– Espera aí – contestou o Magro, depois de acender um cigarro. – Rafael sabia muito bem aonde queria chegar e seguiu direto para lá, e tinha estofo para fazer isso, não foi por acaso que ele teve a melhor

88

média no pré-universitário e, depois, na faculdade de engenharia industrial. Quando entrei em civil, já se falava dele como se fosse um fenômeno de circo. Era fantástico, quase cinco de média desde o primeiro ano.

— Agora você vai defender o cara? — perguntou Conde, tentando parecer incrédulo.

— Olhe, eu não sei o que houve, e nem você, que é policial, sabe. Mas as coisas não são bem assim, meu velho, Rafael era realmente bom na escola e, olhe, eu acredito mesmo que ele não precisava das provas na época do escândalo Waterpré.

Conde passou a mão pelo cabelo e não pôde evitar um sorriso.

— Puta merda, Magro, o Waterpré. E eu que pensava que ninguém mais se lembrava disso.

— Pois é, se eu não tivesse falado acho que acabaria esquecendo — disse o Magro, servindo mais rum em seu copo. — Você me faz abrir o bico. Olhe, hoje à tarde Miki passou por aqui. Está indo para a Alemanha, veio saber se eu precisava de alguma coisa e aproveitou para me pedir dez pesos emprestados. Mas o fato é que contei a ele do sumiço de Rafael, e ele disse para você não deixar de procurá-lo.

— Por que, ele sabe de alguma coisa?

— Não, não tinha ouvido nada até eu contar e só me disse isso, que você fosse procurá-lo. Sabe que Miki sempre foi meio misterioso.

— E Rafael, saiu limpo do Waterpré?

— Porra, toma outro copo pra ver se te ajuda a pensar. Não teve problemas porque, quando pegaram o diretor, ele já estava na universidade, e quem quase pagou o pato foi Amandito Fonseca, que era presidente da Feem naquele ano, lembra?

— Claro, claro, a merda passou perto, mas ele não se sujou. Não falei?

O Magro balançou a cabeça, como se dissesse você não tem jeito, mas falou:

— Deixa pra lá, Conde, você não sabe se ele estava envolvido ou não, e a questão é que ele não foi acusado de maquiar notas nem de roubar provas nem nada disso. O que sempre te incomodou é que ele trepava com Tamara enquanto você tocava punheta pensando nela.

– E você, como foi que as suas mãos descascaram, limpando o pátio?
– Você também ficou puto de a gente não poder mais estudar na biblioteca do velho Valdemira porque estava reservada para Rafael...

Conde levantou-se e avançou em direção ao magro Carlos. Esticou o dedo indicador e o apoiou entre as sobrancelhas do amigo.

– Olhe, você está do lado dos índios ou dos caubóis? Eu só não xingo a sua mãe porque ela está preparando a comida. Mas xingo você, fácil, fácil. Desde quando você dá uma de Grilo Falante, hein?

– Nossa, acertei na mosca – disse o Magro, dando um soco no braço de Conde, e começou a rir. Era uma risada completa, que saía do estômago e remexia todo o seu corpo enorme, flácido e quase inútil, uma risada profunda e visceral que ameaçava de morte a cadeira de rodas e podia derrubar paredes e sair para a rua, dobrar esquinas, abrir portas e fazer o tenente Mario Conde rir também e cair sentado na cama, precisando de outro gole de rum para acalmar o acesso de tosse. Riam como se tivessem aprendido o que era rir naquele mesmo instante, e Josefina, atraída pelo alvoroço, olhava para eles da porta do quarto, e em seu rosto, atrás do breve sorriso, havia uma profunda melancolia: daria qualquer coisa, a própria vida, a própria saúde que começava a se alquebrar, para que nada houvesse acontecido e aqueles dois homens rindo ainda fossem os garotos que sempre riam assim, mesmo que não tivessem motivos, mesmo que fosse apenas pelo prazer de rir.

– Bem, agora chega – disse e entrou no quarto. – Vamos comer que já são nove horas.

– Certo, velhota, estou caindo de fome – disse Conde, e caminhou até a cadeira de rodas do Magro.

– Espere, espere aí – pediu Carlos, quando a música da televisão foi interrompida e apareceu o rosto excessivamente sorridente da apresentadora.

– Prezados telespectadores – disse a mulher, querendo parecer entusiasmada, muito feliz pelo que iria dizer –, já está praticamente tudo pronto no estádio Latino-Americano para o início do primeiro jogo da subsérie Industriales-Vegueros. Enquanto esperamos o começo dessa eletrizante partida, continuaremos oferecendo números musicais.

90

Terminou, instalou o sorriso de máscara e o conservou com estoicismo até que o vídeo de uma outra canção, algum outro cantor que ninguém se interessava em ouvir, ocupou o pequeno espaço da tela.

– Vamos lá – disse então o Magro, e seu amigo empurrou a cadeira até a sala de jantar. – Você acha que o Industriales tem alguma chance?

– Sem Marquetti, sem Medina e com Javier Méndez contundido? Não, cara, acho que estão fodidos – opinou Conde, e o amigo balançou a cabeça, desconsolado. Sofria antes e depois de cada jogo, mesmo quando o Industriales ganhava, porque pensava que, ganhando aquele, tinha mais possibilidades de perder o seguinte, e era um sofrimento que nunca acabava, apesar de todas as promessas que fazia de ser menos fanático e esquecer o campeonato, não era mais como antes, dizia, com Capiró, Chávez, Changa Mederos e aquele pessoal. Mas ambos sabiam que nenhum dos dois tinha remédio, e o mais contagiado continuava sendo o magro Carlos.

Chegaram à mesa e Conde analisou as ofertas de Josefina: o feijão-preto, clássico, espesso; as bistecas de porco empanadas, bem douradas e suculentas, como manda a regra de ouro dos escalopes; o arroz soltinho na travessa, branquíssimo e tenro feito uma noiva virginal; a salada de folhas, preparada com arte e combinação esmerada das cores verdes e vermelhas, e o mais dourado dos tomates; e as bananas verdes ao murro, fritas e simplesmente rotundas. Sobre a mesa, outra garrafa de vinho romeno, tinto, seco, quase perfeito entre os vinhos vagabundos.

– Jose, pelo amor de Deus, o que é isso? – disse Conde mordendo uma banana frita e estragando a harmonia da salada ao roubar uma fatia de tomate. – Que caia fulminado pela peste aquele que falar de trabalho agora – avisou e começou a juntar uma montanha de comida no prato, decidido a comer de uma vez só o desjejum, o almoço e o jantar daquele dia que parecia não acabar nunca. – Ou de qualquer outra coisa! – e engoliu.

Mario Conde nasceu num bairro alegre e poeirento que, segundo a crônica familiar, fora fundado pelo seu tataravô paterno, um ilhéu frenético que escolhera aquela terra estéril, longe do mar e dos rios, para construir sua casa, criar sua família e esperar a morte longe da justiça que ainda o procurava em Madri, Las Palmas e Sevilha. O bairro dos Condes nunca conheceu a prosperidade nem a elegância, no entanto cresceu ao ritmo geométrico da estirpe do vigarista absolutamente plebeu das ilhas Canárias, tão entusiasmado com seu novo sobrenome e com a mulher cubana que lhe deu dezoito filhos, que os obrigou a jurar, cada qual em seu momento, que por sua vez teriam não menos de dez filhos, e que dariam aos seus descendentes como primeiro sobrenome, mesmo às mulheres, aquele Conde que os tornaria diferentes no bairro. Quando Mario fez três anos, e seu avô Rufino Conde contou pela primeira vez as aventuras do vovô Teodoro e suas ânsias de fundador, o menino aprendeu também que o centro do universo pode ser um cercado de galos. O beisebol foi então um vício adquirido, por puro contato bairrista, enquanto os galos eram um prazer endêmico. Seu avô Rufino, criador, treinador e apostador voraz de galos de briga, levou-o a todas as rinhas e terreiros da região e lhe ensinou a arte de preparar um galo para não perder: primeiro, treinando-o com o mais legal e esportivo dos cuidados dedicados a um boxeador; depois, untando-o com óleo na hora de pisar na serragem da arena para deixá-lo inatingível pelo adversário. A filosofia do vovô Rufino – nunca jogar se não tiver a certeza de ganhar –

92

proporcionou ao garoto a satisfação de ver que aquele galo, que conhecera quando ainda era um ovo como outro qualquer, só morreria de velho após ganhar trinta e dois combates e cobrir um número incontável de galinhas tão ou mais finas que ele. Naqueles tempos leves, de escola pela manhã e trabalho com os galos à tarde, Mario Conde aprendeu também o sentido da palavra amor: amou seu avô e adoeceu de tristeza quando o velho Rufino Conde morreu três anos depois da proibição oficial das brigas de galo.

Satisfeita a urgência de água fria que quase o tirou da cama, Conde começou aquela manhã de domingo deliciando-se com a lembrança do avô. Os domingos eram dias de combates nas rinhas mais concorridas, e por coisas assim ele gostava das manhãs de domingo. As tardes não, eram intermináveis e vazias depois de uma sesta, e ele continuava cansado e ainda sonolento até o anoitecer; tampouco as noites, todos os lugares ficavam cheios e o refúgio de sempre era a casa do Magro, mas havia qualquer coisa que tornava densas e tediosas as noites de domingo, nem sequer havia jogo, e ficar abraçado a uma garrafa de rum era tortuoso demais com a palpável ameaça da segunda-feira. As manhãs não: nas manhãs de domingo o bairro amanhecia barulhento e alvoroçado, como naquele conto que escreveu quando estava no pré-universitário, e dava para conversar com todo mundo, e os amigos e parentes que moravam longe vinham ver a família e podiam organizar um jogo de bola e terminar com os dedos inchados e chegar arfando na primeira base ou começar uma partida de dominó ou, simplesmente, ficar conversando na esquina até que o sol os afugentasse. Mario Conde, por um sentimento ancestral que escapava à sua razão e pela quantidade de domingos que passara com o vovô Rufino ou com sua turma de moleques boleiros, adorava como nenhum dos seus amigos aquele ócio domingueiro no bairro e, depois de tomar um café, saía para comprar pão e jornal e geralmente não voltava até a hora tardia do almoço dominical. Suas mulheres nunca entenderam aquele ritual imperturbável e tedioso, quase nenhum domingo você pode ficar em casa, protestavam, com a quantidade de coisas que há para fazer, mas os domingos são do bairro, respondia sem deixar margem para discussão, quando algum amigo vinha perguntar: E Conde, saiu?

E nesse domingo levantou-se com uma sede de dragão recém--apagado e com a lembrança do avô na cabeça, e foi até o portão depois de deixar a cafeteira no fogo. Ainda estava com a calça do pijama e um velho agasalho acolchoado e observava as ruas, mais tranquilas que nos outros domingos por causa do frio. O céu havia limpado durante a noite, mas soprava uma brisa incômoda e cortante, e ele calculou que devia estar fazendo menos de dezesseis graus, talvez fosse a manhã mais fria daquele inverno. Como sempre, lamentava ter de trabalhar num domingo, nesse dia pretendia ver o Coelho e depois almoçar na casa de sua irmã, lembrou, e acenou para Cuco, o açougueiro. Como anda a vida, Condesito?, ele também tinha trabalho naquela manhã de domingo.

O café emergia como lava do estômago da cafeteira, e Conde preparou um jarro com quatro colherzinhas de açúcar. Esperou que a cafeteira filtrasse todo o líquido, que despejou no jarro e bateu lentamente, para se deliciar com seu perfume amargo e quente. Depois o devolveu à cafeteira e finalmente o colocou na garrafa térmica e se serviu uma xícara grande. Sentou-se na salinha de jantar e acendeu um cigarro, o primeiro do dia. Sentindo-se aterradoramente sozinho, resolveu trocar de mágoas e começou a pensar no que faria com a lista de convidados da festa de fim de ano do vice-ministro. Pressentia que teria pela frente algumas conversas inevitáveis e delicadas, dessas que preferia não ter. Zoilita continuava sem aparecer, pois não o tinham chamado da Central, e já haviam passado quatro dias, igualzinho a Rafael. Até a manhã seguinte não poderia trabalhar na empresa, e isso lhe obstruía um caminho que já gostaria de estar percorrendo. Das províncias não devia ter chegado nada para ele, tampouco dos guardas de fronteira, que também o teriam localizado, então continuava sem rastros daquele homem atomizado. E o galego Dapena? Nada que desse pena: lá em Cayo Largo, atrás de uns peitões... Mas havia trabalho naquele domingo, e o tenente Mario Conde, enquanto bebia a xícara de café que despertava o seu paladar e a sua inteligência, decidiu empregar tempo em pensar: queria pensar tal qual Rafael Morín, embora nunca na vida tivesse imaginado que essa possibilidade fosse remotamente plausível, queria sentir o que sentiria uma pessoa como ele, desejar o que ele desejaria, e isso já era mais fácil, para ter ao menos uma ideia a respeito daquele desaparecimento insólito, mas não conseguiu. Rafael não era um daqueles delinquentes com que ele trabalhava todo dia, e isso o bloqueava. Preferia os vigaristas locais, os traficantes de qualquer coisa, os distribuidores do insólito e os receptadores das mercadorias mais extravagantes, ele os conhecia e sabia que sempre havia uma lógica para orientar a investigação. Agora, não: agora estou perdido na planície, pensou, amassou a guimba do cigarro no cinzeiro e decidiu que já era hora de chamar o Manolo e ir para a rua, naquele domingo que parecia insuperável para conversar na esquina, tomar um pouco de sol e ouvir uma e outra vez as velhas histórias de seus velhos amigos.

Serviu uma segunda xícara de café, menos cheia, agradeceu ao seu estômago por não tê-lo ainda castigado com uma úlcera, acendeu outro cigarro e seguiu até o quarto comemorando a qualidade dos seus pulmões. Sentou na cama, perto do telefone, e observou a dança solitária e circular de Rufino, seu peixinho-de-briga. Olhou então para o quarto vazio e sentiu que também ele ficava dando voltas, tentando encontrar a tangente que o tirasse daquele infinito círculo angustiante.

– Como estamos fodidos, Rufino – disse, discou o número de Manolo e ouviu o toque de chamada.

– Alô – atendeu uma voz de mulher.

– Alina? Sou eu, Conde, como vai a senhora? – perguntou temeroso, conhecia bem a tagarelice da mulher e, antes que ela pudesse responder, se adiantou: – Seu filho já acordou? Vai, bate lá, diz que estou com pressa.

– Ah, o Manolito. Olha, Conde, ele ficou na casa da Vilma, essa namorada de agora, sabe...

Bom sacana, pensou em dizer, mas optou pelo mais fácil:

– Escuta, Alina, faz o favor de ligar para ele dizendo que venha me buscar daqui a meia hora, que é urgente. Pode ser? Obrigado, Alina, até logo – e desligou com um suspiro.

Terminou seu café devagar. A facilidade de Manolo para trocar de namorada e ir logo dormindo na casa delas o fascinava. Ele próprio, no entanto, atravessava uma longa temporada de solidão e, por mais que tentasse evitar, pensou em Tamara, imaginou-a com aquele macacão apertado e com aquele vestido amarelo, a calcinha marcada e muito apetitosa. Talvez Manolo e o Velho tivessem razão: precisava ter cuidado, e pensou que desejaria não vê-la nunca mais, não voltar a falar com ela, mantê-la longe da cabeça e evitar frustrações como a da noite anterior, quando nem as quatro doses que tomara com o Magro embotaram seu desejo e terminara a infinita jornada se masturbando em homenagem àquela mulher imperdoável. Só então conseguira dormir.

Rafael Morín veio daqui, pensou enquanto avançava até o quarto do fundo. A glória e a pintura haviam se esquecido fazia muito tempo daquele casarão da *calzada* Diez de Octubre, transformado num cortiço ruinoso e quente, cada aposento da velha mansão convertido numa casa independente, com banheiro e lavanderia coletivos ao fundo, paredes descascadas e rabiscadas de geração em geração, um cheiro indelével de gás e um grande terraço, muito povoado nessa manhã de domingo. O cume e o abismo, comentou Manolo, e tinha razão. Aquele cortiço promíscuo e escuro parecia tão distante da residência da rua Santa Catalina que se podia pensar que estavam separados por oceanos e montanhas, desertos e séculos de história. Mas nessa ribeira havia nascido Rafael Morín, no quarto número sete, perto do banheiro coletivo e da lavanderia agora ocupada por duas senhoras sem medo do frio nem das outras contingências da vida.

Cumprimentaram as mulheres e bateram na porta do 7. Elas os observaram, conheciam seu mundo e viram que tinham pinta de policiais, na certa sabiam do desaparecimento de Rafael e só voltaram para as suas roupas quando a porta se abriu.

— Bom dia, María Antonia — disse o tenente.

— Bom dia — respondeu a anciã, e em seus olhos havia um temor essencial de bicho acuado. Conde sabia que ela mal tinha passado dos sessenta anos, mas a vida a golpeara tanto que parecia ter oitenta, muito sofridos, e pouca vontade de continuar somando outros.

– Sou o tenente Mario Conde – disse, mostrando a identificação –, e este é o sargento Manuel Palacios. Somos os encarregados do caso do seu filho.

– Entrem, por favor, não reparem na bagunça, é que estou assim...

O quarto era menor que a biblioteca do pai de Tamara, no entanto havia nele uma cama de casal, uma cristaleira, uma cômoda, uma poltrona, uma banqueta de penteadeira e um aparelho de televisão em cores numa mesinha de ferro. Perto da TV havia uma cortina pendurada, e Conde imaginou que fosse o acesso à cozinha e talvez a um banheiro interno. Tentou encontrar a bagunça anunciada e descobriu apenas uma blusa estendida na cama, uma sacola de pano e a caderneta de abastecimento em cima da cômoda. Num canto do quarto, sobre um pedestal de madeira, uma Nossa Senhora da Caridade do Cobre recebia luz de uma vela azul e agonizante.

Conde estava sentado na cadeira, Manolo ocupava a poltrona e María Antonia apoiou-se na beirada da cama, de onde perguntou:

– Notícias ruins?

Conde observou-a e sentiu pena e mal-estar: a vida daquela mulher sem sorte devia se centrar nas vitórias do filho, e a ausência de Rafael lhe roubava, talvez, o único sentido de sua existência. María Antonia parecia muito frágil e triste, a tal ponto que Conde se contagiou com aquela tristeza e desejou estar bem longe dali, já, agora mesmo.

– Não, María Antonia, não há notícias – disse por fim e reprimiu sua vontade de fumar. Não havia cinzeiro no quarto. Então optou por brincar com a caneta.

– O que está acontecendo? – perguntou ela, embora na realidade falasse consigo mesma. – Como é possível, como é possível? O que pode ter acontecido com meu filho?

– Minha senhora – disse Manolo inclinando-se em sua direção –, estamos fazendo todo o possível, por isso estamos aqui. Precisamos de sua ajuda. Está bem? Quando viu seu filho pela última vez?

A mulher parou de balançar a cabeça e olhou para o sargento. Talvez lhe parecesse muito jovem, e esfregou suavemente as mãos longas e ossudas, o quarto era úmido, e o frio, pegajoso.

– No dia 31, ele veio aqui ao meio-dia e me trouxe um presente de fim de ano, aquele perfume ali – e apontou o vidro inconfundível de Chanel nº 5 que havia sobre a cômoda –, ele sabia que meu único prazer são os perfumes e sempre me trazia um. No Dia das Mães, no meu aniversário, no Ano-Novo. Queria que eu cheirasse melhor do que ninguém neste bairro, vejam só. Era o que sempre dizia. E de noite me ligou para a casa da vizinha aqui ao lado, queria desejar boas entradas. Estava numa festa e deviam ser dez para a meia-noite. Ele sempre telefonava, de onde estivesse, ano passado ligou do Panamá, é, acho que foi do Panamá.

– E almoçou com a senhora? – continuou Manolo, movendo suas nádegas magras para a beirada da poltrona. Gostava de interrogar e, quando o fazia, se encurvava todo, como um gato com as costas arrepiadas.

– Almoçou, sim, fiz uma fabada, ele adorava, dizia que nem a mulher nem a sogra dele sabiam fazer igual à minha.

– E como estava? Como sempre?

– O que quer dizer, companheiro?

– Nada, María Antonia, quero saber se parecia um pouco nervoso, preocupado, diferente.

– Estava com pressa.

– Pressa? Não veio passar a tarde com a senhora?

A anciã levantou os olhos para a imagem da Virgem e depois esfregou as pernas, como se tentasse aliviar uma dor. Tinha as mãos brancas e as unhas muito limpas.

– Ele sempre estava com pressa, sempre com problemas de trabalho. Disse: A senhora não vai acreditar, mãezinha, mas preciso passar a tarde na empresa, e foi embora mais ou menos às duas.

– E estava nervoso, preocupado?

– Olhe, companheiro, conheço muito bem o meu filho, fui eu quem o pariu e o criou. Ele comeu a fabada mais ou menos à uma, depois

98

lavamos a louça juntos e então deitamos na cama para conversar, como fazíamos sempre. Ele gostava de deitar nesta cama, o coitado, sempre estava cansado e com sono, os olhos dele fechavam enquanto a gente conversava.

— E a que horas ele foi embora?

— Mais ou menos às duas. Lavou o rosto e contou que naquela noite tinha uma festa, que estava cheio de trabalho, e me deu duzentos pesos para eu comprar alguma coisa, disse, de fim de ano, então lavou a boca, me deu um beijo e foi embora. Estava carinhoso comigo, como sempre.

— Sempre lhe dava dinheiro?

— Sempre? Sei lá, às vezes.

— Comentou se tinha algum problema com a esposa?

— Nós nunca falávamos sobre isso. Era uma espécie de acordo.

— Acordo? — perguntou Manolo, inclinando-se ainda mais na poltrona. Conde pensou: aonde isso vai parar?

— Acontece que nunca gostei dessa garota. Não fez nada de ruim, não, eu não tenho nada em especial contra ela, mas acho que nunca cuidou dele como se deve cuidar de um marido. Até empregada tinha... Desculpem, são coisas de família, mas acho que sempre pensou só em si mesma.

— E o que ele disse quando saiu?

— Falou sobre o trabalho e as coisas de sempre, que eu me cuidasse, me pôs um pouco desse perfume novo que trouxe. Ele era assim, tão bom, e não é por ser meu filho, juro que não, podem perguntar a qualquer um dos velhos vizinhos daqui, todos vão dizer a mesma coisa: ele saiu melhor do que a encomenda. Este bairro não é bom, não mesmo, sei disso muito bem porque vim para cá ainda solteira e continuo aqui, aqui me casei, tive o Rafael, que criei cuidando de tudo sozinha e, desculpem, não sei o que vocês pensam, mas Deus e aquela Virgem ali me ajudaram a fazer dele um homem de bem, nunca me chamaram na escola, e aí nessa gaveta tem mais de cinquenta diplomas que ele recebeu como estudante e o diploma de engenheiro e o certificado de melhor média da faculdade. Ele sozinho. Não é para ficar orgulhosa desse filho? Saber que ele tinha uma sorte tão diferente da minha e da do pai, que nunca passou de bombeiro; não sei a quem esse garoto puxou, tão inteligente. Saber que estava progredindo e não morava mais num cortiço e tinha um carro e viajava para lugares que eu nem sabia que existiam e que era alguém aqui neste país... Meu Deus, o que está acontecendo? Quem poderia querer prejudicar Rafael, ele que nunca prejudicou ninguém, ninguém mesmo? Sempre foi revolucionário, desde pequeno, no segundo grau ocupava cargos, foi presidente muitas vezes, e também no pré-universitário e na universidade, e no Ministério ninguém o ajudou, ele não tinha pistolão, não, progrediu sozinho, trabalhando muito, passo a passo, até chegar aonde chegou. E agora acontece isso. Ah, não, Deus não pode me castigar assim, nem eu nem meu filho merecemos isso. O que está acontecendo, companheiros, me digam, me expliquem. Quem poderia querer prejudicar meu filho? Quem poderia ter feito algum mal a ele? Pelo amor de Deus...

Acho que faltavam duas ou três semanas para que as aulas acabassem, depois vinham as provas e então estaríamos no segundo ano do pré-universitário, que é quase como dizer terceiro, que é quase como estar na universidade, e ninguém ia nos encher mais o saco com essas histórias de costeleta não e bigode também não, todo mundo bem rapado, e essas coisas que fazem a gente querer estar longe do pré-universitário, apesar de adorar estar no pré-universitário, sair com o pessoal do pré-universitário, ter uma namorada no pré-universitário e tudo mais. O pior de tudo é isto: querer que o tempo passe rápido. Para quê? E estávamos em fila no pátio, era junho, o sol queimava nossas costas, e o diretor falou: íamos conquistar todas as medalhas da disputa, íamos ser o pré-universitário mais destacado de Havana, do país, quase do universo, porque tínhamos sido os melhores no trabalho rural, ganhamos os jogos Inter-pré, dois prêmios no Festival Nacional de Amadores, e a turma já devia estar acima de noventa por cento, ninguém nos tirava mais o primeiro lugar, e a gente bateu palmas, uh, uh, gritávamos e pensávamos, somos incríveis, não tem pra ninguém. E o diretor disse, outra boa notícia: dois colegas do pré-universitário tinham recebido medalhas no Concurso Nacional de Matemática, uh, uh, mais palmas, o companheiro Fausto Fleites, uh, uh, medalha de ouro na categoria de segundo ano e, uh, uh, o companheiro Rafael Morín, medalha de prata na categoria de terceiro, e Fausto e Rafael subiram no palanque dos discursos, campeoníssimos, saudando com os braços para cima, sorridentes, claro, haviam demonstrado que eram inteligências raras, e Tamara ainda batia palmas quando ninguém mais estava aplaudindo e dava pulinhos de felicidade, e o Magro me disse, amigão, tudo isso é teatro ou a companheira ali não sabia mesmo de nada? Lógico, tinha de saber, mas estava contente demais, como se tivesse acabado de ouvir, aqueles pulinhos lhe alvoroçando as nádegas, que se notavam mesmo com aquela saia mata-paixões, largona e comprida, e Rafael pegou o microfone, e eu disse para o Magro, se prepara, animal, com este sol e do jeito que ele gosta de falar, mas que nada, errei, como quase sempre: disse que ele e Fausto dedicavam aqueles prêmios ao corpo docente de matemática e à direção do pré-universitário, e exortou os estudantes a realizarem o maior esforço nos exames finais para manterem a vanguarda na disputa e coisa e tal, e enquanto falava eu olhava para ele e pensava que apesar de tudo o sujeito era fantástico, inteligentíssimo e bonitão, lábia de ouro e com uma namorada feito Tamara, sempre engomadinho e limpinho, e pensei, caralho, acho que tenho inveja desse filho da mãe.

— O que você acha, parceiro? — perguntou Manolo dando a partida, enquanto Conde fumava até as últimas consequências o cigarro que não tivera coragem de acender na casa de María Antonia.

— Vamos para a Central, temos que falar com o Velho e tentar conversar ainda hoje com o vice-ministro que lida com a empresa — disse Conde, olhando pela última vez para o corredor quase tenebroso que conduzia à casa onde Rafael Morín tinha nascido. — Por que será que ele não deu um jeito de arranjar uma casa para a mãe?

O carro avançava pela Diez de Octubre em direção à Agua Dulce, e Manolo acelerou na ladeira.

– Estava pensando a mesma coisa. A vida de Rafael Morín não combina com esse lugar.

– Ou combina demais, não é? Agora precisamos descobrir onde ele se enfiou na tarde do dia 31, verificar se é verdade que esteve na empresa e saber por que disse a Tamara que ia ficar aqui com a mãe.

– Você vai ter que perguntar tudo isso ao próprio Morín, ou então procurar um babalaô para jogar os búzios e te arrumar uma saída, né? – disse o sargento, e parou o carro no sinal da esquina da Toyo. Na calçada em frente, a fila para o imprescindível pão dominical chegava quase a uma quadra. – Olha, Conde, a Vilma mora logo ali, virando a esquina.

– Como foi ontem à noite?

– Bem, muito bem, essa garota é legal demais. Olha, talvez eu até me case com ela e tudo.

– Aham. Escuta aqui, Manolo, já conheço essa história, mas o que perguntei não tinha nada a ver com a Vilma nem com a sua vida sexual, e sim com o trabalho, por isso vê se acorda. Se você pegar aids nas suas putarias, todo mês irei à clínica te fazer uma visitinha e levar uns bons romances.

– Vem cá, mestre, o que há com você hoje? Amanheceu com os dois pés no acelerador.

– Fica tranquilo, foi isso mesmo, amanheci a mil por hora. Rafael Morín já me encheu a paciência, e me senti mal quando ouvi a mãe dele, como se eu fosse culpado de alguma coisa...

– Tudo bem, entendo, mas não venha descontar em mim – protestou o sargento, fazendo-se de ofendido. – Olha, Greco e Crespo estão na casa da Zoilita desde ontem à noite e ficaram de me passar informações hoje às dez da manhã, portanto já devem estar esperando. E também pedi um relatório sobre os desaparecimentos nos últimos dois anos, que vou receber hoje às onze, para ver se há outro caso parecido ou algo assim, Conde, mas isso é uma loucura.

– Quando chegarmos à Central, tente também localizar o chefe de segurança da empresa, para ver se Rafael esteve lá na tarde do dia 31. Se esteve mesmo, peça para marcar uma conversa com o guarda do dia.

102

— Está bem. Posso ligar o rádio?

— E essa antena, de onde saiu?

— Quem tem amigos... — levantou os ombros e sorriu. Ligou o aparelho e procurou uma estação com música. Tentou duas ou três e afinal se decidiu por uma canção de Benny Moré. "Oh, vida", cantava Benny com sua voz pura, num programa certamente dedicado à sua música.

— Acho que você está exagerando, Conde — disse Manolo quando ouviam "Hoy como ayer", na altura da praça da Revolução. — Por menos que a gente goste dessa história, é um caso como qualquer outro, e não podemos passar o dia de aporrinhação em aporrinhação.

— Manolo, meu avô dizia que quem nasce burro morre cavalo... E isso se progredir bastante.

— Tenente, o major disse que queria vê-lo assim que chegasse. Está lá em cima — falou o oficial de guarda, e Conde devolveu-lhe a continência.

Nas manhãs de domingo o sossego da rua também envolvia a Central. Todos os casos de rotina, os que tinham se alongado demais e não ofereciam mais expectativas, os que seguiam um processo normal e sem desdobramentos, eram interrompidos nesse dia e os detetives desapareciam, deixando na Central uma tranquilidade artificial. Também as secretárias, os escriturários e os especialistas em informática, identificação e laboratório tiravam sua folga, e a Central perdia por vinte e quatro horas o ritmo desenfreado e tormentoso dos outros dias da semana. Só os guardas permanentes e aqueles que estavam numa investigação inadiável trabalhava m no prédio, que parecia maior, mais escuro e menos humano nessas manhãs de domingo, quando era possível ouvir até o sussurro das peças de dominó que tentavam aliviar o tédio dos condenados a vigia. Só o Velho trabalhava todo domingo, fazia quinze anos: o major Rangel necessitava que todos os fios das tramas que seus subordinados teciam passassem por suas mãos, e ele seguia a pista de cada investigação com a veemência de um possuído, de segunda a domingo. Conde sabia que o aviso do oficial de guarda era, mais que uma ordem, uma necessidade de seu chefe, e pediu a Manolo para buscar os relatórios e esperá-lo no aquário em trinta minutos.

A paz que o prédio respirava convenceu-o de que devia esperar o elevador, as luzes indicavam que ele vinha descendo, quarto, terceiro, segundo, e sua porta se abriu como a cortina sempre imaginada por Conde, que quase se chocou com o homem que saía.

— Mestre, não vai descansar hoje, domingo?

O capitão Jorrín sorriu e bateu em seu ombro.

— E você, Conde? Quer ganhar uma geladeira? – perguntou enquanto segurava seu braço e o obrigava a caminhar para o Departamento de Informação. Conde quis lhe explicar que o Velho o aguardava, mas pensou que o major podia esperar.

— Como vai o seu caso, capitão?

— Acho que bem, Conde, acho que bem – e quase chega a sorrir o veterano Jorrín. – Apareceu uma testemunha que talvez possa identificar um dos caras que mataram o garoto. Pelo menos já sabemos que foram três e, segundo essa testemunha, são bastante jovens. Agora vamos fazer o retrato.

— Está vendo, mestre, sempre há uma luz, não é?

— É, sempre, mas isso não resolve todo o problema... Suponhamos que no final peguemos os assassinos e eles tenham menos de dezoito anos e já sejam isso aí, assassinos. Este é o verdadeiro problema, não se trata apenas de um menino morto a pancada, também há outros três que vão parar na cadeia por uns quarenta anos e nunca mais serão as pessoas que deveriam ser. Mataram.

Conde examinou as rugas que iam cortando o rosto do capitão Jorrín, sentindo em seu braço a pressão desesperada da mão daquele homem que havia passado metade da vida caçando criminosos.

— No começo eu pensava que aconteceria com a gente o mesmo que com os médicos – disse então, olhando-o nos olhos. – Achava que com o tempo nos acostumaríamos com o sangue.

— Não, espero que nunca nos aconteça isso. Essas coisas têm que doer, Conde. E, se um dia elas não doerem em você, então é melhor pular fora.

104

– Boa sorte, mestre – disse em frente ao Departamento de Informação, e seguiu rumo à escada.

A mesa de Maruchi também fazia parte do feitiço do domingo: estava completamente limpa, parecia abandonada e triste, sem a flor que a garota trazia todos os dias. Ao lado da porta do escritório ouviu a voz do major, bateu de leve e o ouviu dizer:

– Pode entrar.

O Velho estava atrás da escrivaninha, vestido à paisana, com um pulôver de listras brancas e cinzentas que ressaltava o volume de seus peitorais e mostrava a força do pescoço. O major indicou um assento com os olhos e continuou falando ao telefone. Conversava com sua filha, tinha acontecido alguma coisa, não se preocupe com isso, Mirna, afinal de contas... Está bem, sim, ligue para sua mãe e diga que vou buscá-la para almoçar com você, isso mesmo, acrescentou, um beijo para o garoto, tá?, sim, sim, claro, e desligou. Empregou durante todo o tempo uma voz doce e cálida, sem dúvida a mais agradável que Conde conhecia de seu amplo repertório de vozes.

– Que confusão, garoto – disse o major depois de retomar seu charuto, um daqueles Davidoff 5.000, que acabara de acender. – Outro desaparecido: meu genro. Mas desse se sabe o endereço. Anda com uma piranhazinha de dezenove anos. E a boba da minha filha continua apaixonada por ele. Dá pra entender? Por isso acho que não vou me aposentar nunca. A gente tem mil dificuldades aqui, problemas com o pessoal, chamadas lá de cima, casos complicadíssimos, mas prefiro este manicômio a ficar em casa e ter que resolver todos os rolos de lá. Minha outra filha, a Mirta, sabe o que ela quer? Não, é impossível imaginar... Conheceu na universidade um austríaco com cabelo até os ombros, que anda pelo mundo com essas conversas de buraco na camada de ozônio e de que o mar está apodrecendo, e diz que quer se casar com ele porque é o homem mais sensível do mundo e que vai atrás do cara aonde ele for. Sabe o que quer dizer isso? Não quero nem pensar, mas juro, Conde, que ela não vai se casar com ele, ah, não vai, não. E agora essa sacanagem do meu genro.

– Eu pensava que os austríacos não existiam. Você já viu um austríaco alguma vez?

O major examinou seu charuto.

– Não, realmente, antes desse acho que não tinha visto nenhum.

Conde sorriu e, mesmo sem saber muito bem se devia, tomou coragem:

– Olhe, diga às suas filhas que aqui tem um tenente solteiro e sem compromissos, de boa aparência, inteligente e responsável, à procura de companhia, e melhor ainda se for filha do chefe.

– Certo – disse o major, que não sorriu –, era só o que me faltava... Vem cá, está frio hoje, né?

– Quem manda bancar o valente com esse pulôver?

– Deixei o casaco no carro, achei que não ia precisar. E como vão as coisas?

– Mais ou menos.

– O que já conseguimos?

– Ainda não sei. Há vários indícios, mas só um parece sólido: não se sabe onde Rafael Morín esteve durante toda a tarde do dia 31. Disse à mulher que ia para a casa da mãe, e à mãe disse que ia para a empresa, mas a secretária diz que só trabalharam até o dia 30. Também investigamos uma tal de Zoila, que ele conhecia e que também não se sabe onde está desde o dia 1º. Além disso, parece que Rafael tinha um caso com a secretária.

– Se ele inventou uma mentira para cobrir a tarde do dia 31, é porque estava envolvido em alguma coisa, mas talvez essa coisa não tenha a ver com o desaparecimento.

– Aham. Mas agora preciso falar com Alberto Fernández-Lorea, o vice-ministro. Se possível, ainda hoje. A tal festa não me sai da cabeça, preciso que você ligue para ele.

– Ligue você mesmo, por que não?

– Prefiro que seja você. Eu sou apenas um triste policial, como me disseram ontem, e ele um vice-ministro.

O major se encostou na cadeira e começou a balançar. Aspirou o charuto e exalou uma fumaça azul e encaracolada. Estava deliciado.

Mario Conde, enquanto isso, puxou um dos telefones para o seu lado da mesa e começou a discar.

– Tome, está tocando na casa de Fernández – disse, estendendo-lhe o aparelho. O major bufou e aceitou o inevitável.

– Acho que não tem ninguém – desistiu, mas, quando ia repor o fone no gancho, parou o movimento e disse: – Alô, é da casa do companheiro Fernández-Lorea? – e recebeu uma resposta afirmativa, porque explicou que precisava conversar com ele. – Sim, hoje mesmo, se não for incômodo... Claro... Daqui a uma hora?... Certo, até logo e obrigado. O tenente Mario Conde. Certo – e desligou. – Está contente?

– Dê meu recado para as suas filhas – disse Conde, e se levantou ajeitando a pistola.

– Ligue à noite para contar as novidades – pediu o major, parecendo decididamente autoritário. – Boa sorte – acrescentou e voltou a admirar a cinza incrivelmente pura do seu Davidoff.

Conde desceu até o segundo andar e entrou no cubículo. O sargento Manuel Palacios o esperava, sentado em sua cadeira atrás da sua escrivaninha.

– Nada com os desaparecidos, Conde. Todos malucos ou anciãos, maridos e mulheres fugidos, garotos escondidos da família, crianças roubadas por pais divorciados e só um caso, em outubro, de uma mulher sequestrada à força por um apaixonado não correspondido. Apenas um desaparecimento não resolvido: um rapaz de vinte e três anos sumido desde abril do ano passado, mas existe a suspeita de que tenha tentado sair do país de modo bastante rústico – explicou Manolo, e o tédio transparecia em sua voz e em seu olhar. – Também falei com o chefe de segurança da empresa, e por sorte quem estava de guarda entre meio-dia e oito da noite era a mulher dele, que também trabalha lá, e Rafael Morín não deu as caras, mas em compensação houve outra visita: René Maciques.

– O amigo Maciques... E Zoilita?

– Isso é outra história. Pelo que Crespo e Greco levantaram, parece que a menina é um bombonzinho, e sabe que o pessoal gosta de chocolate. Ainda não temos ideia de onde ela se meteu, mas a garota não é mole, é uma tremenda piranhazinha fichada como prostituta, mas sem processo. Às vezes sai com um mexicano, outras arruma um búlgaro, mora uma temporada no edifício Focsa ou passa uns quinze dias no Internacional de Varadero, mas todos os namorados dela têm carro, grana e boa posição. Você sabe como é. E, para não se entediar, ela faz pratos de cerâmica e outros objetos, e pelo visto faz bem. Ninguém a viu no dia em que foi embora, nem se sabe o que fez no Ano-Novo. Não está registrada em hotel nenhum, e o irmão não sabe de nada.

Conde ouviu as aventuras e preferências de Zoilita e pensou que gostaria muito de falar com ela. Levantou-se e foi até a janela.

– Precisamos encontrar essa ninfa. Sei lá, tenho o palpite de que ela tem muito a ver com Rafael Morín.

– Passamos uma circular?

– É, encontrem a moça. Debaixo da terra, debaixo de um cara, ou na puta que pariu – pediu Conde, e tornou a pensar em Tamara. Que Tamara que nada, disse para si mesmo e lembrou-se que em algum momento do dia teria de falar com Miki Cara de Boneca. Da janela via-se o céu limpo e azul. No fim, disse a Manolo: – Vai, manda passarem a circular, e a gente se encontra lá embaixo. Um vice-ministro nos espera.

Morava na esquina da Sétima com a 38, num edifício de três andares com fachada de tijolo vermelho e grandes varandas que davam para a avenida. Uma trilha de lajotas embutidas na terra, que atravessava a lá verde de um gramado bem aparado, conduzia ao edifício, elegante e moderno apesar de seus trinta anos, e também modesto em comparação com as mansões que o cercavam. Conde e Manolo subiram as escadas em silêncio e tocaram a campainha do apartamento, que ocupava todo o segundo andar: as primeiras notas da marcha nupcial de Mendelssohn, aflautadas e rítmicas, foram ouvidas além da porta. Manolo sorriu e balançou a cabeça.

– Entrem, por favor, estava esperando vocês – disse o anfitrião quando abriu a porta, e Conde pensou: conheço esse cara. Alberto Fernández-Lorea era um homem que se aproximava dos cinquenta anos, mas sem a menor dúvida continuava tendo boa aparência. Com certeza não fuma e é desses que correm no parque Martí, pensou Conde enquanto tentava lembrar onde o tinha visto. O corpo atlético do vice-ministro, o cabelo volumoso e liso dividido no meio da cabeça e a estatura de rapaz em pleno desenvolvimento lhe evocaram o Escrevinhador de Vargas Llosa, que estava na flor da idade, e nesse caso podia ser verdade.

O vice-ministro convidou-os a sentar, pediu licença por um instante, "por favor, se não se importam", e se dirigiu à divisória de madeira sem verniz que separava a sala do que devia ser a copa-cozinha. A sala era ampla, talvez desproporcionada para o que Conde concebia como o espaço de um apartamento, e lembrou que ali mesmo Rafael Morín tinha dançado e comido, falado e sorrido, naquela que pode ter sido sua última aparição pública. Era um lugar decididamente agradável; pelas vidraças da varanda viam-se os galhos de um *flamboyant* nu, e Conde calculou que no verão, com suas flores alaranjadas cobrindo cada galho, devia ser uma festa para o olhar.

Fernández-Lorea voltou, e Conde teve a certeza indubitável de que seu rosto lhe era mais do que familiar, mas de onde conheço esse cara, de onde?, martirizou-se, pois talvez aquela informação pudesse servir para alguma coisa.

– Bem, em que posso ser útil? – ofereceu o vice-ministro, e sua voz soou alguns decibéis acima do que pedia aquela reunião. Estava sentado numa poltrona de fitas plásticas e se balançava com suavidade. – Estamos todos muito preocupados com o problema do companheiro Morín.

Conde observou os olhos lânguidos do homem e sentiu que não conseguia falar: pensava, nesse instante, em como deveria se dirigir a ele. "Companheiro vice-ministro" parecia sem sentido, pedante e bastante adulador; "Fernández", assim a seco, simplesmente impessoal; "Alberto" nem pensar, sintoma de uma intimidade que não tinha; e desejou terminar o quanto antes aquela entrevista que começava com tantas dúvidas.

– Companheiro vice-ministro Fernández – disse por fim, e ao se ouvir teve vontade de se autoflagelar –, este é um caso bastante insólito, quase não há desaparecimentos em Cuba, e isso nos obriga a investigar em todas as direções. Por enquanto descartamos a ideia de um sequestro e também de uma saída ilegal do país...

– Não, não, impossível imaginar isso. Não o Rafael. Tenho certeza de que houve algum problema com ele, um acidente – propôs o vice-ministro, e ensaiou um gesto de desculpa pela interrupção. Mas continue.

– Nesta altura – continuou Conde e olhou então para seu colega – só nos restam duas possibilidades: uma, por enquanto pouco lógica, é que Rafael esteja escondido por algum motivo, um motivo que não sabemos. E a outra é que o tenham assassinado, por outro motivo que também não sabemos, mas a experiência diz que pode ser qualquer um, até o mais banal. Seja como for, na noite anterior ao desaparecimento ele esteve aqui com a esposa, na festa de fim de ano, e talvez se encontre aí a ponta do novelo que pode levar até Rafael. Por isso viemos.

O vice-ministro olhou para a divisória e balançou um pé com certo nervosismo. Conde descobriu então o cheiro indiscreto de um bom café e comemorou de antemão.

– Pois bem, companheiros – disse afinal Fernández-Lorea, em tom de tribuno e sem parar de se balançar –, na verdade não sei como ajudá-los. É verdade o que o senhor diz, em Cuba ninguém se perde, e no entanto se perde qualquer coisa. É quase simpático, não acham? Bem, talvez queiram minha opinião sobre Morín, e isso sim posso dar a vocês. Acho que Rafael era o melhor quadro jovem do nosso Departamento, que é o encarregado de fornecer material às indústrias e negociar a venda de alguns produtos nossos. Conheci Rafael há apenas dois anos, quando me transferiram do Comércio Exterior para este Ministério, e, sinceramente, desde que o vi trabalhar não duvidei nem por um instante de que algum dia ele ocuparia o meu cargo, e eu – abaixou então a voz para o tom normal de uma reunião de três pessoas e começou a confidência –, eu ficaria grato a ele, porque não nasci para isso. O cargo que ocupo agora é mais um acidente que um desejo, com toda a sinceridade, porque prefiro a tranquilidade de um escritório de estudos de mercado à voragem diária do ministério, cada dia mais difícil de suportar e que só tende a piorar com as coisas que estão acontecendo no campo socialista, que sabe-se lá como vão terminar. Além do mais, exige uma dose de trabalho diplomático que nunca apreciei muito.

O vice-ministro esfregou as mãos de leve, e o tenente Mario Conde se sentiu confuso e quase decepcionado, porque Alberto Fernández-Lorea parecia autêntico, apesar do embrulho em que suas palavras vinham envoltas. Afinal de contas, devem existir pessoas que não querem se parecer com Rafael, pensou.

– Tenho medo do fracasso e mais ainda do ridículo – continuou o homem, depois de passar o olhar pela divisória –, não sei se minha capacidade é suficiente para a responsabilidade que assumi e não quero terminar doido. Mas a capacidade de trabalho desse rapaz é impressionante, e a carreira dele está em seu melhor momento. O que quero dizer com isso? Que Rafael Morín era praticamente perfeito no trabalho e além do mais tinha uma coisa que me faltava: era ambicioso, digo isso no bom sentido da palavra.

Afinal o café saiu da cozinha. Vinha em três xícaras, numa bandeja de cristal que trazia também dois copos de água, e atrás dela caminhava uma mulher, boa tarde, disse um pouco antes de chegar à sala. Ela também estava a caminho dos cinquenta anos, a todo o vapor, mas sua aparência não escondia a idade: em torno dos olhos se formara um leque de rugas agressivas e o pescoço parecia mole, pendente. Era uma mulher cansada e sem qualquer reflexo do brilho ardente e esportivo do marido.

– Laura, minha esposa – apresentou o vice-ministro, os dois a cumprimentaram e ele especificou: – Mario Conde e...

– Sargento Manuel Palacios – ajudou Manolo.

A mulher ofereceu café, e apenas Conde bebeu dois goles de água para limpar o paladar. Era um café denso e amargo, e o tenente comemorou em dobro.

– É mistura de um café brasileiro, que ganhei, com o café do armazém. Assim dura mais, e acho que essa combinação produz um sabor melhor, não? Afinal, a qualidade de um café não depende só da pureza, mas também de um sabor criado pelos anos. Há alguns meses me levaram, em Praga, para tomar um café turco, considerado o melhor do mundo. Quase não consegui terminar a xícara, logo eu que bebo até o xarope que vendem em frente ao Coppelia – disse, e eles assentiram.

Conde saboreou seu café e pensou que Manolo devia estar como Fernández-Lorea em Praga: ele preferia um café bem doce e leve, no estilo oriental que sua mãe ainda praticava.

– Então estava dizendo que ele é ambicioso?

– Sim, mas no melhor sentido da palavra, tenente. Pelo menos na minha opinião – disse, e tirou um maço de cigarros do bolso da camisa. – Querem fumar?

– Obrigado – Conde aceitou o cigarro. Quer dizer que também fuma, pensou. – E sobre a vida pessoal dele, o que sabe de Rafael Morín fora do trabalho?

– Na verdade, pouco, tenente. Vivo preocupado demais com o trabalho para ficar prestando atenção a essas coisas, que aliás nunca me interessaram, não me leve a mal.

– Mas vocês eram amigos? – interveio Manolo, não aguentava mais, pensou Conde, e o viu assumindo a postura de gato magro no ataque.

– De certa maneira, sim. Nos encontrávamos em muitos lugares por causa do trabalho e como colegas nos dávamos bem. Mas é uma relação de apenas dois anos, e formada em torno do trabalho, como expliquei ao tenente.

– E no dia 31? – continuou o sargento. – Notou alguma coisa estranha nele? O senhor sabia que teve problemas com Dapena, o empresário espanhol?

– Soube o que aconteceu com Dapena, mas pensei que fosse um assunto enterrado, não sei que informação vocês têm. No dia 31 ele estava como sempre, falava de trabalho, contava piadas, dançava, tudo normal. É a segunda vez que passamos o Ano-Novo aqui, reunimos um grupo e trazemos um porco de Pinar del Río, que eu mesmo asso na churrasqueira que os vizinhos têm no pátio. Sabem, meu pai era *chef* de cozinha, e eu puxei isso dele. Acho que sou especialista em porco assado.

– Então ele não parecia preocupado?

– Não, não que eu tenha percebido. Aliás, não bebeu muito, disse que não estava bem do estômago.

– E será que não tinha algum problema na empresa, alguma coisa que o obrigasse a desaparecer?

O vice-ministro olhou para Conde, talvez buscando a intenção daquela pergunta. Seus olhos brilharam com mais intensidade, como se houvesse recebido um sinal de alerta. Levou um tempo para tornar a falar.

– Bem, problemas pode haver de vários tipos, mas, para alguém como Morín desaparecer, só pode ser um tipo de problema. Que eu saiba, claro, só há um tipo de problema, mas de qualquer maneira o major Rangel me pediu uma autorização para investigar na empresa e vocês vão começar lá amanhã, não é? – abriu os braços, e Manolo assentiu. – Tomara que não, porque pode ser terrível, mas essa investigação vai dar a palavra final, de modo que, por favor, não me peçam agora para botar a mão no fogo. Até este preciso momento Rafael Morín continua sendo um excelente colega, e só vou pensar o contrário quando disserem, ou melhor, quando demonstrarem o contrário. Vamos esperar.

– Uma última pergunta, companheiro – interveio Conde, para evitar nova ofensiva de Manolo. Pressentia que a preocupação do vice-ministro era tangível demais para que tudo não passasse de simples especulação. Talvez Fernández-Lorea tivesse suspeitado de alguma coisa, talvez até soubesse de algo. – Não queremos tomar mais o seu tempo, sobretudo hoje, domingo. Que recursos Rafael Morín tinha para fazer suas compras no exterior? Quero dizer, para trazer objetos de presente, além daqueles que levava para casa.

Fernández-Lorea expressou o assombro clássico: arqueou de leve as sobrancelhas e depois mexeu o pé, como se esperasse outra xícara de café. Contudo, falou em seu tom maior, para reuniões com mais de três pessoas.

– Recursos, tenente, da maneira que o senhor diz, nenhum. Ele viajava com as próprias diárias de diretor e com verba de representação, segundo o tipo de negócios que fosse fechar ou a prospecção de mercado que quisesse fazer. Nesse sentido, nossa empresa tinha certa autonomia, porque muitas vezes se tratava de comprar um produto específico, às vezes de fabricação norte-americana, por exemplo, e não podíamos recorrer às vias tradicionais, era preciso apelar para terceiros, como em certos casos fizemos com gente do Panamá. E o senhor sabe, em quase todo o mundo os negócios são feitos durante as refeições, e é preciso dar lembranças aos parceiros, ou então nem sempre há um carro disponível para nós na embaixada ou em algum escritório comercial... Ele usava esse dinheiro, que às vezes era bastante, e por mais que sejamos cuidadosos nisso, porque há balanços periódicos, verificações de extratos, liquidações de gastos contra comprovantes e duas auditorias por ano, por diversas razões a contabilidade às vezes não é tão precisa como gostaríamos, e aí entra o fator confiabilidade. E, pelo que sei, ele era confiável. Por outro lado, tenente, muitos dos empresários com quem trabalhamos costumam dar presentes quando fecham um bom contrato. Eu mesmo ganhei um BMW em Bilbao há apenas dois meses e tinha o meu Lada aqui na oficina... E então, como os companheiros que trabalham nesse nível são sempre gente de confiança, e não sendo uma coisa significativa, sendo uma coisa pessoal, bem, então o companheiro fica com ela.

– E houve problemas com alguns companheiros por esse tipo de regalia?

– Infelizmente, sim.

Conde sentiu que Fernández-Lorea falava de um assunto que a cada palavra se tornava mais desagradável para ele e já ia agradecer quando ouviu Manolo falar.

– Desculpe, companheiro Fernández, mas acho que sua informação pode nos ajudar muito. Por exemplo, essas despesas de representação, diárias etc., quem os liberava para Rafael Morín? – perguntou Manolo, e Conde sentiu que podia rir ou chorar, as duas coisas ao mesmo tempo, mas que, saindo dali, teria de procurar um jumento que lhe desse um coice: Manolo tinha tocado na tecla que faltava.

– Em geral, ele mesmo liberava. Ele era seu próprio chefe na empresa – admitiu Fernández-Lorea, levantando-se.

– E o que aconteceu com o diretor anterior da empresa? – continuou Manolo. – O tal que Rafael Morín substituiu?

114

– Foi demitido por um problema mais ou menos assim, de diárias e despesas internas excessivas, mas não, não acredito que seja o caso de Rafael. Pelo menos não quero acreditar, porque jamais me perdoaria. Vocês acham que é esse o motivo do desaparecimento?

– Pegamos o cara, porra, acho que agora pegamos! – quase gritou Manolo, e transformou seu júbilo em velocidade. Avançavam pela Quinta Avenida, e Conde apoiou as mãos no porta-luvas.

– Pega leve, Manolo – pediu ao sargento e esperou que o velocímetro descesse até setenta quilômetros. – Acho que agora sim vamos saber por que Rafael Morín desapareceu.

– Você reparou que esse Fernández é a cara do Al Pacino?

Conde sorriu e olhou para a límpida pista central da avenida.

– Puta merda. Desde que cheguei lá fiquei pensando que conhecia o cara de algum lugar, e é isso, é igualzinho ao Al Pacino. Você viu o filme em que ele é um piloto de corrida?

– Não me lembro de filme nenhum, Conde. Diga para onde a gente vai.

– Agora vamos almoçar e depois localizar o contador da empresa. Quero ver se a Patricia China pode ir com a gente, para conversar com ele. O que essa história tem de bom é que está ficando horrível.

O almoço era a compensação e a grande vantagem de trabalhar aos domingos. Como se cozinhava para umas vinte pessoas, o almoço dominical na Central trazia surpresas inesperadas que às vezes raiavam o refinamento de um bom restaurante. Nesse domingo tinham preparado um arroz com frango que tinha consistência de *paella*, ensopado e pesado, de um amarelo perfumado e leve. Além dele, bananas maduras fritas e salada de alface e rabanete completavam um menu que se encerrava com um arroz-doce bem salpicado de canela na sobremesa. Até o iogurte era com sabor, e podia-se escolher: morango ou abacaxi.

Conde, que tinha repetido o arroz com frango, fumava seu segundo cigarro após a refeição e olhava a rua pela janela do cubículo, mas não via nada. Rafael Morín estava falando no palanque do pré-universitário, e ele ouvindo, sozinho no pátio da escola, quando Manolo entrou soltando faíscas.

– Não se empolgue, Conde, nada de contador por enquanto. Embarcou ontem ao meio-dia para a União Soviética, numa viagem-prêmio.

– Isso é coisa de Rafael Morín, aposto. Não faz mal, podemos aguardar até amanhã. De qualquer maneira, eu não esperava que o contador da empresa nos dissesse muito. Vamos sair de novo.

– Outra vez? Mas o contador...

Tentou protestar enquanto Conde saía do cubículo em direção ao estacionamento sem dizer uma palavra.

– Suba pela G até a Boyeros – ordenou Conde ao se sentarem no carro.

– E dá para dizer aonde a gente vai? – pediu Manolo, incapaz de entender a atitude do tenente, lembrando nesse instante a primeira referência que teve dele: "É meio maluco, mas...".

– Vamos ver o García, do sindicato, mas não se preocupe, hoje acabamos cedo. Quero que você ouça o que acho que García vai nos dizer sobre o grande Morín... De lá você segue para casa.

Viraram na Rancho Boyeros e pararam no sinal do ponto final do ônibus.

– E Zoilita, o que fazemos se ela aparecer?

– Me avisam na mesma hora, feito um raio. Eu vou ver Tamara, preciso falar com ela, e depois passo um instantinho pela casa de um amigo do pré-universitário que quer conversar comigo, fica a dois quarteirões do Magro, então depois vou para a casa dele. Pode me localizar em qualquer um desses lugares. Você tem que falar sem falta com a China e avisar a ela que amanhã vamos à empresa.

– Sigo em frente?

– Não, vire na praça da Revolução. García mora na Cruz del Padre, ali ao lado do estádio – disse Conde, e lembrou que na noite anterior o Industriales tinha perdido o primeiro jogo da série contra o Vergueros e, se tornasse a perder esta tarde, sua conversa à noite com o Magro não seria uma experiência muito construtiva, pelo menos do ponto de vista lexical. O murmúrio constante que brotava da praça de esportes era uma promessa de emoções que Conde gostaria de viver. Mas também é preciso trabalhar aos domingos.

Olhem, companheiros, talvez o companheiro Morín tenha tido algum problema com as diárias e essas coisas que vocês estão contando, vocês entendem disso mais do que eu, e vai ver têm razão, mas comigo, Manuel García García, o negócio é ver para crer, desculpem a falta de respeito... Não é que eu seja teimoso, nada disso. Conheço Rafael, quer dizer, o companheiro Morín, há muito tempo, e tenho plena confiança nele, e, se mais adiante eu tiver que fazer uma autocrítica por causa disso, muito bem, eu faço, mas isso tudo é muito sério e tem que ser provado, não é mesmo? Tem gente na empresa que talvez não pense como eu, alguns dizem que ele centralizava demais as coisas, que se metia em tudo, disseram isso em mais de uma assembleia, como crítica, e ele aceitou, porque sabia fazer autocrítica e já tinha falado várias vezes sobre a centralização, mas com o tempo tudo voltava a passar pelas mãos dele, e às vezes acho ele que fazia isso porque muita gente se acomodava e deixava que ele resolvesse tudo e também porque ele não sabia chefiar de outro jeito. Mas a mesma turma que o criticava reconhecia que as coisas quase sempre davam certo, e isso mantinha o prestígio dele, e afinal de contas acho que é isso que interessa. Lá no sindicato nunca tivemos problemas com ele, estou na executiva desde antes de ele entrar na empresa, de maneira que imaginem só como conheço este sindicato. Além do mais, foi ele quem me falou, no núcleo do Partido, que às vezes nossa gestão era um pouco passiva, e eu respondia, mas, companheiro Rafael, as mensalidades estão em dia, atingimos as metas de trabalho voluntário, realizamos as atividades programadas e ouvimos as preocupações das pessoas nas assembleias periódicas, então o que mais o sindicato pode fazer? Não é mesmo, companheiros? Na empresa não havia problemas trabalhistas desde aquela confusão criada por três especialistas do departamento de compras em divisas só porque nunca viajavam para o exterior, isso aconteceu antes de eu ser secretário--geral, quer dizer, há uns dois anos, se não me falha a memória, e para mim ficou claro que não passava de inveja daquele pessoal por não viajar para países capitalistas, mas, numa reunião com o Partido e o sindicato, o companheiro Rafael nos explicou que as decisões administrativas eram de competência da administração e que a administração tinha motivos para tomar aquela decisão, e pouco depois os companheiros foram transferidos para uma corporação dessas novas que abriram. E um dia Rafael, quer dizer, o companheiro Morín, me disse, porque ele não gostava de malandragem: "Está vendo, García, a única coisa que eles queriam era viajar". Sim, com os outros companheiros ele se dava às mil maravilhas, e o que Zaida disse a vocês é a pura verdade, ele se preocupava com todo mundo, eu mesmo, que sou um simples chefe de equipe, ganhei uma viagem-prêmio à Tchecoslováquia, bem, não foi ele quem me deu, mas me indicou e falou bem de mim na assembleia. E, com o prestígio que ele tinha, imaginem... Não, nós não éramos exatamente amigos pessoais, o que eu considero como amigo pessoal, entendem?, ele foi algumas vezes à minha casa quando minha mãe adoeceu e depois mobilizou a empresa todinha para o velório e o enterro. E, apesar de eu mesmo pensar às vezes que ele era um pouco estranho, essas coisas a gente não esquece, tem que ficar grato, porque a ingratidão é a pior coisa que há neste mundo. Por isso, vocês vão me desculpar, mas eu só acredito depois de ver com meus próprios olhos. As coisas estranhas? Nada não, bobagem minha, sei lá, umas manias, como aquilo de sair atrás de um monte de legumes para a comida dele, ou limpar o escritório duas vezes por dia quando estava na empresa, ou mandar o motorista botar aqueles vidros escuros no carro pra ninguém ver se tem gente dentro, sabe? Essas bobagens. Fora isso, perguntem a qualquer um, até às pessoas que criticavam Rafael, todo mundo está muito preocupado com essa história e ninguém entende o que aconteceu... É verdade que o mataram para roubar, companheiros?

— Você não se cansa de ouvir elogios a Rafael? E se estivermos errados e na verdade ele for um grande dirigente e não tiver problema

118

nenhum, e se não houve a menor confusão com as diárias e despesas de representação? Você não acha que ele é o Papai do Céu, magnânimo, imaculado, boa gente, criando o mundo e distribuindo favores, simpatias e viagens como se fosse o senhor dos trovões? Ou acha que é um verdadeiro filho da puta que calculava tudo e adorava o poder?

– Conde, Conde, você vai ter um troço...

– Não se preocupe, parceiro, a bronca está se tornando meu estado psíquico normal.

– Bem, deixo você na casa de sua amiga?

Conde concordou, sem saber o que diria agora a Tamara nem se precisava mesmo tornar a vê-la. A perspectiva de enfrentar outra vez aquela mulher o enervava e confundia: queria sair do universo de Rafael Morín, mas Tamara funcionava como um ímã que o atraía para o próprio centro daquele mundo e o estimulava a retomar, como um assassino que sempre volta ao lugar do crime.

– Manolo, ainda é cedo. Vamos tomar um drinque, preciso relaxar.

– Você anda apostando no jogo proibido, parceiro?

– Na loteria, e acertei no milhar – disse, finalmente sorrindo.

– Para dizer a verdade, faz tempo que não tomamos umas.

– Vira na Lacret e estaciona na esquina antes do Mayía. O sargento Manuel Palacios obedeceu e encostou o carro entre um caminhão e um táxi, num espaço em que Mario Conde jamais entraria, nem sequer com uma bicicleta. Trancaram o carro, Manolo tirou a antena e foram para o Mayía Rodríguez, onde encontraram um balcão estranhamente limpo e bem iluminado, quase vazio naquele meio-dia. Em cima do freezer se enfileiravam garrafas de rum Santa Cruz, com sua etiqueta de falsa estirpe real, algumas de licor Havana Club e um absinto que nenhum profissional da terra se atreveria a pedir nem na pior escassez.

– Dois Carta Blanca duplos, meu irmão – pediu Conde ao balconista e puxou um banquinho para perto do outro que seu companheiro havia ocupado. No bar havia poucos fregueses, por certo habituais, que enfrentavam a lassidão do meio-dia dominical tomando rum nesses potes de papinha infantil que obrigam o consumidor a jogar a cabeça bem para trás se quiser esvaziar até o fundo, enquanto o atendente oferecia em seu gravador particular uma seleção de boleros para bebedores à luz do dia: Vicentico Valdés, Vallejo, Tejedor e Luis, Contreras iam narrando uma crônica de desamores e tragédias que combinavam com rum melhor do que *ginger ale* ou Coca-Cola. Era inevitável: Conde sempre olhava para os fregueses desses bares, de morte certa e vida totalmente incerta, e tentava imaginar por que cada um deles estava lá, o que havia em sua vida que os fazia desperdiçar tempo e dinheiro cantando durante anos e anos aquelas mesmas canções doloridas que só acentuavam sua solidão, o desengano vital, o esquecimento longo e a traição sofrida, e me serve mais uma, bróder, engolindo aquelas bebidas rudes e encrenqueiras, as mãos começando a tremer com a reincidência. Gastava seus últimos laivos de psicólogo não formado e aproveitava para se psicanalisar sem agonia, perguntando a si mesmo o que ele também fazia ali, para afinal escamotear as verdadeiras respostas: simplesmente porque gosto de me encostar aqui e me sentir um pouco condenado e esquecido, então pedir outra dose, bróder, ouvir o que os outros falam, falar comigo mesmo e sentir sem me atormentar que o tempo passa. Às vezes pedia uma dose para pensar num caso, ou para se esquecer dele, para comemorar ou para lembrar, ou só porque o lugar o satisfazia mais que um bar com copos altos e coquetéis coloridos, esse tipo de bar elegante em que ele não entrava havia milhões de anos.

– O que você gostaria de fazer agora, Manolo? – perguntou então ao colega, que se surpreendeu um pouco com essa interrogação de primeiro gole.

– Sei lá, tomar uns drinques, depois ir para a casa da Vilma e ficar lá sossegado até amanhã, só isso – respondeu o outro e levantou os ombros.

– E se não fosse para a casa da Vilma?

Manolo observou sua bebida com olhar de velho degustador, e a pupila de seu olho esquerdo avançou direto para o eixo do nariz.

– Acho que gostaria de ouvir música. Sempre gosto de ouvir música. Queria ter um bom aparelho de som, com equalizadores e esses troços todos, e duas caixas grandes assim, deitar no chão com uma caixa de cada lado da cabeça, bem grudadas nas orelhas, e passar horas ouvindo música. Você imagina, compadre, que meu pai nunca pôde me dar cento e quarenta pesos para comprar um violão? Com aquele violão polonês eu teria sido o cara mais feliz do mundo, mas, se você é filho de um motorista de ônibus que precisa sustentar seis pessoas com o salário, a felicidade tem que custar bem menos que cento e quarenta pesos.

Conde pensou que sim, a felicidade podia ser muito cara, e pediu outro duplo. Observou a rua, ensolarada e fria, por onde quase não passavam carros, e se sentiu completamente limpo e tranquilo. Era uma boa hora para beber uns goles e transar com uma mulher, como seu colega ia fazer, ou para pegar um ônibus com o Magro e sofrer durante quatro horas no estádio. Era uma boa hora para se estar vivo e ser feliz com ou sem violão, e, enquanto entornava o rum e sua garganta lhe agradecia – um calor conhecido e manso de rum branco –, pensou que ele também muitas vezes tinha sido feliz e que algum dia seria feliz de novo e que a solidão não é um mal incurável, quem sabe ainda iria recuperar suas velhas ilusões e ter uma casa em Cojímar, bem perto da costa, uma casa de madeira e telhas com um quarto para escrever, e nunca mais viveria em função de assassinos e ladrões, agressores e agredidos, e Rafael Morín sairia outra vez de suas nostalgias e só ficariam flutuando na superfície as boas lembranças, como deve ser, aquelas que o tempo salva e protege para que o passado não se torne uma carga horrível e repugnante e não seja preciso ir até a ponte para jogar seu carinho no rio, como dizia a canção de Vicentico Valdés que ouviam agora.

– Escuta bem isso – disse para Manolo e sorriu. – Quando a gente toma uns drinques quer ouvir uma coisa assim: *"Camino del puente me iré / a tirar tu cariño al río / mirar cómo cae al vacío / y se lo lleva la corriente..."**. Chega a ser lindo, não é?

– Se você diz – admitiu o sargento e examinou outra vez sua bebida.

– Vem cá, Manolo, afinal você é vesgo ou não? Manolo sorriu sem afastar a vista da bebida, com o olho esquerdo flutuando à deriva.

– Dia sim, dia não – respondeu o sargento e terminou o rum. Olhou para o colega e mostrou o potinho vazio. – E você, o que gostaria de fazer agora?

---

* "Até a ponte irei/ para jogar seu carinho no rio/ ver como cai no vazio/ e é levado pela correnteza...". (N. E.)

Conde também terminou a bebida e pensou um instante até responder:

– Pegar uma carona no seu aparelho de som, deitar no chão também e ouvir dez vezes seguidas "Strawberry Fields... forever".

Jamais gostei daquele uniforme. Vestido assim a gente parece um babaca, reclamava Alexis, o Ianque, e era verdade: as meias, o boné, as letras e as mangas cor-de-violeta com o fundo amarelo-ovo do blusão, e ainda por cima as calças, que eram larguíssimas e não podíamos mandar apertar, porque Antonio La Mosca, o professor que fazia as vezes de técnico, deixou bem claro que no final do campeonato teríamos de devolver aquilo tudo e as coisas precisavam estar no mesmo estado ou ainda melhores que quando as recebemos, que besteira, até parece que alguém ia querer ficar com aqueles uniformes que nos valeram um belo apelidinho: "As violetas de La Víbora". O campeonato era entre seis pré-universitários, e, como sempre, a gente levou a pior. Depois do escândalo Waterpré, sempre pegavam pesado com a gente em tudo, dos acampamentos de trabalho rural até os uniformes para jogar, sempre era o pior, porque, entre uma descoberta e outra, primeiro descobriram que ganhávamos a disputa escolar porque havia cola, e a disputa do corte de cana porque tínhamos um contato no centro de abastecimento que marcava na nossa conta um tanto da cana que outros pré-universitários cortavam, e sabe-se lá quantas outras coisas eles descobriram.

Como Andrés, que costumava ser a primeira base do time, não quis mais saber de bola depois que teve uma entorse e não pôde jogar no Nacional Juvenil, deixaram que eu cobrisse a primeira base, mas me puseram como oitavo rebatedor, na frente de Arsenio, o Mouro, que estava condenado a ser o último porque era um *out* vestido de boleiro – ou de babaca, com aquele uniforme.

Quando fomos fazer o aquecimento já estava escuro; acenderam as luzes, e então chegaram os caras do pré-universitário de La Habana, uns negrões enormes com umas mãos deste tamanho que iam nos estripar como já tinham feito com outros times, mas nós, chupa aqui, gritamos antes de começar o jogo, vamos ganhar desses carniceiros magrelos, porra, disse o Magro, e até o Mouro e eu acreditamos. O problema era o uniforme, porque o estádio estava recém-pintado, com luzes fantásticas e metade da arquibancada lotada com o pessoal do La Habana e a outra metade com o pessoal do pré-universitário, e havia uma empolgação impressionante e até um sujeito fantasiado com uma roupa da época em que se jogava beisebol de chapéu-coco e polainas.

Como vários de nós éramos do time, Magro, Isidrito, Caipira – que ia ser o arremessador nesse dia –, Pello e eu – me chamavam de Bocadinho, porque eu só rebatia isso, um pouquinho –, quase todo o pessoal da sala ia aos jogos, a começar por Tamara, que era a responsável pela disputa Interpré, que incluía participar das atividades, e os jogos de beisebol Interpré eram uma atividade, e as pessoas preferiam um jogo a qualquer outra atividade – visitar um museu ou aturar uma apresentação do coral da escola, por exemplo. E o pessoal da turma inventou um grito de guerra, que berrava toda vez que íamos rebater: "Violeta, Violeta/ A Mosca e sua guerrilha/ te baixam a caceta", mas os adversários a aperfeiçoaram: "Violeta, Violeta/ que um burro atrás te meta", e foi pior a emenda que o soneto. De qualquer maneira, eu adorava estar no time, jogar com a iluminação toda acesa e sentir que podia ver as coisas de um ângulo diferente: porque certamente não dá no mesmo ver os jogadores lá da arquibancada e se vestir de jogador e ver as pessoas ali sentadas. É completamente diferente.

– Colhão, moçada, colhão é o que é preciso ter para ganhar no beisebol – gritava o Magro no banco, antes de o jogo começar; para ele nunca era um simples jogo quando se tratava de beisebol e, como estava muito magro, as veias de seu pescoço pareciam gordas assim. – E isso a gente tem até demais, não é mesmo, porra?

E tínhamos de responder que sim porque ele podia ter um troço e, como éramos o time da casa, quando entramos em campo o pessoal começou a assobiar – os de La Habana – e a bater palmas – os de La Víbora –, e então olhei em direção à arquibancada para ver tudo diferente e vi Tamara sacudindo um lenço violeta, mas perdi a vontade de jogar quando ao lado dela, feito um cão de guarda, percebi o ex-presidente da Feem. Rafael Morín estava rindo sua risada de sempre, satisfeito e deslumbrante, como no dia em que nos disse "Sou Rafael Morín", ele lá em cima, vestido com uma camisa xadrez incrível, nós cá em baixo, fantasiados com aquelas roupas que nos faziam parecer uns babacas. Mesmo assim foi o melhor jogo da minha vida. Nesse dia Isidrito tinha tomado dois litros de leite puro, dizia que era bom para o arremesso e realmente estava perfeito, mas soltava cada peido... E aquele roceiro começou a derrubar os negrinhos do pré-universitário de La Habana e ninguém conseguia rebater, e, se conseguisse, não havia problema, porque não marcavam o ponto. E nós igual, ou pior, porque Yayo Mantequilla, o arremessador de La Habana, também estava aceso e nos meteu sete zeros, e na arquibancada o pessoal foi silenciando, o jogo começou a ficar sério de verdade e prometia as melhores emoções para o final, certo?

Então estávamos zero a zero na oitava entrada quando o Magro, que era o quinto rebatedor, veio rebater, deu uma tacada violenta entre a segunda e a terceira bases e conseguiu um *tubey*. Para quê? O pessoal começou a gritar: "Violeta, Violeta", e o Magro também, "Colhão, aqui tem colhão", até que o juiz principal o advertiu por falar palavrão. E depois foi coisa da porra do destino, porque o Isidrito, que era o sexto rebatedor e nunca errava, dessa vez falhou e foi o primeiro *out*, e Paulino Ovo de Touro, que era o sétimo, deu um *rolling* nas mãos do Yayo, que com grande alarde passou a bola pelo saco antes de lançar em direção à primeira base e foi o segundo *out*. Era minha vez de rebater.

Eu estava me cagando de medo, minhas pernas tremiam, as mãos suavam, todo mundo em silêncio e coisa e tal, e até o Magro, que me conhecia bem, ficou quieto e não gritou nada e acho que já dava a entrada por perdida. Então peguei e cuspi nas mãos e esfreguei terra nelas, e lembrei que precisava puxar o taco com força para trás, levantar o cotovelo e apertá-lo bem quando fosse fazer o *swing*, era um silêncio terrível, o Yayo Mantequilla me soltou uma bola reta a mil por hora e eu disse, lá vou eu, puxei o taco para trás, levantei o cotovelo, apertei bem, fechei os olhos e mandei o *swing*. Que coisa, cacete!, saiu uma reta com toda a força para o centro do campo, assim, forte pra caramba, como eu nunca tinha conseguido na vida, e então vi, como se fosse num filme,

124

a bola sair voando, voando, até que bateu na cerca que fica embaixo do placar, e então disparei na corrida, e durou tanto que pude fazer três bases, mas bem poderia ter sido um *home run* no terreno. Que gritaria, que alegria. O Magro marcou e depois voltou para a terceira e pulou em cima de mim; Isidrito, que não falava comigo desde o dia em que tínhamos brigado, me deu um beijo de tanta emoção que sentia, e todo o time veio bater na minha bunda, quem mandou eu fazer aquilo, certo? No meio dessa felicidade e da gritaria do público olhei em direção à arquibancada para ver tudo bem diferente e senti que ia morrer: Tamara e Rafael tinham ido embora...

Na nona entrada o pessoal do pré-universitário de La Habana fez duas corridas e nos venceu por dois a um. Mas foi o melhor jogo da minha vida.

Antes de bater na porta ele olha para o relógio: quatro e dez. Se ela tivesse dormido depois do almoço, já estaria acordada. Talvez assistisse aos filmes de domingo, pensa também, e pensa que não sabe exatamente o que veio fazer ali, ou que sabe muito bem e não quer pensar nisso. As falsas figuras de Lam descansam sob a sombra de uma sumaúma, talvez plantada intencionalmente perto da selva de concreto, e ao seu redor as folhas-de-papagaio bem podadas e os densos corações-magoados criam um ambiente de bosque colorido e artificial, mas decididamente atraente. De fato, lembra agora o que dissera Manolo, aquela não era uma casa para a polícia, e a aguda nostalgia que o lugar lhe provoca é tão compacta que oprime suas têmporas e o peito. Então fica contente por ter bebido os dois drinques com Manolo, toca a campainha e depois de tocar se sente tranquilo e aliviado.

O som tilinta na imensidão da casa e, enquanto espera, Conde acende um cigarro e ajeita na cintura a pistola regulamentar, nunca se acostuma com seu peso, até que no fim ela abre, sorri e diz:

— Veja só, o Príncipe da Cidade! Vi o filme ontem à noite e fiquei com pena daquele policial. De uns tempos para cá, todos os policiais que vejo são tristes. Mas não era muito parecido com você. — E se afasta para ele entrar.

– De uns tempos para cá, nem eu estou parecido comigo mesmo – ele responde, então ela fecha a porta e os dois seguem até a sala de televisão. – Quer continuar vendo o filme?

– Não, esse eu já tinha visto uns três meses atrás, Rafael trouxe o vídeo. Mas como não tinha o que fazer... – e se acomoda na poltrona macia que faz par com a dele. – Estava quase dormindo. Dormi muito mal esta noite. As cortinas estão fechadas e o aposento só é iluminado pelo clarão frio que vem de fora. Ele procura um cinzeiro e afinal encontra um de metal, com mecanismo para esconder as cinzas e as guimbas. Parece tão limpo e brilhante que lhe dá raiva, e aciona duas ou três vezes o mecanismo antes de dizer:

– Quem limpa esta casa, Tamara?

– Uma senhora amiga da mamãe. Vem duas vezes por semana. Por quê?

– Nada, porque eu sujo os cinzeiros.

Ela sorri, quase triste.

– Não há nenhuma novidade, não é, Mario?

– Está tudo na mesma, Tamara – mente, sem sentir o menor remorso, e se questiona quanto de verdade sua ex-colega deveria saber.

– Já imaginava. Minha sogra telefonou esta manhã e disse que vocês tinham passado lá. Coitada, estava chorando.

– Normal, não é? Depois falei com Fernández-Lorea e ele me confirmou que seu marido é um sujeito excelente. E depois com García, do sindicato da empresa, e ele, como todo mundo, não poupou esforços para falar bem do seu marido. Quer dizer, eles até me convenceram.

– Que ótimo – diz ela, e as amêndoas de seus olhos brilham com mais intensidade. Mas ele sabe que ela não vai chorar por causa daquilo.

– Você não para de procurar pelo em ovo.

– Quer saber de uma coisa? Eu realmente não engulo isso. Também conheço Rafael e, não me leve a mal, mas já o vi fazendo duas ou três coisas que não me agradaram nem um pouco.

– Que coisas? – pergunta ela, e começa a lutar contra sua mecha encaracolada.

– Bobagens, não se preocupe, mas a gente acaba ficando com certas ideias.

126

– E o que o Alberto falou?

Ele observa a *Flora* de Portocarrero, que domina uma das paredes da sala. Lê numa borda: "Para você, Valdemira, do seu amigo René", e decide que gosta dos azuis que o mestre usou na cabeleira daquela *Flora*, é mais fria porém mais viva, e observa que, como todas as *Floras*, aquela também tem olhos de bezerra crédula.

– Nada de novo, mesmo. Agora estamos atrás da tal Zoilita, que continua sem aparecer. E amanhã vamos à empresa, para ver se descobrimos alguma coisa por lá.

– O que você quer descobrir, Mario?

Cruza as pernas e o estuda como se de repente ele fosse um ser muito estranho, nunca visto antes. Mas ele só consegue olhar para suas pernas e o vestido, uma comprida malha branca que, assim, mostra todo o nascimento das coxas.

– Por que você foi embora naquele jogo?

– O quê? – está surpresa.

– Nada, esquece. Quero encontrar seu marido e saber por que ele sumiu... E quero saber como você está.

Ela faz um esforço para dominar a mecha impertinente e depois apoia a cabeça um instante no encosto da poltrona.

– Muito confusa. Estive pensando muito – diz e se levanta. Ele a vê sair em direção à biblioteca e, só de vê-la andar, lembra suas manipulações onanistas na noite anterior e quase se envergonha de como gosta dessa mulher, e então ela volta com o Ballantine's e dois copos. Puxa uma mesinha para perto das poltronas e serve duas doses amplas e castanhas, que atingem Conde com seu inconfundível cheiro de carvalho.

– Do que você tem medo, Tamara?

– Medo? – pergunta e torna a olhar para ele. – Não tenho medo de nada, Mario. E você?

Ele sente o calor seco do uísque na língua e pensa que precisa tirar o casaco.

– De tudo. Sim, de tudo. Medo de que Rafael esteja morto e também de que não esteja e reapareça e tudo volte a ser como antes. Dos anos que estão passando por cima de mim e acabando comigo e com o prazo dos meus sonhos. De que o Magro morra e eu fique sozinho e me sinta ainda mais culpado. De que o cigarro me mate. De não fazer bem o meu trabalho. Da solidão, muito medo da solidão... De me apaixonar por você, a esposa de Rafael, que mora neste mundo tão perfeito e tão limpo, e de quem eu gostei por toda a vida – diz e olha para a *Flora*, cândida e distante, sentindo que já não pode mais parar de falar.

No dia exato em que sua vida mudou, Mario Conde se perguntou como são feitos os destinos das pessoas. Alguns dias antes ele tinha lido o romance *A ponte de San Luis Rey*, de Thornton Wilder, e pensara que ele também poderia ter sido uma daquelas cinco pessoas que o destino fez confluir na velha ponte do vice-reinado do Peru, no instante preciso, entre milhões de instantes precisos, em que seus juncos enfraquecidos se partiram num murmúrio final. Os cinco caíram no abismo, a imagem das cinco pessoas voando por cima dos condores o obcecava, assim como a investigação, estritamente policial, de outra pessoa buscando os motivos da impossível confluência daqueles homens e mulheres que nunca antes tinham coincidido em lugar nenhum da Terra, reunidos para morrer na ponte de San Luis Rey. Ele havia entrado na secretaria da Faculdade de Psicologia para trancar a matrícula, ainda sem pensar nessa história de destino, quando a vice-reitora o recebeu e perguntou se insistia mesmo em largar os estudos, e ele disse que sim, tinha que largar; e ela pediu para esperar um instante e saiu, e ele esperou quinze minutos e então entrou o homem que se apresentou como capitão Rafael Acosta, que começou perguntando, qual é o seu problema, garoto?, e ele pensou no que teria feito de errado para ser interrogado. Econômico, companheiro, preciso trabalhar já. E por que não faz um esforço?, perguntou o capitão, e ele entendeu menos ainda. Preciso trabalhar, repetiu, e para dizer a verdade não gosto do curso, então começaram a conversar sobre muitas coisas, ele já estava começando a perder o medo quando o capitão Acosta lhe propôs que entrasse na Academia, já sairia com patente e receberia salário desde o primeiro mês. Não sou militante, disse. Não faz mal, sabemos quem você é. Nunca fui dirigente, sou muito bagunçado, disse, e adoro os Beatles, pensou, mas de novo não importava. Nunca tinha pensado em ser polícia nem nada parecido, como posso dar certo? Isso ele depois aprenderia, insistiu o capitão Rafael Acosta, o importante era entrar na Academia, depois poderia até fazer faculdade à noite, esta ou qualquer outra que preferisse: disse que sim. Isso é o destino?, se pergunta desde então, porque nunca tinha imaginado que seria policial, e até um bom policial, como lhe disseram, é preciso ter miolo, muito miolo, explicou um colega, e nunca o puseram na Seção de Reeducação, como pediu ao terminar a academia, foi parar no Departamento de Informação Geral, classificando casos, *modus operandi*, características de tipos de delitos, até que um dia se trancou com uma pasta bem antiga na sala de computação, leu e releu papéis e dados, pensou e pensou até sentir dor de cabeça e fez uma metáfora insólita juntando dois fios distantes e desconexos que continuavam soltos num homicídio que estava sendo investigado fazia quatro anos. Isso é o destino?, se perguntava agora e lembrava com prazer os primeiros tempos no setor de Investigações, quando podia prescindir do uniforme, vestir outra vez seus *jeans* e até mesmo deixar crescer a barba e o bigode depois de convencer o Velho, e sentiu que ia sair pelo mundo distribuindo justiça, com todas as suas ilusões. Já pareciam remotos aqueles dias de euforia que deram lugar à rotina, basicamente isso é ser polícia, explicavam, miolo e rotina, como ele próprio mais tarde diria aos novatos, repetindo o lema de Jorrín, e saber recomeçar todos os dias, por mais que não se quisesse recomeçar. Se não fosse o destino, não teria encontrado aquele caso que estava ali só para ser resolvido por ele, porque não teria dito que sim ao capitão Acosta; porque seu pai não teria morrido antes que ele terminasse a faculdade; porque teria ido parar na faculdade de letras e não em psicologia quando terminou o pré-universitário; porque não teria se deliciado com aqueles livros de Hemingway quando teve a catapora tardia que deveria ter tido muitos anos antes, como todos os garotos da rua; porque ainda iria querer ser piloto, pois não o teriam expulsado da escola militar por agredir física e verbalmente um colega que caçoou sem piedade da sua vontade de voar, e assim até o mais remoto infinito, porque talvez não tivesse nascido, ou o primeiro dos Condes, o vovô Teodoro, não teria sido ladrão nem desembarcado em Cuba. Por tudo isso era policial, e o destino o metia na vida de Rafael Morín e na sua, Tamara, uma vida já tão distante da própria vida dele, era difícil imaginar que tivessem pensado alguma vez que fossem iguais. Mas a vida mudou, como tudo muda, e não era mais irresponsável nem louco, apenas complicado como sempre e sem conserto, triste, solitário e sentimental, talvez sem mulher nem filhos para sempre, sabendo que o melhor amigo podia morrer e não havia nada a fazer, com aquela pistola que lhe pesava nas costas e com a qual só atirara uma vez fora do polígono, afinal seguramente não acertaria no alvo, porque não podia atirar em ninguém, mas atirou e acertou. E lembrava que no dia exato em que sua vida mudara ele havia se perguntado o que era o destino e tivera uma única resposta: dizer sim ou dizer não. Se você puder. Eu pude escolher, Tamara.

— Me dá outra dose — pede então e volta a encará-la. Ela ouviu suas palavras enquanto tomava o uísque e seus olhos ficaram marejados. Enche os dois copos antes de dizer:

— Eu também tenho medo — e é quase um sussurro saído do fundo da poltrona. Deixou a mecha de suas angústias cair sobre os olhos, como se já estivesse acostumada a viver com ela, a vê-la antes de qualquer outra coisa no mundo.

— De quê?

— De me sentir mais vazia. De acabar metida a besta e falando de seda e algodão, de não viver a minha vida, de pensar que tenho de tudo porque me acostumei a ter de tudo, e há coisas sem as quais acho que não consigo mais viver. Tenho medo de tudo, meu amigo, e nem eu mesma me entendo, e tanto quero que Rafael esteja aqui, que tudo continue fácil e em ordem, como também quero que ele não apareça mais, para tentar fazer alguma coisa sozinha, sem Rafael, sem papai, sem Mima, até sem meu filho... E isso não é novo, Mario, eu me sinto assim há um bocado de tempo.

130

– Quer saber uma coisa? Lembrei agora o que a tia do cigano Sandín disse a você quando leu a sua mão. Ainda lembra?

– Claro, nunca esqueci: Você vai ter tudo e não vai ter nada. Será possível que isso já estivesse na minha mão, que fosse meu destino, como você diz?

– Não sei, porque comigo ela não acertou: disse que eu ia viajar para longe e que ia morrer jovem. Me confundiu com o magro Carlos, ou talvez não, vai ver que quem se confundiu fomos nós mesmos... Tamara, você seria capaz de matar seu marido?

Ela dá um gole prolongado na bebida e se levanta.

– Por que precisamos ser tão terrivelmente complicados, meu policial triste? – pergunta e para em frente a ele. – Nunca faltou a mulher alguma vontade de matar o marido, e você deve saber muito bem disso. Mas afinal quase nenhuma toma a atitude. E muito menos eu, sou medrosa demais, Mario – afirma e avança um passo.

Ele se agarra ao copo, protege-o contra a barriga, tentando não tocar nas coxas dela. Sente que suas mãos estão tremendo e que respirar é um ato consciente e difícil.

– Você nunca teve coragem de me dizer que gostava de mim. Por que dizer agora?

– Desde quando você sabe?

– Desde sempre. Não despreze a inteligência das mulheres, Mario. Ele deixa a cabeça no encosto da poltrona e fecha os olhos.

– Acho que teria tido coragem se Rafael não tivesse se adiantado, há dezessete anos. Depois disso não consegui mais dizer. Você não imagina como me apaixonei por você, as vezes que sonhei com você, as coisas que imaginei que íamos fazer juntos... Mas nada disso tem sentido agora.

– Por que tanta certeza?

– Porque estamos cada vez mais longe, Tamara.

Ela desmente, porque avança mais um passo e se encosta em seus joelhos.

– E se eu dissesse que gostaria de ir para a cama com você agora mesmo?

– Pensaria que é outro capricho seu e que você está acostumada a ter tudo o que quer. Por que faz isso comigo? – pergunta porque não pode lutar, sente uma dor no peito e está com a boca seca, o copo parece escorregar das mãos úmidas.

– Não quer que eu fale isso? Não era o que você queria ouvir? Vai ter medo sempre?

– Acho que sim.

– Mas nós vamos para a cama porque sei que você ainda gosta de mim e não vai me dizer que não.

Então ele a encara e deixa o copo no chão. Sente que ela é outra mulher, está transformada, está no cio e cheira como mulher no cio. Pensa que é sua oportunidade de dizer não.

– E se eu disser que não?

– Terá sido outra oportunidade de fazer seu destino, de dizer sim ou dizer não. Você gosta de decidir, não é? – ela pergunta e avança o último passo possível, aquele que a deixa definitivamente entre as pernas dele. O cheiro dela é irresistível, e ele sabe que continua apetitosa, mais do que nunca. Vê, embaixo da malha, a ameaça dos mamilos inflamados pelo frio e pelo desejo e certamente tão escuros como os lábios, e vê a si mesmo, aos trinta e quatro anos, sentado na beira do vaso, manobrando com cuspe e sem paixão suas mais antigas frustrações. Então se ergue no íntimo espaço que ela lhe deixou para tomar a decisão e olha para a mecha infalível, os olhos úmidos, sabendo que tem de dizer não para sempre, não posso fazer isso, não quero, não posso, não devo, e que sente um vazio absurdo entre as pernas, uma outra forma do medo. Mas é inútil lutar para sempre contra o destino.

Sem se tocarem, caminham até a entrada e sobem a escada que leva aos quartos do segundo andar. Ela vai na frente, abre uma porta e entram numa penumbra mais sólida que gira em torno de uma cama perfeitamente arrumada, coberta com uma colcha marrom. Ele não sabe se está no quarto dela ou não, suas possibilidades de pensar se esgotaram e, quando ela tira o vestido por cima da cabeça e ele vê por fim os seios com que tanto sonhou nos últimos dezessete anos, consegue pensar que na realidade são mais bonitos do que imaginara, que jamais conseguiria dizer não e que deseja

132

aquela mulher tanto quanto deseja que Rafael Morín apareça naquele exato instante, para ver o sorriso perene dele se desmanchar.

Fuma e tenta contar as gotas de cristal do lustre. Sabe que matou outra ilusão, mas tem de aceitar o peso de suas decisões. A incrível Tamara, a melhor das gêmeas, dorme agora um sono de amante despreocupada, e suas nádegas redondas e pesadas roçam os quadris de Conde. Não quero pensar, murmura ele, não posso passar a vida pensando, e nisso toca o telefone e ela dá um pulo na cama.

Desajeitada, tenta enfiar o vestido comprido e afinal vai para o corredor onde a campainha insiste. Volta para o quarto e diz:

– Corre, é para você – parece confusa e também preocupada.

Ele enrola uma toalha na cintura e sai do quarto. Tamara o segue até o vão da porta e o observa falar.

– Alô, quem é? – pergunta ele, depois ouve durante mais de um minuto e diz apenas: – Mande o carro, estou indo para aí.

Desliga e olha para a mulher. Aproxima-se dela, quer beijá-la, e antes disso luta contra a mecha indispensável.

– Não, Rafael não apareceu – diz, e começam um beijo longo e sossegado, de línguas que se enredam sem ordem, salivas que se trocam, dentes que tropeçam e lábios que começam a doer. É o melhor beijo que dão, e ele diz:

– Tenho que ir à Central, encontraram a Zoila. Se tiver ligação com Rafael, ligo mais tarde.

Zoila Amarán Izquierdo os observou entrando no cubículo. Em seus olhos se alternavam a indiferença e o medo, mas Mario Conde pôde respirar sua vigorosa feminilidade. A pele dourada da garota tinha um brilho de animal saudável, e o mais significativo em seu rosto, a boca, era impudica e carnuda, decididamente atraente. Tinha apenas vinte e três anos mas parecia segura de si, e Conde pressentiu que não ia ser fácil. Aquela garota tinha vivido na rua, que conhecia bem, endurecera lidando com todo tipo de gente e um dos seus orgulhos era dizer que não devia nada a ninguém, porque sou muito mulher, como deve ter precisado demonstrar mais de uma vez. Gostava de viver bem, e para isso beirava a ilegalidade sem o menor problema, porque além de ovários tinha cérebro suficiente para não atravessar fronteiras excessivamente perigosas. Não, não ia ser fácil, era só olhar para ela e entender, também, que era uma dessas mulheres tão bonitas que dão vontade de chutar o balde.

— Esta é Zoila Amarán Izquierdo, companheiro tenente — disse Manolo e avançou até a garota, que permanecia sentada no centro do cubículo. — Nosso pessoal a encontrou quando voltava para casa, num táxi, e pediu que ela viesse à Central para conversar.

— Só queremos fazer umas perguntas, Zoila. Você não está presa mas precisamos que nos ajude, está bem? — explicou Conde e caminhou até a porta do pequeno cubículo, buscando um ângulo em que ela tivesse de se virar para olhá-lo.

— Por quê? — perguntou sem se mover, e também tinha uma linda voz, clara, bem projetada.

Conde olhou para Manolo e fez que sim com os olhos.

— Onde você estava no dia 31?

— Tenho que responder?

— Acho que sim, mas não é obrigada. Onde você estava, Zoila?

— Andando por aí, com um amigo. Este é um país livre e soberano, não é?

— Onde?

— Ah, em Cienfuegos, na casa de outro amigo dele.

— Como se chamam esses amigos?

— Mas o que está havendo, a troco de que é essa confusão?

— Vamos, Zoila, os nomes. Quanto mais rápido a gente terminar, mais rápido você vai embora.

— Norberto Codina e Ambrosio, acho que Fornés, tudo bem? Já terminamos?

— Muito bem, só mais uma coisinha... Será que não havia um outro amigo, Rafael, Rafael Morín?

134

– Já me perguntaram sobre esse homem e eu disse que não sei quem é. Por que tenho de conhecê-lo?

– É seu amigo, não é?

– Não conheço.

– Onde mora seu amigo, esse de Cienfuegos?

– Virando em frente ao teatro, não sei como se chama a rua.

– Tem certeza de que não lembra de Rafael Morín?

– O que é isso? Olha, se quiser eu fecho o bico e se acabou a história.

– Tudo bem, como você preferir. Fecha o bico, mas também pode ficar aqui bem guardada, como suspeita de sequestro, assassinato e...

– Mas que que é isso?

– Uma investigação, Zoila, está me entendendo? Como se chama esse amigo que foi a Cienfuegos com você?

– Norberto Codina, já disse.

– Onde ele mora?

– Na esquina da Línea com a N.

– Tem telefone?

– Tem.

– Qual é o número?

– O que vão fazer?

– Ligar e ver se é verdade que estava com você.

– Por favor, ele é casado.

– Diga o número, somos discretos.

– Vão devagar, companheiros. É 325307.

– Ligue, tenente.

Conde pegou o telefone que estava em cima do arquivo e pediu uma linha.

– Olhe para esta foto, Zoila – continuou Manolo e lhe entregou uma cópia da fotografia de Rafael Morín.

– Sim, o que foi? – perguntou, tentando ouvir a conversa de Conde, que falava em voz baixa.

– Você não o conhece?

– Bem, saí com ele algumas vezes. Foi mais ou menos há uns três meses.

– E não sabe como ele se chama?

– René.

– René?

– René Maciques, por quê?

Conde desligou e se aproximou da mesa.

– Zoila, tem certeza de que esse é o nome dele? – perguntou o tenente, e a garota olhou-o e quase tentou um sorriso.

– Tenho.

– Ela estava com Norberto Codina – informou Conde e voltou para a porta.

– Estão vendo?

– Onde você conheceu esse René?

Zoila Amarán Izquierdo fez um gesto de incompreensão. Era evidente que não entendia nada, mas estava com medo, e agora sorria.

– Na rua, me deu carona.

– E por que ligou para você no dia 31, ou talvez no dia 1º?

– Quem, René?

– René Maciques.

– Sei lá, faz um bocado de tempo que não o vejo.

– Há quanto tempo?

– Não sei, desde outubro, mais ou menos.

– O que sabia sobre ele?

– Nada, que era casado, que viajava para o exterior e que quando íamos a hotéis sempre escolhia os melhores quartos.

– Que hotéis?

– Ah, imaginem, o Riviera, o Mar Azul, esses hotéis.

– Onde ele disse que trabalhava?

– No Minrex, acho. Ou no ministério do Comércio Exterior, algo assim, sabe?

– Não sei, quem sabe é você.

– Bem, acho que sim, Minrex.

– Ele andava com muito dinheiro?

– Como você acha que se paga no Riviera?

– Olhe os modos, Zoila. Responda.

136

– Claro que andava com dinheiro. Mas é como eu já falei, só saímos algumas vezes.

– E não o viu mais?

– Não.

– Por quê?

– Porque estava indo para o exterior. Ia passar um ano inteiro no Canadá.

– Quando foi isso?

– Em outubro, já disse.

– Ele te deu algum presente?

– Bobagens.

– O que são bobagens?

– Um perfume, uns brincos, um vestido, coisinhas assim.

– De fora?

– É, de fora.

– E tinha dólares?

– Nunca vi.

– Como vocês faziam para se encontrar?

– Ele sempre tinha muito trabalho e quando aparecia uma chance ligava lá pra casa. Se eu não estivesse enrolada, ele passava e me pegava. Claro, de carro.

– Que tipo de carro?

– Eram dois. Quase sempre vinha com um mais novo, um Lada particular, e outras vezes com outro Lada, acho que do Estado, que tinha vidros escuros.

– Zoila, quero que pense bem no que vai me dizer agora, pelo seu bem e do seu amigo René Maciques. De onde ele tirava tanto dinheiro?

Zoila Amarán Izquierdo girou a cabeça para fitar o tenente e com os olhos tentava dizer, como é que vou saber. Então olhou para Manolo e respondeu:

– Olhe, companheiro, na rua a gente não pergunta essas coisas. Eu não sou puta porque não transo por dinheiro, mas quando aparece alguém com grana e me leva para jantar no Laiglon, tomar cervejas na piscina, relaxar numa boate e subir para um quarto com vista para o

Malecón, eu não pergunto mais nada. Aproveito, companheiro. A vida está difícil e a juventude passa logo, entendeu?

Claro que a juventude passa logo, pensou, porque era evidente. Uma voz preguiçosa e quente e uns olhos azuis de céu sem nuvens eram as únicas coisas que lembravam os atributos do mítico Miki Cara de Boneca, o rapaz que batera o recorde de namoradas num ano do pré-universitário de La Víbora: vinte e oito, todas com beijações e algumas com ousadias maiores. Agora lhe faltava cabelo para tentar o cacheado afro mas ainda restava algum para se declarar vencido e assumir o destino de careca resignado. Sua barba era uma explosão de pelos grisalhos tesos e avermelhados, como deve ser o último viking de qualquer história em quadrinhos, e o rosto bonito de antigamente parece um biscoito mal misturado: irregular, vincado, com vales e montanhas de gordura mal repartida e velhice prematura. Ria e mostrava a tristeza hepática de seus dentes, e, quando ria muito, seus pulmões de fumante sem trégua lhe proporcionavam dois minutos de tosse. Miki era uma espécie de denúncia, pensou Conde: com sua imagem ele atestava que em breve teriam quarenta anos, não eram mais jovens nem incansáveis nem capazes de recomeçar todos os dias, e que havia muitos motivos para o cansaço e a nostalgia.

– É um desastre, Conde. Mariíta foi embora há um mês e olha o estado disto aqui, um chiqueiro – e estendeu os braços tentando abarcar a transbordante bagunça da sala. Pegou dois copos com várias gerações de resíduos e só os trocou de lugar. Soltou cinco palavrões dirigidos à mulher ausente e foi até o toca-discos. Sem refletir, pegou o *long-play* que respirava na superfície e o colocou no prato. – Ouve isto e cai pra trás: *The best of the Mamas and the Papas*... É justo que esses filhos da puta cantem tão bonito? Agora, contando a Mariíta, vou para o quinto divórcio e mais três garotos bagunceiros, e fico cada dia mais pobre, eles dividem meu salário e não me sobra nem para fumar. Falando nisso, me dá um cigarro, vai. Você acha que alguém pode escrever assim? Não fode, a gente fica sem vontade de escrever e até de viver, mas, enfim, no final das contas o que importa é não se render, por mais que às vezes a

138

gente se canse e se renda um pouquinho. Não é fácil, Conde, não é fácil. Ouve, ouve só... "California dreamin'", isso é de quando a gente estava no segundo grau. Que vozes, hein? Ouço essa canção e fico até com vontade de me casar de novo, juro. E você, finalmente está escrevendo? Conde tirou uma calça e duas camisas de uma poltrona e afinal conseguiu sentar. Sempre lhe intrigara que Miki fosse, tirando o Manco, o único escritor parido por aquela oficina literária do pré-universitário, que Miki frequentava para ver quem ele conseguia paquerar. Mas em algum momento o bonitão se entusiasmou com a literatura e depois se convenceu de que seria escritor, e de certo modo conseguiu. Dois livros de contos e um romance publicados o qualificavam como narrador fecundo, embora numa linha que Conde nunca adotaria se tivesse tempo e talento para vencer a teimosia das páginas em branco. Miki escrevia sobre a alfabetização, sobre os primeiros anos da Revolução e a luta de classes, enquanto ele teria preferido uma história sobre a sordidez. Algo que fosse bem sórdido e comovente, porque, se não tinha conhecido muitas coisas sórdidas e ao mesmo tempo comoventes, cada vez precisava mais delas, de uma maneira ou de outra.

– Não, não estou escrevendo.

– Qual é o problema?

– Sei lá, às vezes tento, mas não sai nada.

– Acontece, não é?

– É, acho que sim.

– Me dá outro cigarro. Se eu tivesse café podíamos brindar, mas estou na lona. Nem para o fumo, tigre. E então, como é, nada ainda?

– Nada, o homem não aparece – disse Conde e tentou se acomodar na poltrona, apesar da mola que não parava de espetá-lo.

– Quando Carlos me contou que você estava atrás de Rafael porque ele tinha desaparecido, quase me mijo de tanto rir. É engraçado, afinal de contas, não é mesmo?

– Não sei, não, eu não estou achando graça nenhuma.

Miki Cara de Boneca apagou o cigarro no chão e tossiu algumas vezes.

– Rafael e eu estávamos meio brigados fazia uns cinco ou seis anos. Você não sabia disso, certo? Não, quase ninguém sabia, e o pessoal antigo do pré-universitário que encontro por aí sempre me pergunta por ele, acham que continuamos muito amigos. E eu ficava puto por ter que inventar que estava tudo bem. A gente não pode passar a vida inventando que está tudo bem... E você não tem a menor ideia do que pode ter acontecido com Rafael? Não acha que talvez ele esteja por aí com uma gatinha e depois apareça com cara de sonso?

– Não sei, mas acho que não.

– O que há com você, compadre, está caído? Olhe, me acontece uma coisa estranha com Rafael: às vezes acho que ainda gosto dele, porque numa época fomos irmãos de verdade, e outras vezes sinto um pouco de pena, um pouquinho só, e o resto já é indiferença, não me interessa mais porra nenhuma dele, porque eu não merecia que ele me metesse naquela história da verificação do Partido.

– Que história?

– É, foi por isso mesmo que disse hoje ao Carlos para você não deixar de vir aqui. Olhe, Conde, sei que Rafael está metido numa puta confusão. Não faço ideia se o que vou dizer pode ser útil para alguma coisa, talvez sim, depois você me diz. E só vou contar porque o policial que está nessa é você, se fosse outro nem iria saber de nada. Bem, o negócio é que Rafael deu meu nome como referência na avaliação para o Partido, e o casal que estava fazendo a verificação veio me ver, lembro que na época eu não era mais da Juventude, mas me disseram que não fazia mal, como eu conhecia bem Rafael da época de estudante, era o que interessava. Imagina só se conhecia. Então começaram a me fazer perguntas e eu a responder, tudo na maior. Rapaz, uns dois meses depois Rafael me aparece aqui que só um diabo: disse que tinham adiado a entrada dele no Partido por minha culpa, que eu não devia ter falado que sua mãe ia à igreja nem que ele tinha visitado o pai quando veio pela Comunidade, porque o velho estava mais fodido que cachorro desdentado e era um infeliz que continuou sendo encanador mequetrefe em Miami, enquanto ele e a mãe diziam pra todo mundo que o pai era um bêbado e que estava morto. Ficou puto por eu ter dito que achava que ele ainda gostava do pai e que fiquei contente por eles terem se reencontrado depois de vinte anos, porque

140

desde a escola primária ele tinha um trauma com o problema do pai e toda essa lenga-lenga de que era *gusano*, um contrarrevolucionário, e tinha se mandado. Puxa, procurei o lado humano da história... Só queria que a Yoly estivesse aqui para contar. O cara ficou feito doido, gritando que aquilo era veadagem minha, que eu tinha inveja dele e não sei quantas merdas mais. Mas isso não foi o pior da história, não me olhe com essa cara. O pior é que eu fui ao escritório onde ele trabalhava para falar com o casal que me entrevistou, porque não achava que nada daquilo fosse tão grave assim, e eles me disseram exatamente isso, que aquilo tinha sido um detalhe a mais no processo, sem maiores consequências porque acharam compreensível que ele estivesse a fim de ver o pai, mas que haviam adiado a entrada dele no Partido por aspectos de autossuficiência e acho que por uma bobagem com o sindicato, não lembro direito, mas eles tinham certeza de que ele iria superar tudo e blá-blá-blá. Foi essa a confusão.

– Essa história me parece conhecida. Tem a cara dele – disse Conde e se adiantou ao desejo de Miki. Ofereceu-lhe um cigarro e acendeu o seu. – Mas o que isso tem a ver com o rolo de agora?

– Tem a ver que eu sou um mentiroso. Na verdade, ele pensou que eu tinha contado na verificação do Partido que ele tinha pegado a mala de roupas que o pai lhe trouxe e que os dois foram ao Diplomercado, e até que comprei dele por cento e cinquenta pesos uma calça *jeans* que tinha ficado grande. Mas não falei nada disso, e foi para defendê-lo, não porque eu seja um mentiroso, naquela época isso era pura dinamite para os militantes, e inventei uma novela sentimental para aquela dupla.

– Porra, Miki...

– Espere um pouquinho e não me venha com pedras, que não chamei você aqui para me confessar. O problema é que Rafael me aparece aqui no dia 31 à tarde, mais ou menos às três, depois de um montão de anos. Isso interessa, não é? Não me enrole, Conde, que eu conheço bem você.

– Por que ele veio, Miki?

– Espera, deixe eu virar esse disco, foi Rafael quem trouxe de Ano--Novo. Ele sabe que sou fanático pelos Mamas e os Rolling... Fiquei espantado de vê-lo aqui, mas afinal gostei, eu não sou ressentido, não. Bem, pedi emprestado um pacote de café à vizinha e bebemos o meio litro de rum que me restava, conversando como se nada houvesse acontecido. Falamos de mil bobagens do segundo grau, do pré-universitário, do bairro, o papo de sempre. Rafael é um cara complicado, sabe disso? Afinal era ele quem sempre teve inveja de mim, confessou isso aí mesmo, bem onde você está sentado, disse que eu sempre fiz o que me dava na telha e que vivia como gostava, imagina só, fodido como só eu e com esses três livros publicados que me parecem uma bela bosta, não gosto nem de abri-los. Quando falei isso ele riu à beça, sempre pensa que estou brincando.

– Mas o que ele queria, Miki, que merda ele veio fazer aqui?

– Veio me pedir desculpas, Conde. Queria que eu o perdoasse. Sabe o que me disse? Que eu tinha sido o melhor amigo dele.

Mario Conde não pôde evitar: viu novamente Tamara se despindo e sentiu que afundava num pântano irreversível e mortal.

– Era um cínico ou um bobalhão?

Miki repetiu a operação de esmagar a guimba no chão, mas caprichou na destruição e, depois de destroçá-la, continuou moendo com o pé.

– Por que fala assim, Conde? Você sabe muito bem que também é um fodido, não sabe? Por isso nunca vai ser um escritor medíocre como eu, nem um oportunista elegante como Rafael, nem sequer uma boa pessoa feito o coitado do Carlos. Não vai ser nada, Conde, porque você quer julgar todo mundo e nunca se julga a si mesmo.

– Está falando merda, Miki.

– Não estou falando nenhuma merda e você sabe disso perfeitamente. Você tem medo de si mesmo e não se assume. Por que não é polícia de verdade, sabe? Fica no meio do caminho em tudo. Você é o típico representante da nossa geração escondida, como me dizia um professor de filosofia na universidade. Dizia que éramos uma geração sem cara, sem espaço e sem colhão. Que não sabíamos onde estávamos nem o que queríamos, então preferíamos nos esconder. Eu sou um escritor de merda que só pretende não arrumar confusão com o que escreve, e sei disso. Mas, você, o que você é?

142

– Alguém que está cagando e andando para o que você falou.

Miki sorriu e esticou a mão. Conde lhe entregou o último cigarro, amassando o maço até transformá-lo numa bola. Então jogou-o pela janela.

– Não é ótimo esse disco? – perguntou o escritor e saboreou a fumaça do cigarro.

– Escuta, Miki – perguntou o tenente olhando o ex-colega nos olhos –, aquele seu recorde no pré-universitário também era mentira?

Não ouviu o tiro e no primeiro momento pensou, minha cintura se despedaçou, mas foi só uma ideia, porque perdeu o equilíbrio e quando caiu no chão já estava inconsciente, só recuperou a lucidez duas horas mais tarde, quando aprendeu o que era a dor, enquanto voava num helicóptero até Luanda, com soro na veia do braço e o médico lhe disse: Não se mexa, já estamos chegando, mas a ordem era desnecessária, porque não conseguia mexer nenhuma parte do corpo, e a dor era tão incisiva que o venceu, e sua lembrança seguinte é posterior à primeira operação de emergência que lhe fizeram no Hospital Militar de Luanda.

Depois que ouviu essa história, Conde repetiu-a tantas vezes para si mesmo que no fim a montou como um filme e podia visualizar cada detalhe da sequência: a maneira como ele caiu, de boca, sobre a terra arenosa, quente, com um cheiro remoto de peixe seco; o barulho do helicóptero e o rosto pálido do médico, muito jovem, dizendo: Não se mexa, já estamos chegando, e via também o interior do aparelho, devia estar sentindo frio, e se lembrava de uma nuvem fugaz, ao longe, impolutamente branca.

Depois que tornaram a operá-lo em Havana, o Magro lhe contou a história do seu único combate contra um inimigo que nem sequer tinha chegado a ver. Josefina cuidava dele de dia e Conde, Pancho, Coelho e Andrés se alternavam à noite e conversavam com ele até adormecerem, então Mario Conde se convenceu de que aquela tinha sido a guerra dele, por mais que nunca tivesse segurado um fuzil, e o rosto do inimigo era evidente: o Magro numa cama. Já sabia que era improvável que o amigo voltasse a andar, e a relação honesta de antes, despreocupada e alegre, foi maculada por um sentimento de culpa que Conde nunca conseguiu exorcizar.

— Mas por que você precisa ficar assim, bicho?

— E como você queria que eu ficasse depois do que aqueles panacas fizeram? Os caras não têm colhões, porra. Já no sábado, quando perderam, imaginei que isso ia acontecer, porque o jogo parecia que estava bom para eles mas eles não conseguiam correr e deixavam todo mundo nas bases, e com algumas corridinhas o Vergueros ganhou o jogo. E o que aconteceu hoje foi um exagero, ainda bem que você não viu: rebateram quinze *hits* no primeiro tempo, ganharam de nove a um, e no segundo, que era o que precisavam ganhar de verdade, levaram de nove a zero. Que merda, cara, não é justo que esses caras façam uma coisa dessas, a gente passa a vida esperando esses sem-vergonha ganharem um campeonato e eles sempre abrem as pernas que nem umas putinhas quando têm que ganhar pra valer. Mas isso me acontece por ser burro, eu nunca mais devia ver um jogo de beisebol nem mais porra nenhuma...

— Então você não vai querer rum, não é mesmo?

— Fica frio, Conde, fica frio. Passa aqui — e aceitou, como se fosse um sacrifício, o copo que Conde deixara ao lado do cinzeiro.

— O que deu em você para comprar rum?

— Olha, Conde, cuidado que hoje estou embalado. Toma o rum ou então se manda, que eu não sou o empresário do time, certo?

— Certo, certo.

O Magro se serviu outra dose de rum e parecia ter decretado uma trégua. Sua respiração profunda voltava ao normal.

— Como vai a história do Rafael, rapaz?

— Começou a melhorar. Temos uma boa pista.

— Esteve com Miki?

— Aham. Estou vindo de lá. Foi meio estranho, ele parecia estar precisando mais de um padre que de um policial.

— E você deu a absolvição?

— Mandei para o inferno, com seus três livros. Por ser mentiroso e mau escritor. Bota um pouco de rum aqui, vai.

144

– E qual é a pista?

– Rafael mexia com bastante dinheiro e talvez tivesse problemas com as finanças da empresa. Você sabe o que o safado fazia quando cantava alguma garota por aí? Dava o nome do chefe de gabinete, olha só que figura é o nosso amigo.

– Qualquer um faz isso, rapaz – disse o Magro e bebeu com ansiedade. Conde o imitou e nem reparou que estava bebendo um bom rum. – Já jantou?

– Não, não estou com vontade. Vou tomar uns goles e depois dormir.

– Viu a gêmea hoje?

– Vi, na hora do almoço. Nada de novo. Tomei dois uísques com ela...

– Que vida difícil a sua, hein?

Conde preferiu outro gole de rum a começar uma nova discussão com o Magro. É o que esse corno quer agora, está puto por causa do beisebol, pensou, e tirou os sapatos manobrando só com os pés. Começava a se sentir à vontade naquele quarto, esticado numa poltrona, Jose vendo televisão na sala, e de repente lembrou de The Mamas and the Papas e sentiu vontade de ouvir música.

– Vou pôr um som – disse e caminhou até o móvel onde ficava o gravador. Abriu uma gaveta e estudou as fitas numeradas e arrumadas pelo Magro. Beatles completo; quase todo Chicago e Blood, Sweat and Tears; vários de Serrat, Silvio e Pablo Milanés; e uma fita de Patxi Andión, seleções de Los Brincos, Juan e Junior, Fórmula V, Stevie Wonder e Rubén Blades. Que mistureba de gostos, puta que pariu, e escolheu a fita do disco de Rubén Blades em inglês que ele próprio tinha dado ao Magro. Ligou o gravador, tomou outro gole daqueles considerados generosos e serviu mais rum em seu copo e no do Magro. Não sentia mais dor nas costas nem nas nádegas torturadas pela cadeira de Miki.

Gostava daquele disco e sabia que o Magro também, e se sentiram morbidamente despreocupados cantando a balada "The letter", a carta que um amigo escreve a outro que sabe que vai morrer, e beberam outra vez com uma sede de peregrinos. O fundo da garrafa começava a aparecer, e o Magro deslocou a cadeira de rodas até a estante e exibiu o meio litro que sobrara do dia anterior, e os dois pensaram que sim, que era bom ter outro meio litro de rum, que eles iriam resistir e que queriam aquele álcool todo.

– É ótimo este rum, não é mesmo? – perguntou o Magro e sorriu.

– Já está falando merda que nem todos os bêbados.

– Mas o que foi que eu disse?

– Nada, que o rum é bom e essas besteiras. Claro que é bom, bicho.

– E isso é coisa de bêbado? Não dá pra falar mais nada nesta casa...

Protestou e tornou a beber, como se precisasse limpar a garganta. Mario olhou para ele e o achou tão gordo e diferente, não sabia quanto tempo mais poderia contar com o Magro, e então os resíduos de todas as suas saudades e todos os seus fracassos começaram a subir até a mente, enquanto tentava imaginar o Carlos em pé, magro e andando, e seu cérebro se negava a largar aquela imagem amável. Então não aguentou mais:

– Há quanto tempo não acontece uma coisa que te dê vergonha, Magro, mas vergonha de verdade?

– Espere aí – o Magro sorriu e observou seu copo à contraluz –, então eu é que estou bêbado, não é? E quem começa a perguntar essas coisas é o quê? Cosmonauta?

– Cara, é sério, é sério.

– Sei lá, animal, eu não fico reparando nisso. Viver assim – e mostrou suas pernas, mas sorriu –, viver assim já é uma vergonha, mas o que posso fazer?

Conde observou-o e balançou a cabeça, claro que era uma vergonha, mas já sabia como melhorar as coisas.

– Do que você sentiu mais vergonha na vida?

– Que é isso? Conte você a maior vergonha.

– Ah... Deixa eu ver. Foi quando eu estava aprendendo a dirigir, entrei num posto e virei errado, derrubei um tanque de cinquenta e cinco galões. Os sacanas que estavam lá bateram palmas e tudo.

– Essa merda?

– Pois toda vez que me lembro disso me dá uma puta tristeza... Não sei por quê. A mesma coisa quando lembro do dia em que o Eduardo

146

Maluco jogou aquela bota no diretor do acampamento e eu me caguei de medo na hora de xingar a mãe de Rafael.

– É, lembro disso... Olha, fico passado toda vez que uma enfermeira tem que segurar nele para eu mijar na comadre.

– E no dia em que me abaixei na universidade, minha calça rasgou e eu estava com dois buracos deste tamanho na cueca...

– E eu, naquele dia em que o Ernestico, você e eu íamos jantar em Pinar del Río, quando estávamos colhendo tabaco, e eu disse vou pôr minha cueca limpa, a gente nunca sabe se vai encontrar uma roceirinha, e acontece que tinha guardado a cueca na mala com o fundilho sujo.

– E até hoje isso te incomoda? Porra, pois olhe só, fico muito puto quando me lembro de uma assembleia no segundo ano da faculdade, queriam expulsar da sala um sujeito só porque um outro o acusou de ser veado, e eu não me levantei para defender o cara porque tinha medo de lembrarem daquela venezuelana que saía comigo na época, lembra?, Marieta, pouca bunda e muita teta.

– Lembro, sim, é incrível... Rapaz, um dia uma enfermeira da policlínica veio me dar uma injeção, era bem tarde, eu não a ouvi chegando e ela me pegou com o pau a mil com aquela revista que o Peyi tinha me emprestado.

– Essa é horrível – e para completar as doses precisam apelar para a outra garrafa. – Feito o dia em que eu ia me segurar na barra do ônibus e o motorista deu uma freada e agarrei o peito de uma dona e ela me deu um tremendo tabefe e me xingou de filho da puta para cima, e o pessoal gritando tarado, tarado...

– Então ouve só, cacete. Na universidade, um dia o Comitê de Base me destacou, eu e uma garota, para convencermos o pessoal a não usar cabelo comprido, logo eu fazendo aquilo, não havia nenhum regulamento proibindo nem nada. Que merda, as coisas que a gente acaba aceitando.

– Espera, espera, tenho uma ainda pior, bicho, foi no dia em que falei assim, com sotaque e quase cantando, para pensarem que eu era venezuelano e poder entrar no hotel Capri com a Marieta. Incrível, eu morria de vergonha...

– Olhe, e eu não queria lembrar o dia, sim, pode servir mais rum, o dia em que o negro Sansón me roubou a lata de leite condensado no campo e eu sabia que tinha sido ele mas banquei o bobo porque senão ia ter que encarar a fera.

– Que merda, que merda, é tudo uma merda... E o que me aconteceu hoje, Magro, eu morro de vergonha, morro de rum, morro – e fechou os olhos para preservar os restos maltratados de sua lucidez e não morrer de vergonha outra vez e confessar, Magro, que Tamara me chamou para trepar, porque, claro, isso tinha que partir dela, porque eu estava morrendo de medo, e subimos e, sim, ela tem os peitos que a gente imaginava, e, quando estávamos na cama, nada, não acontece nada, nadinha de nada, e depois me veio um impulsinho e gozei assim, amigão, quase antes de começar, e ela me dizendo não faz mal, é assim mesmo, não faz mal. – Puta merda, Magro, a gente passa por cada uma que é para se suicidar de tanta vergonha. Dá a garrafa de rum, Magro, vai, dá logo.

Toda manhã parecia a alvorada escolhida pelo Armagedom. O fim do mundo ia ser anunciado com o som apocalíptico e agudo daquele sino que entrava na gente pelos ouvidos, e até o Coelho tinha de acordar. O diretor do acampamento adorava badalar o sino para cima e para baixo no dormitório, e ainda gritava: Em pé, levantar, em péééé, e, estivéssemos em pé ou equilibrados de cabeça para baixo numa mão só, ele continuava batendo no sino com o outro ferro pelo albergue inteirinho, blém blém blém, até o dia em que apareceu uma bota justiceira e coberta de lama endurecida, voou na escuridão e arrebentou o nariz do diretor do acampamento. Ele caiu sentado e o sino lhe fugiu das mãos, e os que não tinham visto o voo da bota se perguntaram, aliviados e contentes, por que será que tinha parado.

Quinze minutos depois estávamos todos formados no terreno que separava o refeitório dos quartos. As oito brigadas, cinco de segundo ano e três de terceiro ano diante da diretoria completa do acampamento. Faltava mais de uma hora para o amanhecer, fazia um frio de rachar, sentíamos o orvalho caindo e já sabíamos que alguma coisa de ruim nos esperava. Miki Cara de Boneca, que era um dos chefes de brigada do terceiro ano, passou dizendo baixinho: Quem falar morre... O diretor do acampamento apertava uma toalha no nariz e quase dava para ver os punhaizinhos de ódio saindo pelos olhos dele. Pancho, que estava atrás de mim, havia se enrolado num cobertor, tinha sido obrigado a sair e respirava feito um fole mal lubrificado, e eu, quando o ouvia, sentia que o ar também ia me faltar.

150

O secretário da escola falou: fora cometida uma indisciplina gravíssima, que ia custar a expulsão do culpado, sem apelações nem atenuantes, e, se ele tivesse um pingo de civismo, que desse um passo à frente. Silêncio. E como era possível um ato de indisciplina daqueles num acampamento de estudantes do pré-universitário, aquilo não era uma granja de reeducação de presidiários, uma pessoa assim funcionava como uma batata podre num saco de batatas boas: corrompia e apodrecia as outras – era o exemplo de sempre com batatas em vez de maçãs. O Coelho olhou para mim, estava começando a acordar. Silêncio. Silêncio. E ninguém se atreve a denunciar o indisciplinado que abala o prestígio de todo um coletivo, que não vai mais ganhar a disputa escolar depois de tanto esforço cotidiano no corte de cana? Silêncio. Silêncio. Silêncio. O Magro levantou as sobrancelhas, sabia o que vinha pela frente. Pois bem, se o culpado não aparecer e se ninguém tiver o civismo de denunciá-lo, todos vão pagar por ele até que se saiba quem foi, porque isso não pode ficar assim... Todo o silêncio do mundo pontuou o final do discurso do secretário, e o aroma do café que já estava sendo coado na cozinha se transformou na primeira e mais refinada das torturas que sofreríamos, com aquele frio e Pancho ainda sem poder respirar.

Então falou o oráculo de Delfos: Eu estou aqui como estudante, disse Rafael, como companheiro e representante de vocês, escolhido pela massa, e sei tanto quanto vocês que foi cometida uma indisciplina muito grave, que pode até ser levada à justiça como agressão, Ouve isso, disse o Coelho..., e que vai fazer com que os justos paguem pelos pecadores, não podia faltar o toque bíblico, e vai nos prejudicar muitíssimo na competição interacampamentos, quando já tínhamos quase assegurado o primeiro lugar na província. É justo, por causa da indisciplina de uma pessoa? Que o trabalho de cento e doze companheiros, sim, cento e doze, porque já não incluo esse indisciplinado, seja desperdiçado dessa maneira? Vocês me conhecem, companheiros, aqui tem pessoas que passaram três anos comigo, vocês me elegeram presidente da Feem e eu sou tão estudante quanto vocês, mas não posso aprovar coisas como essa, que afetam o prestígio do estudantado cubano revolucionário e obrigam a direção da escola a tomar medidas disciplinares contra todos.

Mais silêncio. E eu pergunto a vocês, já que estão pensando em hombridade etc.: é coisa de homem jogar uma bota, em plena escuridão, na autoridade máxima do acampamento? E mais: é coisa de homem se esconder na multidão e não assumir a responsabilidade, sabendo que vamos ser todos prejudicados? Digam, companheiros, digam alguma coisa, pediu, e eu gritei: Foi a puta da sua mãe, seu veado, bem alto, para que todos ouvissem que eu tinha xingado a mãe dele, só que as palavras não me chegaram à boca porque tive medo de xingar a mãe de Rafael Morín, com aquele frio, Pancho com asma, Miki Cara de Boneca caminhando pelas fileiras e dizendo Morre, o cheiro do café que acabava comigo e o diretor do acampamento apertando o nariz com uma toalha por causa da bota que tinha levado na cara.

Quando entrou na Central, Conde se descobriu com saudade da paz dos domingos. Eram apenas oito e cinco, mas era segunda-feira, e toda segunda-feira parecia que o mundo ia acabar e a Central se preparava para uma evacuação de guerra nuclear: as pessoas não podiam esperar o elevador e corriam pelas escadas, não havia vaga no estacionamento e as saudações costumavam ser um E aí fugaz, Depois a gente se vê, ou um Bom dia apressado; e, maltratado pelos últimos laivos de dor de cabeça e pela noite ruim, Conde preferiu responder apenas levantando a mão e esperou paciente na fila do elevador. Sabia que em meia hora se sentiria melhor, as aspirinas precisavam de tempo para agir, mas não se recriminava por não tê-las tomado na noite anterior, sentia-se tão limpo e liberado depois de conversar com o Magro que até esqueceu que não tinha contado a ele o que houve com Tamara e também que precisava ligar o despertador. Um outro capítulo do pesadelo em que Rafael Morín o persegue para metê-lo na cadeia abriu seus olhos às sete em ponto da manhã e só sentiu vontade de morrer poucas vezes: quando levantou da cama e se desencadeou a dor de cabeça e quando, sentado no vaso, tomou consciência do longo pesadelo que tivera durante a noite inteira e da terrível sensação de ser perseguido que ainda flutuava em seu cérebro. Foi então que, sem pensar, começou a cantar: "*Usted es la culpable de todas mis angustias y todos mis*

152

quebrantos..."*, sem chegar a saber por que tinha escolhido justamente aquele bolero horrível. Na certa porque estava apaixonado.

O elevador parou em seu andar, e Conde conferiu no relógio da parede: estava dez minutos atrasado e não tinha intenção nem vontade de inventar uma história. Abriu a porta do cubículo, e o sorriso de Patricia Wong foi uma bênção.

– Bom dia, amiguinhos – disse. Patricia se levantou para dar o beijo de sempre e Manolo o olhou a certa distância, sem abrir a boca. – Que bom o seu perfume, China – disse à colega, detendo-se um instante para olhar como sempre olhava aquele mulherão, mistura de uma negra com um chinês. Quase um metro e oitenta de altura e oitenta quilos repartidos com esmero e boas intenções: tinha seios pequenos e por certo bem duros e quadris que pareciam o oceano Pacífico, com aquelas nádegas que inevitavelmente provocavam nele o desejo de tocá-las ou de subir em cima e pular, como faria numa cama elástica, para ver se aquele prodígio de bunda era possível.

– Como vai, Mayo? – perguntou ela, e Conde sorriu pela primeira vez no dia com aquele Mayo, que era de uso exclusivo de Patricia Wong. Ela também curava suas dores de cabeça com uns potinhos de pomada chinesa e despertava suas superstições mais recônditas e nunca confessadas: era uma espécie de amuleto de boa sorte. Em três ocasiões a tenente Patricia Wong, detetive do Departamento de Delitos Financeiros, lhe entregara de bandeja a solução de casos que pareciam estar evaporando na inocência do mundo.

– Esperando você pedir ao seu pai para me convidar outra vez para comer um pato agridoce.

– Se você visse o que ele fez ontem – começou a dizer e depois sentou-se, acomodando com dificuldade os quadris entre os braços da poltrona. Em seguida cruzou as pernas de atleta, e Conde viu os olhos de Manolo a ponto de se perderem atrás do septo nasal. – Preparou codornas recheadas e cozidas em molho de manjericão...

---

* "Você é a culpada de todas as minhas angústias e de todos os meus infortúnios...". (N. E.)

– Espere, espere aí, como se come isso? Recheou com quê?

– Bom, primeiro ele amassou o manjericão com um pouquinho de óleo de coco e botou para ferver. Aí acrescentou a codorna, que já estava marinada e dourada em banha de porco e recheada com amêndoas, gergelim e uns cinco tipos de ervas, todas cruas: feijõezinhos-da-china, cebolinha, acelga, salsinha e sei lá o que mais, e no fim salpicou as codornas com canela e noz-moscada.

– E está pronto para servir? – perguntou Conde no clímax do entusiasmo matinal.

– Mas, mas o gosto deve ser horrível, não é? – interveio Manolo, e Conde olhou para ele. Pensou em dizer alguma barbaridade, mas antes tentou conceber a mistura impossível daqueles sabores simples e primários que só um homem com a cultura do velho Juan Wong podia combinar e chegou à conclusão de que talvez Manolo tivesse razão. Mas não se deu por vencido.

– Não liga pro garoto, China, a falta de cultura é um problema. Vocês nunca mais me convidaram para nada.

– Você nem me telefona mais, Mayo. Repara só, mandou o Manolo me chamar para este trabalho.

– Está bem, esquece, prometo que isso não vai se repetir – e olhou para o sargento, que acabava de acender um cigarro àquela hora da manhã. – E o que há com esse aí?

Manolo estalou a língua, queria dizer "Não enche", mas precisava falar.

– Nada, uma puta confusão com a Vilma ontem à noite. Sabe o que ela disse? Que eu inventei o trabalho de ontem para ir beber por aí com outra mulher – e olhou para Patricia. – Por culpa dele.

– Manolo, pare com isso, está bem? – pediu Conde, e examinou o dossiê aberto sobre a mesa. – Você já está bem grandinho para dizer que eu te obrigo a fazer alguma coisa... Já explicou à Patricia o que a gente quer?

Manolo se limitou a balançar a cabeça.

– Já me falou, Mayo – disse Patricia. – Olha, na verdade não tenho muita esperança de que esses papéis revelem qualquer coisa importante. Se Rafael Morín estava metido em alguma tramoia e é um sujeito tão

154

competente como dizem, deve ter escondido muito bem a roupa suja. De qualquer maneira, alguma coisa sempre se pode fazer, certo?

– Você está com sua equipe?

– Estou, dois técnicos vão comigo. E mais vocês dois, não é?

Conde olhou para Patricia e depois para Manolo. Notou que a dor de cabeça havia passado, mas tocou na testa e disse:

– Olhe, China, leve o Manolo, eu tenho que cuidar de outras coisas aqui... Preciso dar uma olhada nos relatórios que chegaram...

– Não têm nada – avisou o sargento.

– Você já viu tudo?

– Nada da Guarda de Fronteira nem das províncias, a história de Zoilita é verdade de cabo a rabo e marcamos uma conversa com Maciques na empresa.

– Tudo bem, mas mesmo assim – tentou escapar Conde. Os números e ele tinham brigado fazia um bocado de tempo e na medida do possível evitava aquele tipo de rotina. – Não vou ser muito útil a vocês agora, certo? E quero ver o Velho. Vou para lá às dez, ok?

– Ok, ok – imitou Manolo e levantou os ombros. Patricia sorriu, e os olhos rasgados se perderam em seu rosto. Será que ela enxerga alguma coisa quando ri?

– Mais tarde a gente se vê – disse Patricia, pegando Manolo pelo braço para tirá-lo do cubículo.

– Espere aí, China, um minutinho só – pediu Conde e então lhe sussurrou no ouvido. – Que gosto tinha a codorna de ontem?

– O que o menino disse – retornou o sussurro. – Horrível. Mas o velho comeu todinhas.

– Ainda bem – e sorriu para Manolo dando adeus com a mão.

– Os negócios de muita grana são que nem as mulheres ciumentas: não pode haver motivo para queixas – disse René Maciques, e Conde olhou para Manolo, a lição era de graça e ele havia se enganado: René Maciques tinha uns quarenta anos e não os cinquenta que imaginara, tampouco parecia um bibliotecário, mas um apresentador de televisão querendo convencer os outros com a voz e as mãos, o tempo todo tentando pentear as sobrancelhas superpopulosas com um movimento dos dedos indicador e polegar sobre a testa. Usava uma *guayabera* tão branca que parecia esmaltada, com debruns bordados num branco ainda mais brilhante, e sorria com límpida facilidade. De um dos bolsos despontavam três canetas douradas, e Conde pensou que só um grande bundão tentaria demonstrar suas potencialidades segundo a quantidade de canetas em seu poder. – Se você se mete num negócio desses, precisa tornar-se confiável, parecer satisfeito como se fosse fechar o contrato, esbanjar tranquilidade e convencimento. Como eu disse, é feito mulher ciumenta: ao mesmo tempo deve sugerir, mas sem exageros, que não está morrendo de vontade de assinar, que sabe que existem coisas melhores, embora saiba que não há nada melhor. Os negócios são uma selva onde todos os animais são perigosos e não basta ter a espingarda na mão – e Conde pensou, que metafórico o homem, não é mesmo? – E para isso não conheço ninguém mais hábil do que o companheiro Rafael. Tive oportunidade de trabalhar com ele aqui em Cuba e também em algumas transações no estrangeiro, negócios desses de dar medo, e ele se comportava feito um artista, vendia caro e bem, e sempre comprava abaixo da oferta, e os compradores e vendedores ficavam sossegados e convencidos, mesmo sabendo que no final eram enrolados por Rafael. E o melhor é que nunca perdia um cliente.

– E por que ele ia pessoalmente fechar esses contratos, se tinha especialistas em diversas áreas? – perguntou Mario Conde na hora das palmas para aquele discurso de um Maciques que se revelava um inesperado orador.

– Porque ele se realizava fazendo isso e sabia que fazia melhor que os outros. Cada região comercial da empresa trabalha numa coisa, por itens ou por áreas geográficas, entende?, mas, quando o negócio era muito importante ou ameaçava emperrar por algum motivo, Rafael assessorava os especialistas, acionava os contatos comerciais cultivados ao longo dos anos e então entrava na arena.

156

Ele também era toureiro?, quis perguntar Conde, porque adivinhou que Maciques podia ser duro na queda e não dava trégua com aquele palavreado obsoleto mas irrefutável. Baixou o olhar até a caderneta onde escrevera NEGÓCIOS DE MUITA GRANA e parou um instante para pensar: Rafael Morín seria mesmo tudo o que todos diziam? A certa distância, ele acompanhou a ascensão social e profissional desse homem que agora estava desaparecido: era um salto de acrobata ensaiado e genial, desses que se jogam impávidos ao vazio, porque antes haviam tecido uma rede protetora que lhes garantia, para cima, agora é só tentar e ganhar, eu cuido de você. Um golpe do baú resolvera parte do problema: Tamara, e com ela o pai e os amigos do pai, deve ter aplainado um pouco o caminho, mas em nome da justiça era preciso reconhecer que todo o resto ele devia a si próprio, não havia dúvida. Quando Rafael Morín falava ao microfone do pré-universitário, vinte anos antes, na mente dele já estava a ideia de chegar lá, de atravessar todas as etapas até o cume, e ele estava se preparando para isso. Na época as ambições costumavam ser rudimentares e abstratas, mas as de Rafael já tinham silhueta, por isso ele embarcou no carro mais veloz e se propôs a ganhar todos os diplomas, todos os reconhecimentos, todos os elogios, e a ser perfeito, imaculado, sacrificado e notável, e de passagem conquistar as amizades que algum dia poderiam ser úteis, sem jamais perder o ânimo e o sorriso. E no trabalho demonstrou competência e também disposição a qualquer sacrifício para mais tarde pular alguns degraus na escada que leva ao céu, esbanjando simpatia, confiança, criando a imagem de estar sempre disposto e acrescentando uma imprescindível dose de volubilidade que o marcava como homem útil, dúctil, conveniente, tudo ao mesmo tempo, que aceitava e cumpria qualquer missão e já estava disposto a empreender a seguinte. Conde conhecia bem essas biografias a favor do vento e imaginava o sorriso infalível e seguro que Rafael usava para dizer a Fernández-Lorea, o vice-ministro, que as coisas iam dar certo a partir das últimas orientações que ele havia baixado, companheiro vice-ministro. Rafael Morín jamais discutiria com um superior, era apenas troca de opiniões; nunca se negaria a cumprir uma ordem absurda, só fazia críticas construtivas e pelos canais correspondentes; jamais havia pulado sem verificar a segurança da rede que o acolheria, amorosa e maternal, no caso de uma queda imprevisível. Então, onde foi que errou?

– E de onde ele tirava o dinheiro para os presentes que dava? – perguntou Conde quando afinal pôde ler a única anotação que havia em sua caderneta e se surpreendeu pela rapidez com que René Maciques respondeu.

– Imagino que do que economizava das diárias.

– E isso dava para todos os aparelhos que ele tinha em casa, para comprar Chanel nº 5 para a mãe, para os presentes maiores e menores que dava aos subordinados e até para dizer que se chamava René Maciques e alugar um quarto no Riviera e jantar no Liaglon com uma gatinha de vinte e três anos? Tem certeza, Maciques? Você sabia que ele usava seu nome nos casos que arranjava, ou ele nunca lhe contou, em confiança?

René Maciques levantou e foi até o ar-condicionado embutido na parede. Mexeu nas teclas do aparelho e depois ajeitou a cortina que estava amassada num ângulo da sala. Talvez sentisse frio. Na mesma noite, enquanto se perguntava pelo destino último de Rafael Morín, o tenente Mario Conde se lembraria dessa cena como se a tivesse vivido dez, quinze anos antes, ou como se preferisse nunca tê-la vivido, porque Maciques voltou para a poltrona, fitou os policiais e já não parecia o apresentador de televisão, e sim o tímido bibliotecário que Conde havia imaginado, quando disse:

– Simplesmente me nego a acreditar nisso, companheiros.

– Isso é problema seu, Maciques, mas eu não tenho por que mentir. E os presentes?

– Já disse, deve ser o que ele economizava das diárias.

– E dava para tanto?

– Não sei, companheiros, não sei, vocês deviam perguntar isso a Rafael Morín.

– Escute aqui, Maciques – disse Conde ficando em pé –, também devemos perguntar a Rafael Morín o que você veio fazer aqui no dia 31 ao meio-dia?

158

Mas René Maciques sorriu. Estava outra vez diante das câmeras, acariciando as sobrancelhas, quando disse:

— Que coincidência! Vim por isso mesmo — e mostrou o ar-condicionado. — Lembrei que tinha deixado o aparelho ligado e vim desligar. Conde também sorriu e guardou a caderneta no bolso. Rezava para que Patricia encontrasse alguma coisa que lhe permitisse acabar com René Maciques.

Na única vez que Mario Conde atirou contra um homem, aprendeu como é fácil matar: você aponta em direção ao peito e para de pensar quando aperta o gatilho, e o disparo quase não permite ver o momento em que a pessoa recebe a bala, como uma pedrada que a empurra para trás, e depois se contorce no chão, mordida pela dor até morrer, ou não. Nesse dia, Conde estava de folga e durante meses havia tentado, como fazia com tudo em sua vida, descobrir a origem do novelo de acontecimentos que o pusera com a pistola na mão diante do homem e o obrigara a atirar. Dois anos antes tinha sido transferido do Departamento de Informação Geral para o de Investigações, e conhecera Haydée quando cuidava de um assalto no escritório onde a garota trabalhava. Conversou algumas vezes com ela e entendeu que o futuro de seu casamento com Maritza estava devastado: Haydée se infiltrou em sua vida como uma obsessão, e Conde achou que ia enlouquecer. A fúria incontrolável daquele amor, que se concretizava todo dia em motéis, apartamentos emprestados e matagais propícios, tinha uma violência animal e uma variedade incontável de prazeres inexplorados. Conde se apaixonou irremediavelmente e cometeu os desvarios sexuais mais satisfatórios e extravagantes de sua existência. Faziam amor vezes seguidas, não se secavam nunca, e, quando Conde já estava exausto e feliz, Haydée ainda podia tirar mais um pouco dele: era só ouvi-la urinando aquele jato ambarino e potente ou sentir a ponta imantada de sua língua caminhando por suas coxas até se enroscar em seu membro, para Conde poder começar de novo. Como nenhuma outra mulher antes, Haydée o fazia se sentir desejado e masculino, e em cada encontro brincavam de fazer amor com arte de descobridores e potência de enclaustrados.

Se Conde não houvesse se apaixonado por aquela mulher de aparência leve e olhar cândido que se transformava quando sentia a proximidade do sexo, não estaria ansioso e feliz naquela esquina da rua Infanta, a meia quadra do escritório onde Haydée trabalhava até as cinco e meia da tarde. Se nessa tarde Haydée, apressada pelo delírio que a esperava, não tivesse errado que seis mais oito são catorze e não vinte e quatro, como escreveu no balanço impossível, teria saído às cinco e trinta e um, e não às cinco e quarenta e dois, quando o burburinho da rua e a explosão do tiro a levantaram da escrivaninha com um pressentimento dilacerante.

Conde havia acendido o terceiro cigarro do seu desespero e não ouviu os gritos. Pensava no que iria acontecer aquela tarde no apartamento do amigo de um amigo que fazia um curso de dois meses em Moscou, transformado no refúgio transitório de sua paixão ainda clandestina. Imaginava Haydée, nua e suada, trabalhando os recantos mais sagrados de sua anatomia trêmula, e só então viu o homem ensanguentado que vinha correndo em sua direção, a camisa verde escurecendo no abdome, parecendo a ponto de se jogar no chão e pedir desculpas por todos os seus pecados, porém sabia que perdoá-lo não era a intenção do outro homem, que, mancando da perna esquerda e com a boca cortada, também corria em sua direção, mas com uma faca na mão. Durante muito tempo Conde pensou que se estivesse de uniforme talvez pudesse ter interrompido a corrida do perseguidor, de quem ninguém se aproximava, mas, quando largou o cigarro e gritou "Parado aí, caralho, polícia", o homem aprumou o rumo, ergueu a faca acima da cabeça e pôs no objetivo do seu ódio o intruso que se interpunha aos gritos. O mais estranho é que Conde sempre concebeu a cena em terceira pessoa, alheio à perspectiva dos seus olhos, e viu o sujeito que gritava dar dois passos para trás, enfiar a mão na cintura e, já sem poder falar, atirar no homem que, a menos de um metro dele, segurava a faca sobre a cabeça. Viu-o cair para trás, numa meia-volta que parecia ensaiada; a faca fugiu de suas mãos e então ele começou a se contorcer de dor.

160

A bala atingiu a altura do ombro e apenas roçou na clavícula. Nessa única vez em que Mario Conde atirou num homem, tudo terminou com uma operação menor e um processo no qual ele testemunhou contra o agressor, curado fazia tempo e arrependido da violência que o álcool lhe despertava. Mas Conde passou vários meses especulando se havia atirado em direção ao ombro ou ao peito do atacante e jurou que nunca mais usaria a pistola fora do polígono de tiro, mesmo que tivesse de sair no braço com o homem da faca. No entanto, René Maciques poderia fazê-lo abjurar de sua promessa mais solene. Não havia a menor dúvida.

– *Don* Alfonso, vamos para a Central – disse, levantando o vidro da janela do carro. O motorista olhou para ele e soube que não devia perguntar mais nada.

Patricia China e sua equipe num mar de listagens, contratos, ordens de serviço, de compra, transferência, venda, memorandos, registros, cheques controlados e atas de acordos e desacordos que continuam dizendo tudo bem, impecável, insolitamente correto; Zaida em outro mar, de lágrimas, sim, na realidade seu relacionamento com Rafael não era só de chefe e secretária, continuava fora da empresa, mas isso não era nenhum delito, porque, além do mais, Rafael jamais se insinuou para ela, nunca, e jurava que sim, que Rafael a deixou em casa no dia 30 e depois não soube mais dele, Manolo pressionava e ela chorava, meu filho Alfredito gostava muito dele e então ele desceu do carro e foi desejar Feliz Ano-Novo; Maciques, bem, que havia coisas que ele não sabia, era um chefe de gabinete, essas coisas vocês têm que perguntar ao subdiretor financeiro, volta do Canadá no dia 10, e que não acreditava mesmo, outra vez; e o Velho, que observava a cinza do seu Davidoff, precisava falar com o genro, porque não ia aturar mais, dessa vez saiu com o menino e apareceu às onze e meia da noite com várias doses a mais, estava até com pressão alta por causa dessa confusão e lhe exigia uma solução do caso para já, ainda hoje, Mario, daqui a três dias vão chegar uns japoneses que começaram um negócio importante com Rafael Morín que pode render milhões de dólares na venda de derivados de cana, Morín já trabalhou várias vezes com eles e o ministro precisa ter uma resposta, e agora perguntava, Mario, você está precisando de ajuda?, já haviam se passado dois dias e ele continuava de mãos abanando.

Conde levantou a vista, viu a fria claridade daquela segunda-feira de janeiro e pensou que nessa noite faria a temperatura ideal para esperar até meia-noite, colocar num canto da sala três punhados de ervas e três xícaras de água adoçada com mel para os camelos e uma carta comum dirigida a Melchior, Gaspar e Baltazar, quando ouviu o som do telefone e abandonou de má vontade a ideia da carta aos Reis Magos.

– Alô? – falou se sentando parcialmente na escrivaninha e com os olhos fixos na copa dos loureiros.

– Mario? Sou eu, Tamara.

– Ah, você, como vai?

– Ontem à noite fiquei esperando você ligar.

– É, acabei me enrolando. Saí daqui muito tarde.

– Eu já tinha telefonado de manhã, às nove e meia.

– Ah, não me disseram.

– Não deixei recado. Por que ligaram para você ontem?

– Pura rotina. A tal Zoila é amiga de René Maciques e nem sequer conhece Rafael pessoalmente. Investigamos bem.

– E então, nada de Rafael? – e ele gostaria de ter uma única certeza sobre a intenção da pergunta. Quase prefere saber que Tamara está desesperada pelo desaparecimento do marido, pensa também que tecnicamente ela continua sendo a suspeita número um, quando acrescenta: – Essa incerteza me mata.

– A mim também. Estou cansado.

– De quê?

E ele pensa durante alguns instantes, porque não quer errar.

– De ser o detetive particular de Rafael.

– Já esteve na empresa?

– Estive agora mesmo. Deixei lá os técnicos de Delitos Financeiros.

– Delitos Financeiros? Mario, você acredita mesmo que Rafael esteja metido em algo desse tipo?

– O que você acha, Tamara? Que economizando as diárias ele podia comprar para você tudo o que comprava?

Do outro lado da linha se ouve um silêncio denso e prolongado, e ela por fim diz:

– Não sei, Mario, na verdade não sei. Mas na verdade também não imagino Rafael envolvido nessas coisas. Ele – titubeia –, ele não é má pessoa.

– Foi o que me disseram – ele sussurra e passa a mão pela testa para enxugar um suor inesperado.

– O que foi que você disse?

– Que também acho.

Novamente o silêncio.

– Mario – diz ela, então –, não me importo com o que aconteceu ontem, isso...

– Mas eu sim, Tamara.

– Ai, você não está me entendendo – protesta ela, que se sente obrigada a confessar, e ele torna as coisas mais difíceis. – Por que você acha que estou telefonando? Mario, quero te ver outra vez, de verdade.

– Isso não faz sentido, Tamara. A gente se encontra, e depois o quê?

– Depois não sei. Será que você não consegue deixar de pensar tudo mil vezes?

– Não consigo mesmo – admite ele, e pressente que a dor de cabeça vai voltar.

– Você não vem?

Mario Conde fecha os olhos e a vê, nua e ansiosa, aberta e expectante na cama.

– Acho que vou. Quando souber o que houve com Rafael – diz e desliga, sentindo a dor nascendo atrás dos olhos, uma mancha de óleo que se estende pela testa e cresce, mas com a dor vem a ideia, quando souber o que houve com Rafael, e o tenente Mario Conde se recrimina, que babaca, por que não comecei por aí.

– Veio morrer nas minhas mãos? – perguntou o capitão Contreras, e seu sorriso de gordo satisfeito e sem remorsos retumbou nas paredes da sala. Com uma velocidade insólita para a paquidérmica corporeidade, levantou-se da cadeira, que rangeu aliviada, e caminhou em direção ao tenente para lhe apertar a mão. – Meu amigo Conde. Assim é a vida, primo, uma mão lava a outra, mas sempre aparecem pessoas com um bocadinho de nojo do que a gente faz, não é mesmo? Claro, ninguém gosta de mexer na merda, mas alguém tem que fazer isso, e depois eles apelam é para mim. Não você, que é meu chapa, apesar de não querer trabalhar comigo, mas a gente acaba sabendo de tudinho nesta vida – e tornou a rir, deixando dançarem com alegria sua barriga, seus peitos, sua papada e suas bochechas. Ele ria com facilidade, com muita facilidade, tanta que Conde sempre pensou que, para o Gordo Contreras, rir talvez fosse fácil demais. – Vamos ver, passe para cá.

O tenente entregou a foto a ele. O capitão Jesús Contreras observou-a por alguns minutos, e Conde tentou imaginar como funcionava o superlotado arquivo do cérebro dele. Aquilo que passava uma vez pelos olhos do Gordo Contreras ficava registrado em sua memória com os mais recônditos detalhes. Esse era o seu maior orgulho. O segundo sempre fora saber-se útil e quase imprescindível, porque o Gordo se ocupava diretamente da evasão de divisas e ninguém jamais poderia dizer que lhe faltasse trabalho. Sua equipe, os Gordinhos do Contreras, tinha se proposto a ser o pesadelo cotidiano dos contrabandistas e doleiros de Havana e nos últimos meses mantinha um recorde invejável de criminosos desmascarados.

– Não é do ramo – concluiu, sem deixar de examinar a foto. – O que diz o computador?

– Nada, limpo feito bunda de criança de banho tomado.

– Já sabia. O que você quer exatamente?

– Que verifique com seus informantes e com alguns dos caras que estão na sombra se conhecem esse sujeito ou o viram vendendo dólares alguma vez. Ele andava com muito dinheiro cubano e imagino que conseguia assim. Quero que investigue outro também, já, já mando a fotografia.

– Como se chamam?

– O da foto, Rafael Morín, e o outro, René Maciques, mas os nomes não interessam, trabalhe com os rostos.

164

– Espere aí, Conde, esse cara não é aquele figurão que desapareceu?

– Muito prazer, Gordo.

– Você ficou maluco? Olhe, não vá me meter em encrenca, o homem tem pistolão... Tem até ministro ligando para o Velho e coisa e tal. Você tem certeza que o cara estava metido no lance dos dólares? – perguntou Contreras largando a foto em cima da escrivaninha, como se de repente ela tivesse ficado quente.

– Não sei de porra nenhuma, Gordo. É um palpite, talvez não muito feliz. Ele tirava muita grana de algum lugar, Gordo, e não era negociante.

– Quem sabe, vai ver que era. Mas você está mexendo na merda, Conde, e merda respinga – disse o Gordo e voltou para sua maltratada cadeira. – Bem, e para quando?

– Para ontem. O Velho está uma fera porque já peguei o caso faz três dias. Vai pedir sangue, desconfio que de preferência o meu. Me ajuda, Gordo.

Então o capitão Contreras tornou a rir. Conde também se assombrava de vê-lo achar graça em tudo porque, na realidade, o Gordo era o policial mais duro que conhecia, sem dúvida o melhor em sua especialidade, mas por trás do rosto de obeso feliz ele escondia trezentos quilos de complexos. Seu inseparável cheiro de pólvora queimada e o final precipitado de suas duas tentativas de casamento eram um estigma muito forte para ele. Mas se defendia com seu riso e a convicção de que nascera para ser policial, e era um bom policial.

– Está bem, está bem, só porque é pra você... Mande a outra foto e avise onde posso te localizar no caso de aparecer alguma coisa.

Conde estendeu a mão por cima da mesa do capitão Contreras, disposto a sofrer sem um lamento o aperto daquela manopla capaz de esganar um cavalo.

– Obrigado, Gordo.

Saiu do escritório envolto nas gargalhadas de Contreras e subiu para o gabinete do Velho. Maruchi escrevia alguma coisa na máquina e Conde ficou maravilhado por vê-la falar, e até mesmo olhar para ele, sem parar de datilografar.

– Chegou tarde, marquês, digo, Conde. O major acabou de sair – disse a garota. – Foi a uma reunião no Diretório Político.

– Aham, acho que é melhor assim – disse o tenente, que preferia não enfrentar ainda o major Rangel. – Por favor, diga a ele para me esperar até as cinco e meia, acho que posso entregar o caso ainda hoje. Está bem?

– Sem problemas, tenente.

– Ei, pare um minutinho – pediu, e a secretária deteve seu trabalho e o olhou resignada.

– Me dê duas aspirinas aí, vá.

– Que novidades temos? – perguntou Conde e sorriu.

Manolo, Patricia e as técnicas de Delitos Financeiros olharam para ele surpresos. Só fazia uma hora que tinha saído da empresa dizendo que voltaria à tarde e agora aparecia pedindo notícias. O tenente abriu um espaço na escrivaninha daquele gabinete da subdiretoria financeira que tinham emprestado para a investigação e se sentou ali, dando descanso a uma nádega.

– Não apareceu nada, Mayo – disse Patricia, fechando a pasta com a etiqueta ORDENS DE SERVIÇO. – Avisei que não ia ser fácil.

– O que não entendo é para que diabo servem tantos papéis – protestou Manolo e abriu os braços, como se tentasse abarcar a imensidão do escritório tomado pela papelada que constituía a memória diária da empresa. – E olhe que é só de 88. Numa hora dessas vai ser preciso criar uma empresa para os papéis desta empresa.

– Mas imagine, Mayo, que mesmo com todos esses controles, balanços e auditorias há mais roubo, malversação e desvio de recursos do que se pode imaginar. Sem papéis, não daria para aguentar.

– E tudo o que tem a ver com as viagens de Rafael ao exterior e com os negócios que ele fazia está aqui? – perguntou Conde e desistiu da ideia de acender um cigarro.

– Estão os contratos, os cheques e a dedução de despesas. E, é claro, os detalhes de cada caso – disse Patricia Wong indicando duas montanhas de papéis. – Tivemos que começar pelo princípio.

166

– E quanto tempo vai ser preciso para verificar tudo isso, China? A tenente tornou a rir, com aquela risada de resignação asiática que lhe fechava os olhos. Com certeza não enxerga, não pode enxergar.

– No mínimo dois dias, Mayo.

– Não, China! – gritou Conde e olhou para Manolo. O sargento pedia com os olhos me tira daqui, amigão, e parecia mais magro e desvalido que nunca.

– Eu não sou Chan Li Po. A vida é assim – protestou Patricia e cruzou suas pernas monumentais.

– Bem, vamos fazer duas coisas, China. Quero que arranje um pretexto e me consiga a ficha de Maciques, porque preciso de uma foto dele. E também quero que você priorize, escute só, priorize, já estou falando desse jeito, enfim, reúna todas as liberações de despesas e pagamentos de Rafael, Maciques e do subdiretor financeiro que está no Canadá. Procure também despesas de representação, em Cuba e no exterior, e dê uma olhada nos favorecimentos declarados como resultados de bons contratos. Tenho certeza de que nada de importante vai aparecer, mas preciso saber. Insista principalmente em dois pontos, China: o que Rafael fazia na Espanha, que era o país aonde ele mais ia, e todos os negócios que fez, desde que começou a dirigir a empresa, com a firma japonesa... – tirou o bloco do bolso traseiro da calça e leu –, Mitachi, porque esses chineses vão chegar a Cuba daqui a alguns dias e pode ter algo a ver com eles.

– Está tudo muito bem, mas não são chineses, certo? – reclamou a tenente, e Conde lembrou que nos últimos tempos Patricia atravessava uma crise de melancolia asiática e até se inscrevera na Sociedade Chinesa de Cuba por sua condição de descendente direta.

– No final das contas, Patricia, dá mais ou menos no mesmo.

– Ai, Mayo, não seja grosso. Diga isso ao meu pai para ver se te convida outra vez.

– Deixe disso, não precisa exagerar.

– Você parece contente, hein? Com certeza está escondendo alguma coisa.

167

– Bem que gostaria, Patricia... Mas até agora só tenho um prejulgamento bem antigo e o que você puder me conseguir. Olha, são onze e meia. Pode me passar o que pedi às duas da tarde...?

– Às quatro, antes não.

– Nem oito nem oitenta: às três estarei aqui. Agora me empreste o garoto.

Patricia olhou para Manolo e leu a súplica naqueles olhos que ficaram irremediavelmente vesgos.

– Está bem, pelo que ele entende de finanças e contabilidade...

– Obrigado pelo elogio, tenente – disse Manolo, que já ajeitava a pistola no cinto e alisava a camisa para disfarçar a presença da arma.

– Então às três.

– Certo, mas vá saindo, Mayo, porque senão não termino nem às cinco. Rebeca – ordenou a uma de suas técnicas –, consiga a foto para o tenente. Faça bom proveito, Manolo.

Depois de dez anos no ofício, Mario Conde aprendera que não é por falta de imaginação que a rotina se instala. Mas Manolo ainda era muito jovem e preferia resolver tudo com alguns interrogatórios, uma pista investigada até achar a outra ponta do novelo e, eventualmente, pensar um pouco e forçar as situações até fazê-las estourar. O sucesso o premiara muitas vezes em sua curta carreira, e Conde, mesmo sem concordar com várias de suas teorias, respeitava aquele garotão magro e desleixado. Mas o tenente com frequência impunha a rotina policial, tentando encontrar o inevitável fogo onde há fumaça. Muita rotina e certas ideias que às vezes lhe vinham de uma inconsciência remota sem terem sido solicitadas eram suas duas armas de trabalho preferidas. A terceira sempre foi conhecer as pessoas: se você sabe como alguém é, sabe o que é capaz de fazer e o que jamais faria, explicava a Manolo, porque às vezes as pessoas fazem precisamente isto, o que jamais fariam, e também explicava que, "enquanto eu for da polícia, não vou conseguir parar de fumar nem de pensar que algum dia escreverei um romance muito sórdido, muito romântico e muito doce, e também vou continuar trabalhando

168

a rotina da investigação. Quando não for mais da polícia e tiver escrito meu romance, quero trabalhar com doidos, porque adoro os doidos".

Por pura rotina, e para verificar se ainda faltava conhecer alguma coisa do caráter de Rafael Morín, Conde decidiu entrevistar Salvador González, o secretário do Partido, um quadro profissional da organização enviado pelo município três meses antes.

– Não sei se vou poder ser útil – admitiu Salvador, e recusou o cigarro que o tenente lhe oferecia. Em compensação, preparou um cachimbo e aceitou o fósforo aceso. Era um homem de mais de cinquenta anos e parecia simples e cansado. – Mal conheci o companheiro Morín, e dele, como militante e como pessoa, só tenho impressões, não gosto de julgar alguém assim.

– Diga uma dessas impressões – pediu o tenente.

– Bem, na Assembleia de Balanço ele se saiu muito bem, na verdade. O relatório que fez é um dos melhores que já ouvi. Acho que é um homem que interpretou o espírito dos nossos tempos e pediu rigor e qualidade no trabalho, porque esta é uma empresa importante para o desenvolvimento do país. Fez também uma autocrítica pela direção muito centralizada do trabalho e pediu ajuda aos companheiros para realizar uma necessária divisão de responsabilidades e tarefas.

– Diga outra.

O secretário-geral sorriu.

– Mesmo que seja só impressão?

– Aham.

– Está bem, se insiste. Mas, note bem, é uma impressão... Você sabe o que viajar significa para qualquer pessoa, e não só nesta empresa, mas no país. Quem viaja se sente diferente, privilegiado, é como se rompesse a barreira do som... Minha impressão é que o companheiro Morín gostava dessa história de ganhar simpatias com viagens. É uma impressão que me vem do que eu vi e do que conversamos.

– O que conversaram, o que viu?

– Sei lá, quando estávamos preparando a Assembleia de Balanço ele me perguntou se eu gostaria de viajar.

– E aí?

169

– Eu contei que, quando era garoto, li uma revistinha do Pato Donald na qual o pato ia buscar ouro no Alasca com os três sobrinhos e, durante muito tempo, fiquei morto de inveja daqueles patinhos que tinham um tio que os levava ao Alasca. Depois cresci e nunca fui ao Alasca nem a nenhum outro lugar e, desculpe a expressão, achei que o Alasca podia muito bem ir para a puta que o pariu.

– E não tem mais impressões?

– Prefiro não falar delas, está bem?

– Por quê?

– Porque agora não sou um operário comum, nem mesmo um militante comum. Sou o secretário-geral desta empresa, e minhas impressões podem ser atribuídas ao meu posto atual, e não à minha pessoa.

– E se eu separar as duas coisas? E se você esquecer por um momento do seu cargo?

– Isso é muito difícil para nós dois, tenente, mas, como você é tão insistente, vou falar uma coisa e espero não estar cometendo um erro – disse, e abriu uma pausa que foi se alongando enquanto esvaziava o cachimbo num cinzeiro. Não quer falar, pensou Conde, mas não se desesperou. – Dizem que um homem prevenido vale por dois, e Rafael Morín sempre me pareceu um sujeito prevenido por excelência. Mas dos dois homens que fazem um prevenido, sempre tem um que é menos prevenido: foi esse que desapareceu agora.

– Por que pensa isso?

– Porque tenho quase certeza de que aquela colega de vocês, a mulata achinesada, vai encontrar alguma coisa. Dá para sentir no ar. Naturalmente, é só uma impressão, e eu posso estar errado, não é mesmo? Já me enganei com outros companheiros. Espero estar enganado outra vez, porque do contrário não terei errado só como pessoa, entende?

– Pura rotina, não é?

– Puta merda! – disse Manolo e se encostou na mala do carro. Era pouco mais de meio-dia e o sol rotundo tentava desalojar o frio. Era agradável receber seu calor, já dava para tirar o casaco, pôr os óculos escuros e sentir vontade de dizer: – Vamos interrogar outra vez o Maciques, Conde, mas não aqui, lá na Central. Vamos.

Conde limpou os óculos na barra da camisa, olhou-os à contraluz e guardou no bolso. Desabotoou os punhos e arregaçou as mangas com duas, três voltas, assimétricas e volumosas, até a altura dos cotovelos.

– Vamos esperar. Ainda é meio-dia e a China me prometeu para as três, e o Gordo deve ter começado agorinha mesmo. Acho que merecemos almoçar, não é? Hoje não sei a que horas terminamos.

Manolo acariciou a barriga e esfregou as mãos. O esforço do sol era insuficiente, porque do mar subia uma brisa compacta e obstinada, capaz de arrastar o tímido calor do entorno.

– Será que dá tempo de passar na casa da Vilma? – perguntou então, sem olhar o companheiro.

– Mas, afinal, ela te chutou ou não te chutou?

– Não, rapaz, é que é ciumenta feito uma cachorra.

– Ou feito os negócios de muita grana.

– Mais ou menos.

– Mas você gosta dela, não é?

Manolo tentou chutar uma tampa de garrafa amassada pelos carros e tornou a esfregar as mãos.

– Acho que sim, compadre. Essa mulher acaba comigo na cama.

– Cuidado, garoto – disse Conde e sorriu. – Eu tive uma assim e ela quase me mata. O pior é que depois nenhuma serve. Mas quem não arrisca... Agora vamos embora, me deixe na casa do Magro e vá me buscar lá às duas, duas e quinze. Dá tempo?

– Nisso sou melhor do que o Fangio – disse, já abrindo a porta do carro.

Conde preferiu não prosseguir a conversa pelo caminho. Andar a oitenta quilômetros por hora em Havana lhe parecia um desvario lamentável, e achou melhor que Manolo só se preocupasse com o volante e com seu amor frenético por Vilma, talvez assim chegassem vivos. O pior daquela corrida era que ele também não conseguia pensar, mas afinal preferiu assim: já não havia muito em que pensar, era só esperar, e quem sabe depois começar a espremer o cérebro de novo.

– Às duas aqui – insistiu com Manolo quando desceu na frente da casa do Magro, e quase se benzeu ao ver como ele virava a esquina.

Mulher gostosa consegue qualquer coisa, pensou enquanto atravessava o apertado jardim da casa, que Josefina mantinha limpo como tudo o que estivesse ao alcance de suas mãos e de seu poder. As rosas, os girassóis, as capotas-vermelhas, os jasmins-da-índia e a antiquíssima estrutura de bambu combinavam cores e odores sobre uma terra limpa e escura na qual era pecado mortal jogar uma guimba, mesmo que fosse o magro Carlos que fizesse isso. A porta da casa estava aberta, como sempre, e quando entrou descobriu o aroma de um molho essencial: numa frigideira se debatiam sumo de laranja-azeda, alho, cebola, pimenta e azeite, que banhariam os pratos que naquele dia Josefina serviria ao filho, cujos prazeres restritos ela cultivava com mais esmero que o jardim. Desde que o Magro voltara, inválido para sempre, aquela mulher, que ainda não perdera a candura de seu sorriso, dedicara a vida ao filho com uma resignação alegre e monástica que já durava nove anos, e o ato de alimentá-lo todos os dias era talvez o ritual mais completo em que expressava a dor de seu afeto. O Magro se recusara a aceitar os conselhos do médico sobre os perigos da gordura, assumiu que sua morte era um adiamento de curto prazo e quis viver com a plenitude que sempre o caracterizara. Se vamos beber, bebamos; se vamos comer, comamos, dizia, e Josefina o satisfazia para além de suas possibilidades.

– Bote outro prato na mesa – disse Conde quando entrou na cozinha, beijando a testa suada da mulher e preparando a sua para a retribuição do beijo que, entretanto, ela não chegou a dar porque o tenente sentiu um ataque de amor e tristeza que o fez abraçá-la com força de estrangulador e dizer: – Como gosto de você, Jose – antes de soltá-la e seguir para a mesinha onde estava a garrafa de café, evitando o surgimento de lágrimas que ele sabia iminentes.

– O que está fazendo aqui, Condesito, já terminou o trabalho?

– Quem dera, Jose – respondeu enquanto tomava o café –, só vim comer esse aipim com molho.

– Escute aqui, menino – disse ela e interrompeu por um instante os preparativos da comida. – Em que confusão você se meteu?

172

– Nem imagina, velha, uma dessas merdas que eu faço.

– Com aquela garota que foi colega de vocês?

– Ei, ei, o que foi que a besta do seu filho falou?

– Não me venha com essa, que ontem dava para ouvir os gritos de vocês lá do outro quarteirão.

Conde levantou os ombros e sorriu. Afinal, o que será que disse?

– Mas e você, por que está tão elegante? – perguntou, examinando-a dos pés à cabeça.

– Elegante, eu? Ora essa, você nem imagina como fico quando resolvo mesmo ser elegante... Não é nada, acabei de chegar do médico e não tive tempo de trocar de roupa.

– Mas o que você tem, Jose? – perguntou e se inclinou para olhar o rosto dela, virado em direção ao fogão.

– Não sei, filhinho. É uma dor antiga, mas está ficando insuportável. Começa como uma ardência aqui, embaixo do estômago, e às vezes dói como se estivessem me enterrando uma faca.

– E o que o médico disse?

– Dizer ainda não disse nada. Mas me mandou fazer uns exames, uma chapa e aquele exame de engolir a mangueira.

– Mas não falou mais nada, só isso?

– E o que mais você queria, Condesito?

– Sei lá. Você não me contou nada. Eu podia falar com o Andrés, que estudou com a gente. É um médico excelente.

– Não se preocupe, esse médico também é bom.

– Claro que vou me preocupar, velha, você nunca se queixa de nada. Olhe, amanhã mesmo vou falar com o Andrés sobre esses exames e dizer ao Magro para ligar...

Josefina largou a panela e olhou para o amigo do filho.

– Ligar pra ninguém. Não diga nada a ele, certo?

Então Conde teve de se servir outro café e acender outro cigarro, para não abraçar Josefina e dizer que estava com muito medo.

– Não se preocupe. Eu é que vou ligar. Esse guisado está com um cheiro ótimo, hein? – E saiu da cozinha.

A rota das lembranças de Mario Conde sempre terminava na melancolia. Quando atravessou a barreira dos trinta anos e seu relacionamento com Haydée se esgotou com os estertores do desenfreio de seus combates sexuais, descobriu que gostava de lembrar com a esperança de melhorar sua vida, e tratava seu destino como um ser vivo e culpado, a quem se podiam lançar censuras e recriminações, insatisfações e dúvidas. Seu próprio trabalho sofria com aqueles juízos, e, embora ele soubesse que não era duro, nem especialmente sagaz, nem sequer um modelo de conduta, e que apesar disso alguns de seus colegas o consideravam um bom policial, pensava que em outra profissão teria sido mais útil, mas então transformava esses lamentos numa eficácia estudada que lhe rendia um prestígio que ele mesmo assumia como uma fraude insolúvel e jamais explicável. E a volta de Tamara vinha agora complicar essa pesada tranquilidade, obtida depois do engano de Haydée à base de noitadas de beisebol, bebida, música nostálgica e pratos transbordantes, tudo isso conversando com o Magro e desejando ao mesmo tempo que fosse mentira, que o Magro fosse magro outra vez, que não morresse jamais e não se parecesse com aquela massa de banha que agora, sem camisa, tentava absorver o sol do meio-dia no pátio da casa. Conde viu os pneus de carne que se sobrepunham em seu estômago e os pontinhos vermelhos que cobriam suas costas, o pescoço e o peito, como picadas de insetos vorazes.

– Em que está pensando, animal? – perguntou enquanto o despenteava.

– Em nada, bicho. Estava pensando nessa confusão toda de Rafael e de repente fiquei assim, com a mente em branco – respondeu o amigo e olhou para o relógio.

– A que horas vêm te buscar?

– Já estou indo, Manolo deve estar por aí. Se eu não puder voltar esta noite, telefono para contar como estão as coisas.

– Mas não pense muito, senão o almoço vai te cair mal.

– Isso tem jeito, Magro?

– Não, compadre. Mas esfrie um pouco a cabeça, porque os problemas não se resolvem só por você passar o dia inteiro pensando nas merdas. Como tudo na vida, é igual ao beisebol: para ganhar, você precisa ter colhão, rapaz. Por isso nós dois quase ganhamos aquele jogo com os carniceiros magrelos do pré-universitário de La Habana, lembra? – Como se fosse hoje – disse, levantando disposto a rebater e então fez um *swing*. Os dois viram a bola voando até bater na cerca, embaixo do marcador, lá na última solidão do *centerfield*.

– *Surprise!* – exclamou a tenente Patricia Wong, e seus olhos se perderam porque ela estava rindo e abanando na mão direita o maço de planilhas grampeadas de onde parecia emanar toda a sua alegria. Conde sentiu no peito que o alvoroço da chinesa era uma espécie de transfusão: entrava em seu corpo por via direta e começava a inundá-lo, numa corrida que o deixava agitado e fazia seu coração bater mais forte.

– Pegamos o cara? – perguntou, tirando um cigarro do bolso do paletó, e quase gritou quando viu o rosto de sua colega outra vez sem olhos balançando afirmativamente.

– Afinal conseguimos alguma coisa, porra! – soltou Manolo e interceptou no ar o cigarro que Conde levava aos lábios. O tenente, que detestava aquela brincadeira esporádica mas repetida do colega, esqueceu os insultos habituais e preferiu arrastar uma cadeira para perto da tenente Patricia Wong.

– Conta, China, como é a coisa?

– Como você disse, Mayo, direitinho como você disse, só que ainda mais complicado. Olhe, aqui deve estar a origem de tudo, e ainda falta verificar um monte de papéis, um monte – insistiu, começando a procurar algo nas planilhas. – Mas isto aqui é dinamite pura, Mayo. No último semestre de 88, que foi o que conferimos, Rafael Morín fez duas viagens à Espanha e uma ao Japão. Ele tem mais horas de voo que um cosmonauta... Bem, a do Japão foi para fechar um negócio com a Mitachi, mas depois falo disso.

– Vá, continue – exigiu Conde.

– Escute só, as duas idas à Espanha foram de dezesseis e dezoito dias, de nove a viagem ao Japão, e em cada uma ele foi fechar quatro contratos, menos na primeira à Espanha, quando eram só três. Em termos de despesas de representação, que nunca imaginei que chegassem a tanto, dá um monte de dólares, depois faço as contas. Há uma circular que vincula esses gastos proporcionalmente aos contatos comerciais que forem realizados, mas preste atenção, ele sempre retirava em dobro, como se fosse trabalhar mais ou ficar mais tempo. Isso já é terrível, mas o inexplicável é a questão das diárias, Mayo. Não encontrei os formulários que ele deveria preencher para essas três viagens, e o mais incrível é que aparecem despesas de uma ida ao Panamá que foi suspensa e ele não estornou. Não dá para entender, porque qualquer auditor poderia descobrir.

– É, bastante esquisito, mas tem mais, não é? – perguntou o tenente quando Patricia deixou as folhas sobre a escrivaninha. Sua alegria começava a desaparecer, aquele desleixo não tinha a marca de Morín.

– Tem sim, Mayo, fique quieto. Deixe eu terminar.

– Vamos, China, prove que é melhor do que Chan Li Po.

– Está bem. Olhe, este é o pavio da verdadeira bomba: a Empresa de Importações e Exportações tem uma conta no banco Bilbao Vizcaya em nome de uma sociedade anônima registrada numa caixa postal do Panamá e que supostamente tem uma filial em Cuba. É algo assim como uma corporação, chama-se Rosal e parece que foi criada para driblar o bloqueio norte-americano. A conta da Rosal pode ser movimentada com três assinaturas: a do vice-ministro Fernández-Lorea, a do nosso amigo Maciques e, claro, a de Rafael Morín, e sempre é preciso haver duas dessas assinaturas... Entende?

– Estou fazendo o melhor e mais sincero dos esforços.

– Pois se segure agora, rapaz: se estes papéis aqui não me enganam, porque há outros que não estão onde deveriam estar e não quero julgar ainda, se eles não me enganam, em dezembro foi feita uma retirada grande que não casa com nenhum negócio fechado naqueles dias.

– E quem fez essa retirada?

– Não seja ingênuo, Mayo, isso só o banco sabe.

– Sou ingênuo... Então me surpreenda: grande significa quanto, Patricia? – perguntou, disposto a ouvir a quantia.

– Alguns milhares. Mais de cem, mais de duzentos, mais de...

– Cacete – exclamou Manolo, à cata de outro cigarro. – E para que queria isso?

– Aguenta aí, Manolo, se eu fosse adivinha não estaria aqui mergulhada em poeira e papéis.

– Não ligue, China, por favor, continue... – suplicou Conde. Em sua mente estavam a imagem de Tamara, o discurso de Rafael no primeiro dia de aula, o sino que o diretor do acampamento batia, o cortiço da Diez de Octubre, o sorriso inefável e seguro do homem que agora não aparecia, e ria, ria.

– Acho que tudo tem a ver com a Mitachi. Mayo, os japoneses só viriam aqui em fevereiro, e antes disso Rafael ia a Barcelona, para fechar uma compra com uma sociedade anônima espanhola que ainda não chequei, mas aposto qualquer coisa que tem capital japonês. E, se tiver mesmo, aposto o dobro que é capital da Mitachi.

– Espere aí, China, espere..., fale em cubano.

– Nossa, Mayo, você está ficando burro – reclamou Patricia, mas o sorriso lhe engoliu os olhos. – Mais claro do que água: Rafael Morín devia estar fazendo negócios com a Mitachi como se fosse um particular e usando dinheiro da empresa, ou melhor, da Rosal. Está percebendo agora?

– Que coisa – disse Manolo no auge do assombro e tentou sorrir.

– E você disse que estão faltando papéis, China?

– Sim, estão faltando.

– Não estão nos outros arquivos?

– Pode ser, Mayo, mas acho que não. Se fosse um só...

– Então foram tirados de lá?

– Pode ser, mas o mais estranho é que não tiraram todos, até os das despesas que o próprio Morín podia falsificar.

– Sobram alguns e faltam outros?

– Mais ou menos, Mayo.

– China, eu sei por que sobram alguns e acho que sei onde estão os que faltam.

Quando o major Rangel me falou, Aqui você pode vir sem uniforme, tem que trabalhar sem uniforme, e o vi naquele jaquetão verde-oliva, os galões bordados nos ombros e no colarinho, parecendo tão impressionante, pensei, isso é brincadeira, vou pedir baixa agorinha mesmo, porque era quase como se deixasse de ser policial logo agora que ia ser policial de verdade. Na primeira vez que saí de uniforme, depois de terminar a Academia, senti em parte vergonha, as pessoas me olhando, e em parte que eu era alguém, o traje colava no meu corpo e me tornava mais completo, diferente dos outros, e as pessoas me olhariam sempre, por mais que eu não quisesse, porque já não era igual aos outros, e gostava e não gostava daquilo, um negócio estranhíssimo. Quando era pequeno, me fantasiava o tempo todo; como era muito magro, nunca cismei de ser polícia, general ou astronauta, como os outros garotos. Eu me vestia por um tempo de Zorro, depois de Robin Hood e depois de pirata com tapa-olho, e vai ver deveria ter me tornado ator, e não policial. Mas virei policial, e na verdade desde o começo adorei o uniforme, adorei mesmo, e acho que, muito a sério, estava brincando de ser policial até o momento em que cheguei, na viatura da Academia, àquele covil de El Moro. Quando descemos do carro havia muita gente, imagino que o bairro inteirinho, e todo mundo olhava para nós; ajeitei o quepe, que não era novo nem era meu, arrumei as calças e botei os óculos escuros, havia público e eu era importante, certo? A mulher que tivera o ataque já fora levada para o hospital, havia um silêncio impressionante, porque nós tínhamos chegado, sabe, e um negro velho e grisalho, ou seja, velhíssimo, que era o presidente do Comitê do bairro, nos disse: Por aqui, companheiros, e entramos na casinha, tinha um teto de zinco, e as paredes, uma parte de tijolo sem reboco, outra de compensado e outra de zinco, e assim que você entra se sente feito um pão cru na ponta da pá entrando no forno, e você não entende como tem gente que ainda pode viver desse jeito, e lá estava ela numa caminha e eu quase desmaiei, não gosto nem de contar, porque lembro e vejo de novo como se fosse agora mesmo, e até sinto o calor do forno: o lençol cheio de sangue, havia sangue no chão, nas paredes, e ela continuava encolhida e sem se mexer, porque estava morta; o padrasto a matara tentando estuprá-la, depois soube que só tinha sete anos e maldisse a hora em que virei policial, porque a verdade é que eu achava que essas coisas não podiam acontecer, e quando a gente é policial aprende que acontecem sim, essas coisas e outras piores, e que esse é o nosso trabalho, e então você começa a duvidar se deve mesmo fazer tudo como é ensinado na academia ou se pega a pistola e na mesma hora mete seis tiros em quem faz uma coisa dessas. Quase peço baixa, mas não, fiquei, e depois me mandaram para a Central e o major me disse aquilo: Você vem sem uniforme e vai trabalhar com Conde, e acho que cada vez gosto mais de ser policial. Você não me entende, certo? Mesmo quando estou na rua sem uniforme e o pessoal não sabe quem eu sou, não me importa mais, e você me ajudou nisso, e, ainda mais do que você, pessoas como Rafael Morín me ajudam muito. Que sujeito, hein? Como alguém pode brincar com o que é meu e seu e daquele velho que vende jornais e daquela mulher que está atravessando a rua e que certamente vai morrer de velhice sem saber como é ter um carro, uma casa bonita, e talvez agora mesmo vá ficar três horas numa fila para conseguir uma cesta de batatas, Conde? Como é que pode?

– Vocês? Como vai, Mario? Entre, sargento – diz ela e sorri, confusa; Conde beija a bochecha dela como nos velhos tempos, e Manolo dá um aperto de mão, trocam cumprimentos e caminham até a sala. – Aconteceu alguma coisa, Mario? – pergunta por fim.

– Aconteceram coisas, Tamara. Estão faltando uns papéis na empresa e esses papéis podem comprometer Rafael.

Ela esquece a mecha imbatível do cabelo e esfrega as mãos. De repente fica pequena e parece indefesa e confusa.

– Em quê?

– Em roubo, Tamara. Viemos por causa disso.

– Mas o que ele roubou, Mario?

– Dinheiro, muito dinheiro.

179

– Ai, minha mãe do céu – exclama, e seus olhos se saturam de umidade; e Conde pensa que agora, sim, ela é capaz de chorar. É o marido dela, não é? É o pai do filho dela, não é? Seu namorado do pré-universitário, não é?

– Quero revistar o cofre da biblioteca, Tamara.

– O cofre? – outra surpresa e quase um alívio para ele. Não vai chorar.

– É, você tem a combinação, não tem?

– Mas faz um tempão que está vazio. De dinheiro e coisas assim, quero dizer. Que eu me lembre, lá só tem a certidão de propriedade da casa e os documentos do jazigo da família.

– Mas a senhora tem a combinação, não tem? – insiste agora Manolo, outra vez o gato magro, elástico e arrepiado.

– Tenho, está na agenda de telefones de Rafael, como um número qualquer entre outros.

– Pode abrir o cofre agora, companheira? – insiste o sargento, e ela olha para Conde.

– Por favor, Tamara – pede ele e se levanta.

– O que é isso, Mario? – pergunta, embora na realidade esteja perguntando a si mesma, e se dirige à biblioteca.

Ajoelhada em frente à falsa lareira, ela afasta a grade protetora, e Conde lembra que é véspera do Dia de Reis, e que os Reis Magos sempre utilizam as lareiras para entrar com seu carregamento de presentes. Ali pode estar o dele, incrivelmente adiantado. Tamara lê os seis números e começa a girar o cilindro do cofre, e Conde tenta ver alguma coisa por cima das costas de Manolo, que se colocara na primeira fila. Pela sexta vez gira a roda, à esquerda, finalmente puxa a porta metálica e se levanta.

– Espero que você esteja errado, Mario.

– Oxalá – diz, e, quando Tamara se afasta, ele avança até a lareira, ajoelha-se e extrai um envelope branco da fria barriga de ferro. Depois se levanta e olha para ela. Não pode evitar: sente uma pena tangível daquela mulher que se despiu para ele e o frustrou e que, como sabe cada vez melhor, preferiria não ter reencontrado. Mas abre o envelope, tira umas folhas de papel e lê, enquanto Manolo saltita com impaciência. – Melhor do que pensávamos – diz, e por fim devolve os papéis ao

180

envelope. Tamara não para de esfregar as mãos e Manolo não consegue ficar quieto. – Maciques tem uma conta no Banco Hispano-Americano e um carro na Espanha. Aqui estão as fotocópias.

O major Rangel observou a aromática agonia do seu Rey del Mundo como quem assiste à morte de um cachorro que foi seu melhor amigo. Por isso, ao deixar a ponta no cinzeiro, lamenta não tê-lo tratado melhor – tinha fumado de maneira execrável enquanto ouvia a explicação do tenente Mario Conde.

– Ver para crer – foi sua sentença, e tentou não olhar a extinção do charuto, talvez por não querer acreditar nela. – E como é possível, tantas barbaridades juntas?

– As barbaridades estão na moda, Velho... Ele não era um funcionário de total confiança? Não era um homem de futuro ilimitado? Não era mais puro e santo que água-benta?

– Não seja sarcástico agora, porque isso não explica nada...

– Velho, não sei por que você se surpreende com essa falta de controle numa firma. Toda vez que se faz uma auditoria-surpresa de verdade, em qualquer lugar, aparecem barbaridades que ninguém pode imaginar, que ninguém explica, mas que sempre estão lá. Já se esqueceu do administrador milionário da Ward, e o do Pío-Pío, e o do...

– Tudo bem, tudo bem, Mario, mas não me negue o direito de me assombrar, ok? A gente sempre tende a pensar que as pessoas não se corrompem tanto. Rafael Morín era como você diz, um funcionário de total confiança, e olhe só o que estava fazendo... Mas depois falamos disso, o que quero saber agora é onde esse homem está. É só o que falta descobrir, para entregar o caso embrulhadinho ao ministro da Indústria.

Conde estudou seu seco e desleixado cigarro Popular com a marca borrada, o tabaco escapulindo em debandada pelas duas pontas, o maço mal colado, mas era o último e, quando o acendeu, se deliciou com a força escondida naquela fumaça.

– Precisa de mais gente?

– Não, ouça até o final. Tudo indica que Rafael Morín ia nos fazer a surpresa na viagem para Barcelona agora em janeiro. Ia sumir com todo o dinheiro, uma parte já garantida e investida, e, como sabia que por enquanto não iam verificar seus papéis, talvez tenha ficado confiante demais e começou a fazer essas tramoias com as diárias e as despesas de representação, para levantar uns trocados, entende? Um dos informantes do Gordo Contreras, digo, do capitão Contreras, um tal Yayo, o Yuma, diz que a foto o lembra alguém, mas que precisaria vê-lo pessoalmente para ter certeza. Então, também é possível que ele trocasse dólares por pesos cubanos para as despesas daqui, que segundo a Zoilita não deviam ser pequenas.

– E a Guarda de Fronteira, continua sem informar nada?

– Nada, pelo menos por enquanto, e acho que nunca mais, porque parece mais lógico que ele tenha tido algum problema aqui e o mandaram desta para melhor... Mas tenho certeza de que Maciques está por trás de alguma coisa... Porque, senão, não dá para entender o que Rafael fazia com esses papéis de Maciques guardados na própria casa. De qualquer jeito, tudo se complicou quando Rafael soube que o pessoal da Mitachi vinha a Cuba antes do previsto. Olhe só, aqui está o telex, chegou dia 30 de manhã, eles pareciam estar muito interessados no negócio, e quando há bons negócios esses chineses não acreditam em Ano-Novo nem em Papai Noel. E Rafael sabia que o vice-ministro, talvez o ministro e pessoas de outras empresas iam participar desses encontros. Percebeu que tinha caído numa arapuca, entende, e se escondeu ou foi escondido de mau jeito. Então a possibilidade de uma saída ilegal do país é mais do que uma possibilidade, mas ele não deve ter saído, porque senão já estaríamos ouvindo a gritaria daqui. Imagine, Velho, ele é um verdadeiro magnata da economia cubana. E se de uma coisa eu tenho certeza, muita certeza, é que Rafael não iria arriscar a pele tentando fugir numa balsa feita com dois pneus de caminhão. Ele arranjaria um meio mais seguro, e então já estaria em Miami... Rafael Morín está em Cuba.

– E se estiver evitando escândalo só para não bloquearem a conta na Espanha? – o major Rangel esfregou os olhos, e Conde observou que se mexia com uma inquietação que não era habitual.

182

– Acho que fariam um escândalo em Miami mesmo que ele não quisesse. Mas, além de tudo, ele tinha o tempo a seu favor. Era um funcionário de confiança, certo?

– Isso você já disse.

– Bem, ele sabia que ninguém ia imaginar uma coisa dessas e, assim que chegasse a qualquer banco de Miami, em meia hora teria esse dinheiro nas mãos. Ele calculou que não suspeitariam de nada durante alguns dias e também que ninguém iria imaginar que um homem que viajava oito ou dez vezes por ano ao exterior pudesse se mandar numa lancha.

– É, é, deve ser isso mesmo... Mas não levou os papéis das diárias. A China os encontrou.

– Aí é que não encaixa a lista com o bilhete. Eu pensei que Maciques tinha colocado lá no dia 31 ao meio-dia, mas no dia 31 ao meio-dia Rafael devia estar com isso nas mãos.

– Mas, afinal, qual é o papel de Maciques na história?

– Isso é o que eu gostaria de saber agora, mas aposto que está metido nessa sujeira até a raiz do cabelo. Ele sabe de tudo, ou pelo menos do principal, porque no dia 3, quando Manolo o interrogou, estava meio nervoso e ficava enrolando como se quisesse se livrar da conversa. E hoje era outra pessoa. Estava seguro de si, como se não existisse nenhum problema, porque se convenceu de que não haveria encrenca mesmo que fosse descoberta a tramoia das diárias de Rafael, as despesas de representação e coisa e tal, que era o que ele sabia que íamos descobrir. Se não fosse hoje, seria amanhã ou depois. Os dias que se passaram desde o desaparecimento de Rafael parece que lhe deram tranquilidade, porque ele não imaginava que o chefe guardasse esses documentos no cofre.

– Então ele é sócio de Rafael Morín?

– Não, talvez cúmplice. Ele tinha quatro mil e tantos dólares no banco, e Rafael, centenas de milhares. Tem alguma coisa estranha aí. De qualquer maneira, vou interrogá-lo agora com Manolo para ver se conseguimos mais alguma informação.

O major se levantou e caminhou até a ampla janela do escritório. Eram apenas seis da tarde e já escurecia em Havana. Daquela altura,

183

os loureiros apareciam numa perspectiva que não interessava a Conde; ele preferia a vista da sua pequena janela e ficou na poltrona.

– Você precisa encontrar esse filho da puta mesmo que ele esteja debaixo da terra – disse então o Velho em seu tom mais terrível e visceral, ele odiava aquele tipo de situação, sentia-se enganado e detestava que essas barbaridades fossem cair em suas mãos só depois de consumadas. – Vou telefonar para o ministro da Indústria, para que ele resolva a questão do dinheiro na Espanha e também para que vá pensando, porque isso é um problema mais deles do que nosso. Mas agora me diga uma coisa, Mario, por que um homem como Rafael Morín foi fazer uma coisa dessas?

– Temos visita, acho melhor começar tudo outra vez.
– E o que mais posso lhe dizer, sargento? – perguntou René Maciques, e olhou para Conde, que entrou e foi sentar numa cadeira perto da janela. O tenente acendeu um cigarro e trocou um olhar com o sargento. Vai, aperta o sujeito.
– Sobre o que você e Morín conversaram no dia 31?
– Já disse, coisas normais de trabalho, como o ano tinha fechado bem, os relatórios que precisávamos apresentar.
– E não tornou a vê-lo?
– Não, eu saí da festa um pouco antes dele.
– E o que você sabia dessa fraude?
– Já disse que nada, sargento, eu nem imaginava que isso estivesse acontecendo. E até agora quase nem acredito, não sei como ele pôde fazer uma coisa dessas.
– Qual é o seu grau de responsabilidade nessa história?
– O meu? O meu? Nenhum, sargento, sou um simples chefe de gabinete, não decido nada.
Conde apagou o cigarro e se ergueu. Avançou até a escrivaninha.
– Sua inocência me comove, Maciques.
– Mas eu...
– Não precisa se esforçar mais. O que significa isto? Conde tirou as duas fotocópias do envelope e deixou-as na escrivaninha, diante de

184

Maciques. O chefe de gabinete fitou os dois policiais e afinal se inclinou para a frente e permaneceu assim durante um tempo que pareceu infinito: era como se de repente fosse incapaz de ler.

– O tenente lhe fez uma pergunta – disse Manolo e recolheu as fotocópias. – O que significa isto?

– Onde estavam esses papéis?

– Como sempre, você me obriga a lembrar que nós é que fazemos as perguntas... Mas vou responder. Estavam muito bem guardados num cofre, na casa de Rafael Morín. O que significam estes documentos, Maciques? – insistiu Manolo e se postou entre o homem e a escrivaninha.

René Maciques levantou o olhar até seu interrogador. Era um homem confuso, um bibliotecário melancólico e envelhecido. O sargento Manuel Palacios lhe concedeu um tempo, sabia que estava no ponto decisivo do interrogatório, quando o detento deve optar entre soltar a verdade ou se agarrar à esperança da mentira. Mas Maciques não tinha opções.

– Isso é uma armadilha de Rafael – disse, no entanto. – Não sei nada sobre esses papéis. Nunca tinha visto isso antes. Vocês não disseram que ele fazia coisas usando o meu nome? Pois bem. Essa é uma delas.

– Então Rafael Morín queria prejudicar você?

– Parece que sim.

– Maciques, o que vamos encontrar na sua casa se fizermos uma busca?

– Na minha casa... Nada. Coisas normais. A gente viaja para o estrangeiro e faz umas compras.

– Com que dinheiro, com despesas de representação?

– Já expliquei que a gente economiza nas diárias.

– E, quando fecham um negócio graúdo, não há favorecimentos em forma de presentes? Um carro, por exemplo?

– Mas eu não fechava negócios graúdos.

– Maciques, você é capaz de matar um homem?

O chefe de gabinete levantou novamente o olhar, mas em seus olhos não havia brilho nenhum.

– O que quer dizer isso?

– É capaz ou não?

– Não, claro que não.

E continuou balançando a cabeça: negava.

– O que foi fazer dia 31 na empresa? E não me venha dizer outra vez que foi por causa do ar-condicionado.

– E o que quer que eu diga?

Então Conde foi outra vez até a escrivaninha e parou ao lado de Maciques.

– Olhe, Maciques, eu não tenho a paciência do sargento. Vou falar agora tudo o que penso de você e sei que de uma maneira ou de outra vai admitir isso, hoje, amanhã ou depois... Você é um merda e é tão ladrão quanto seu chefe, só que mais cauteloso e com menos poder. Já estão checando na Espanha a validade desses papéis e talvez o banco não nos dê nenhuma informação, mas a pista do carro é mais simples do que você pensa. Por alguma razão, que ainda não sei qual é, Rafael guardou bem esses documentos, talvez para se proteger de você, porque sabia que você era capaz de pôr nos relatórios dele a despesa que não liquidou e os gastos dobrados. E Rafael vai aparecer, não sei se vivo ou morto, na Espanha ou na Groenlândia, mas vai aparecer, e você vai falar. E, mesmo que não fale, você está afundado na merda até o pescoço, Maciques. Lembre disso. E, para ir pensando melhor, vai ficar sozinho por um bom tempo. A partir de hoje, passa a morar aqui na Central... Sargento, prepare a papelada e peça a prisão preventiva do cidadão René Maciques. Prorrogável. A gente se vê, Maciques.

Mario Conde observou outros loureiros, os que abriam o Paseo del Prado, bem perto do mar, e repetiu a pergunta. Da boca da baía vinha um vento cortante que o obrigava a manter as mãos nos bolsos da jaqueta, mas precisava pensar e caminhar, perder-se entre as pessoas e esconder sua alegria pírrica e sua frustração de policial satisfeito por descobrir a maldade dos outros. Como Rafael Morín fora capaz de fazer uma coisa daquelas? Por que queria mais e mais, sempre mais? Conde viu o Palacio de los Matrimonios e o Chrysler 57 preto brilhoso, enfeitado com balões e flores, à espera da descida nupcial dos quarentões que ainda ousavam e sorriam para a indispensável foto na escada. Observou os persistentes que desafiavam o frio fazendo fila na pizzaria da rua Prado e viu os papéis fixados no tronco de um loureiro, de pessoas que precisavam de mais espaço, recebiam propostas honestas e desonestas, mas precisavam de alguns metros quadrados de teto onde morar. Observou dois homossexuais tristes e dispersos que passaram ao seu lado tiritando de frio, e eles o observaram com olhos candorosos e bem-intencionados. Observou o mulato pacífico, encostado no poste de luz, com sua pinta de rastafári sem vocação e suas tranças perfeitas sob a boina preta, talvez esperando a passagem do primeiro estrangeiro eloquente para propor um desesperado cinco por um, seis, míster, sete por um, meu bróder, e tenho erva, qualquer coisa para abrir as portas do mundo proibido da abundância com passaporte. Observou o poste do outro lado, a loura maquiada com lascívia incontida morria de frio, com sua promessa de ser quente mesmo que nevasse, com sua boca de chupadora empedernida; aquela loura, para quem um mortal de produção nacional como Mario Conde valia menos que um cuspe de bêbado, esperava os mesmos dólares que seu amigo, o mulato rastafári, e lhe proporia um por trinta: seu sexo juvenil, treinado, perfumado e garantido contra a raiva e outros males pelos dólares de seus sonhos; chupada com tarifa extra, *of course*. Observou o menino que patinava, saltava sobre uma caixa de madeira e continuava patinando até a escuridão. Chegou ao Parque Central e quase pensou em entrar na eterna disputa beisebolística que, independentemente do frio ou do calor, acontecia todos os dias, querendo encontrar a explicação para outro fracasso daqueles desgraçados do Industriales; Colhão, colhão é o que falta a esse pessoal, gritaria em homenagem ao Magro, que já não era nem magro nem ágil o suficiente para estar ali e gritar sozinho. Observou as luzes do hotel Inglaterra e a penumbra do teatro García Lorca, a fila do cinema Payret, a tristeza fétida dos portais do Centro Asturiano e a feiura agressiva e descascada da Manzana de Gómez. Sentiu as pulsações incontidas de uma cidade que ele tentava melhorar e pensou em Tamara, ela o esperava e ele ia ao encontro dela, talvez para fazer essa mesma pergunta e mais nada.

Vários meses depois, quando o caso de Rafael Morín já dormia encerrado e concluído, René Maciques se consumia em sua tristeza e Tamara continuava bela e o fitava com a umidade perseverante de seus olhos, ele ainda repetiria a pergunta e imaginaria a tristeza de Rafael Morín, pequeno magnata em Miami, onde sua riqueza de quinhentos mil dólares era um prêmio de loteria que não seria suficiente para comprar tudo o que já conquistara com seu poder de funcionário confiável e brilhante em eterna ascensão. Mas essa noite apenas parou perto do grupo de torcedores e acendeu um cigarro. Todos achavam – e gritavam essas coisas numa espécie de terapia coletiva – que o técnico do time era um imbecil, o arremessador era um cagão e os caras de antigamente é que eram bons, se Chávez e Urbano, La Guagua e Lazo estivessem jogando, evocava, e então meteu o ombro de sua imaginação entre dois negros enormes e furiosos que olhariam para ele com desconfiança, de onde saiu esse aí, e gritou em direção ao centro do grupo:

– Colhão, o que falta a vocês é colhão – e deixaria perplexos os comentaristas profissionais, já atravessando a rua e penetrando no bafo de gás, urina seca e vômito pré-colombianos dos portais do Centro Asturiano, onde um casal tentava consumar seus ardores com o apoio de uma coluna, e por fim esbarrou nas portas fechadas do Floridita, FECHADO PARA REFORMA, e perdeu a esperança de um uísque duplo, sem gelo, sentado no canto que fora exclusivo do velho Hemingway, encostado naquele balcão de madeira imortal onde Papa e Ava Gardner se beijaram escandalosamente, onde ele havia decidido, muitos anos antes, escrever um romance sobre a sordidez e onde faria de novo a mesma pergunta para encontrar entretanto a única resposta que o deixava viver em paz: porque sempre foi um filho da puta. E que outro motivo haveria?

– Posso pôr música?
– Não, agora não – diz ela e apoia a cabeça no encosto macio do sofá, os olhos se ergueram para o teto e parece estar sentindo muito frio outra vez, então mantém os braços cruzados depois de abaixar as

mangas do pulôver. Ele acende um cigarro e deixa o fósforo cair no cinzeiro de Murano.

— Em que está pensando? — pergunta afinal, imitando a postura dela no sofá. Um teto é um teto.

— No que está acontecendo, em tudo o que você me contou, em que mais vou pensar?

— Você não imaginava? Não mesmo?

— Como quer que eu diga isso, Mario?

— Mas pode ter visto alguma coisa, suspeitado de algo.

— O que era suspeito? Comprar esse aparelho de som, trazer uísque ou uma bicicleta para o menino? Um vestido de cento e cinquenta dólares, isso é suspeito?

Ele pensa: tudo é normal. Para ela tudo isso sempre foi normal, nasceu nesta casa e dentro dessa normalidade que faz ver a vida de outra maneira, mais bonita e menos complicada, e se pergunta se não foi o mundo de Tamara que enlouqueceu Rafael. Mas sabe que não.

— O que vai acontecer agora, Mario? — é ela quem pergunta, deixou o teto e o silêncio e apoia um ombro no encosto, cruza um pé embaixo da outra coxa e afugenta sua imperturbável mecha. Quer olhar para ele.

— Ainda precisam acontecer duas coisas. Primeiro, Rafael aparecer, vivo ou morto, em Cuba ou onde estiver. E, depois, Maciques nos contar o que sabe. Talvez isso também nos ajude a descobrir onde está Rafael.

— Mas é um terremoto.

— É uma espécie de terremoto, sim — admite ele —, tudo o que não estiver bem firme vai cair. Imagino como você se sente, mas acho que foi melhor assim. Já pensou se Rafael tivesse chegado a Barcelona, embolsado esse dinheiro todo e se mandado?

— Poderia ser até simpático. Iríamos morar em Genebra, numa casa de telhas em cima de uma colina.

Diz e levanta, perdendo-se na sala de jantar. Ele não pode evitar, olha para ela como sempre, só que já viu aquelas nádegas, guardou a forma exata daquele corpo desafortunado para o balé e o percorreu com as mãos e a boca, mas a lembrança dói como uma espinha encravada em que é melhor não tocar. Uma casa em Genebra, por que em Genebra?

E se penteia com a ponta dos dedos e pensa que sim, que começou mesmo a ficar careca. Tinha esquecido, e ele também se afasta do sofá, da calvície, da casa em Genebra e das nádegas de Tamara, e então busca entre os discos algum que o faça se sentir melhor. Aqui está, pensa quando vê o *long-play* de Sarah Vaughan, *Walkman jazz* é o título, põe no toca-discos e deixa o volume bem baixo para que aquela negra maravilhosa cante "Cheek to cheek". Ela volta junto com a voz escura e quente de Sarah Vaughan, traz dois copos nas mãos.

– Vamos liquidar o estoque: o uísque das adegas de Rafael Morín agoniza – diz, e lhe entrega um copo. Ele volta para o sofá e bebe um primeiro gole de marinheiro bem treinado.

– Sei como você está se sentindo. A coisa não é fácil para ninguém, mas você não tem culpa, e eu menos ainda. Seria melhor que isso nunca tivesse acontecido, Rafael fosse como todo mundo pensava que era e eu não estivesse metido nessa história.

– Você se arrepende de alguma coisa? – ataca ela; já recuperou a temperatura e sobe as mangas do pulôver até o cotovelo. Torna a beber.

– Não me arrependo de nada, falei isso pensando em você.

– É melhor não falar por mim, então. Se Rafael roubou esse dinheiro, que pague. Quem mandou fazer isso? Eu nunca pedi nada a ele, você sabe muito bem disso, Mario Conde. Pensei que me conhecesse melhor. Não me sinto culpada de nada e, se usufruí alguma coisa, foi como qualquer um teria usufruído. Não espere que eu me confesse e me arrependa.

– Vejo que te conheço pouco.

Sarah Vaughan canta "Lullaby of birdland", é a melhor canção que ele conhece para fugir rumo ao mundo mágico de Oz, mas ela parece incontrolável e ele sabe que é melhor que fale de uma vez, que fale, fale...

– Você deve pensar que eu sou uma ingrata e sei lá o que mais, e que deveria dizer que não, que é tudo mentira e o meu marido é incapaz de fazer isso, e então cair no choro, não é? É como se costuma agir nesses casos, não é? Mas eu não tenho vocação trágica nem sou uma sofredora egocêntrica feito você. Não tenho nada a ver com essa

190

confusão... Preferiria que nada disso tivesse acontecido, sinceramente, mas você sabe o que é ter a consciência limpa?

– Não me lembro mais.

– Mas eu lembro, é bom você ficar sabendo disso, se é que não sabia ou imaginava outra coisa. Já disse outro dia: Rafael tinha o que lhe permitiam ou o que lhe correspondia, sei lá, todo mundo sabia que quando viajava ele trazia coisas, e isso era normal e ele era ótimo. Todo mundo sabia e... Chega, não quero falar mais disso, a menos que você pretenda me interrogar, e nesse caso não vou dizer uma única palavra, pelo menos para você.

Ele sorri e depois volta para o sofá. Senta bem perto dela, encosta o joelho no joelho da mulher, pensa e então toma coragem: lentamente pousa a mão na coxa dela, teme que possa lhe escapar, mas a coxa continua ali, embaixo da mão, e ele se agarra àquela carne compacta e viva e descobre um leve tremor, bem oculto debaixo da pele. Olha nos olhos dela e vê a umidade brilhante que se transforma numa lágrima que engorda, pende do cílio e despenca pelo nariz de Tamara, e sabe que está disposto a tudo menos a vê-la chorar. Ela inclina a cabeça no ombro de Conde, e ele sabe que continua chorando, um choro silencioso e cansado, quando lhe diz, já sem fúria:

– Na verdade eu pressentia. Isso ou coisa parecida, porque ele já não se conformava com nada, ambicionava mais e mais e brincava de se sentir um executivo poderoso, acho que se considerava o primeiro *yuppie* cubano ou algo assim... Mas eu também me acostumei a viver fácil, a ter de tudo e sempre da forma mais confortável, que ele falasse com um amigo para eu não fazer o trabalho social em Las Tunas, que as nossas férias fossem em Varadero e coisas assim; e no final eu tinha medo de mudar a minha vida, apesar de não estar mais apaixonada por ele fazia muito tempo; e, quando ele viajava, eu gostava de ficar sozinha com o menino aqui em casa, sem pensar que ele iria chegar tarde dizendo que estava cansado e se deitaria direto ou se trancaria na biblioteca para escrever seus relatórios ou me diria que as coisas estão ficando difíceis. Também sei faz tempo que ele saía com mulheres, nisso não posso me enganar, mas já falei, tinha medo de perder uma tranquilidade que me agradava. E, olhe, o que fiz com você outro dia nunca tinha feito com ninguém, não vá pensar.

Ele não vê os olhos ocultos pela mecha impenitente, mas sabe que ela parou de chorar. Observa que termina sua dose de uísque e a imita. Ela levanta, meu Deus, diz, e vai para a cozinha, e ele sente na palma da mão o calor que roubou de Tamara. Agora sabe que é capaz de trepar com aquela mulher que atormenta seu juízo há dezessete anos; deixa o copo na mesa de vidro, esquece o cigarro soltando fumaça no Murano e larga a pistola na almofada do sofá. Sente-se armado e vai para a cozinha atrás dela. Está de costas, enchendo outra vez o copo de uísque, e ele a segura pela cintura e a obriga a permanecer contra a bancada. Começa a acariciar os quadris de rumbeira frustrada, a barriga que já conhece, e sobe até os seios mais discutidos do pré-universitário de La Víbora, e ela se deixa acariciar até não aguentar mais e se vira e oferece os lábios, a língua, os dentes e a saliva com sabor de uísque escocês reserva especial, e ele puxa o fecho do pulôver, já não usa sutiã como da outra vez, e abaixa a cabeça para morder aqueles mamilos escuros até fazê-la pular de dor, puxa para baixo a calça, fica desajeitado ao tentar tirar a calcinha e se ajoelha como um pecador arrependido para primeiro respirar toda a feminidade de Tamara, depois beijá-la e começar a comê-la com uma fome velha e nunca satisfeita.

Com uma força já esquecida ele a ergue e a leva até a mesa, faz Tamara sentar e a sente como nunca havia sentido outra mulher. Duplicam o amor no sofá da sala. Triplicam e se rendem na cama do quarto.

Levanta a tampa da cafeteira e vê o primeiro café, pretíssimo, que brota das entranhas ardentes do aparelho. A claridade começa a superar as árvores e a se filtrar até as janelas da cozinha, e ele prepara um jarro com quatro colheres de açúcar. A manhã promete ser ensolarada e ele sente que não vai fazer tanto frio. Bate o primeiro café no jarro até fundir o açúcar e o devolve à cafeteira, onde produz uma espuma amarela e compacta. Então se serve meio copo para pensar. Ela está dormindo lá em cima, faltam dez minutos para as sete e para ela levantar, calcula enquanto acende o primeiro cigarro. É um ritual repetitivo sem o qual não poderia começar a viver cada dia, e pensa em Rufino e no que aconteceria se acabasse apaixonado por Tamara. Não dá para imaginar, pensa, e até sacode a cabeça para negar, ainda não acredito, pensa, e vê suas roupas e as de Tamara em cima da cadeira onde as deixou antes de fazer o café. Sua vaidade de homem satisfeito e de desempenho sexual memorável mal o deixa pensar, sabe que venceu Rafael Morín e lamenta ainda não ter compartilhado com o Magro essa segunda parte da história, com seus alardes de bem-sucedida conquista e colonização; sabe que não deve, mas não tem jeito, preciso contar a ele.

— Bom dia, tenente — diz ela, e ele quase pula da cadeira; nesse preciso momento percebe que sim, que se não fugir vai se apaixonar.

Para ele é agradável ouvir uma voz de mulher logo no princípio do dia, e então descobre que Tamara é mais bonita assim, com o robe mal abotoado, os lábios sem pintura e um lado do rosto marcado por uma

194

dobra do travesseiro, com todas as mechas infatigáveis, impertinentes, infalíveis e imbatíveis de seu cabelo cobrindo a testa e os olhos, vermelhos pela falta de sono, mas a vê tão dona de uma atitude de mulher bem servida e ainda mais bem atendida, dessas que podem cantar até mesmo areando uma panela encardida, e que agora se aproxima dele e o beija na boca e depois, só depois, pergunta pelo seu café. Ele acaba convencido: ou foge ou se perde.

– Pena ter que trabalhar neste mundo, não é? – diz ela e esconde seu sorriso na xícara.

– O que aconteceria se o seu marido entrasse agora por aquela porta? – pergunta Conde e se dispõe a ouvir outra confissão.

– Eu serviria este café e ele não teria remédio senão dizer que está ótimo, não é?

Viajou no ônibus lotado sem perder o sorriso; depois caminhou seis quadras e continuou sorrindo; entrou na Central e todos viam que sorria, e ainda sorria quando subiu a escada e entrou no escritório, onde o sargento Manuel Palacios o esperava com os pés na escrivaninha e um jornal nas mãos.

– O que há com você? – perguntou Manolo e também riu, pressentindo uma boa notícia.

– Nada, é que hoje é Dia de Reis e estou esperando meu presentinho... Que novidades temos, parceiro?

– Ah, pensei que você ia contar alguma coisa. De novidades, aqui nada... O que fazemos com Maciques?

– Começamos outra vez. Até ele cansar. Só ele pode se cansar. Você viu Patricia?

– Não, mas deixou um recado com a guarda dizendo que ia direto para a empresa. Terminou ontem às oito da noite e acho que hoje amanheceu lá.

– Já checou os relatórios?

– Não, cheguei e comecei a ler essa matéria sobre a aids que saiu no jornal. Que merda, compadre, nem trepar se pode mais neste mundo.

Conde sorriu, podia continuar sorrindo, e disse:

– Aham, estude bem isso aí. Vou ver os relatórios para pegar o Maciques.

– Obrigado, chefinho. Espero que todo dia amanheça contente assim – disse o sargento e pôs de novo os pés na escrivaninha.

Preferiu descer pela escada e, enquanto isso, pensou que estava em forma e que era capaz de escrever. Escreveria um relato muito sórdido sobre um triângulo amoroso no qual os personagens viveriam, com os papéis trocados, uma história que já tinham vivido em outra ocasião. Seria uma história de amor e nostalgia, sem violências nem ódios, com personagens comuns e histórias comuns feito a vida das pessoas que ele conhecia, porque a gente tem que escrever sobre o que conhece, pensou, e lembrou de Hemingway, que escrevia sobre coisas que conhecia, e também do Miki, que escrevia sobre coisas que lhe convinham.

No vestíbulo virou em direção ao Departamento de Informação, de onde saía nesse momento o capitão Jorrín, que parecia esgotado e confuso, convalescente de alguma doença.

– Bom dia, mestre. Como estamos? – apertou sua mão.

– Já temos um, Conde.

– Que bom.

– Não é tão bom assim. Ontem à noite o interrogamos e o cara diz que foi só ele. Quero que você o veja, é teimoso e forte, o sacana, e reage como se não ligasse para nada. E sabe que idade ele tem? Dezesseis anos, Conde, dezesseis. Eu, que estou com trinta anos de polícia, ainda me surpreendo com essas coisas. Eu não tenho conserto... O cara confessa que foi ele, que caiu de porrada no garoto para ficar com a bicicleta dele, e diz isso como se estivesse comentando um jogo, e com a mesma tranquilidade diz que estava sozinho.

– Mas isso não é um menino, capitão. Como o pegaram?

Jorrín sorriu, sacudiu a cabeça e passou a mão na cara, parecendo querer alisar as rugas que lhe sulcavam o rosto.

– Pela descrição da testemunha, e porque o sujeito vinha pedalando na bicicleta do garoto que mataram, todo feliz e despreocupado. Sabe que tem pessoas que fazem coisas desse tipo só para se afirmar?

– Já li sobre isso.

– Esqueça os livros. Se quiser comprovar, vá ver esse cara. É um caso... Sei lá, Conde, mas acho mesmo que preciso largar isto aqui. Cada vez me sinto pior...

Jorrín levantou ligeiramente a mão em sinal de despedida e seguiu para os elevadores. Conde o viu se afastando e pensou que talvez o velho lobo tivesse razão. Trinta anos é muito para esta profissão, pensou, e empurrou a porta do Departamento de Informação. Distribuiu saudações e sorrisos entre as garotas e sentou diante da mesa da sargento Dalia Acosta: era a oficial de guarda do Departamento e sempre valia a pena se questionar como era possível juntar tanto cabelo numa única cabeça de mulher.

– Alguma notícia da Guarda de Fronteira?

– Pouca coisa. Com esse vento do norte não há muita gente que se arrisque, mas, olhe, isto acaba de chegar de La Habana del Este. Dá uma lida...

Conde pegou a folha de computador que a sargento lhe oferecia e depois do cabeçalho leu apenas:

Cadáver não identificado. Evidências de assassinato. Sinais de luta. Caso aberto. Informe preliminar do legista: entre 72 e 96 horas da morte. Encontrado em casa vazia, residencial Brisas del Mar. 5 de janeiro de 1989, 23h.

E jogou a folha sobre a escrivaninha.

– Quando chegou isto, Dalita?

– Há dez minutos, tenente.

– E por que não me chamou?

– Liguei assim que recebi, e Manolo me disse que estava vindo para cá.

– Alguma outra informação?

– Esta outra folha, da Medicina Legal.

– Dá aqui, já, já eu devolvo. Obrigado.

Eu ainda usava uniforme, sempre andava com uma pasta na mão e passava o tempo todo trabalhando nos arquivos e com aquele computador velho que chamávamos de Felicia e parecia uma vitrine misteriosa e muito eficaz. Usava a pistola no cinto, mas não aguentava o quepe e tentava evitá-lo depois que li numa revista que o chapéu é a causa número um da calvície, e nesse dia eram quase nove da noite e eu só queria cair na cama, estava pensando na cama quando caminhava para o ponto de ônibus e ouvi a buzina insistente, xinguei em voz baixa como sempre xingo quem buzina dessa maneira, e olhei para ver a pinta do sujeito, devia ter dois chifres e até um tridente na mão, e vi o braço que me fazia um gesto de saudação por cima do teto do carro. É comigo? Sim, você mesmo, o brilho do para-brisa não me deixava ver bem e estava escuro, então me aproximei com a esperança de arranjar uma carona. Fazia uns cinco anos que não o via, mas, mesmo que houvessem passado cem, iria reconhecê-lo.

– Porra, meu irmão, meus dedos quase caem de tanto buzinar – disse ele, sorria como sempre e, não sei por que, eu também sorri.

– E aí, Rafael – cumprimentei e enfiei a mão pela janela, ele deu um aperto forte –, faz um tempão que não te vejo. E Tamara, como está?

– Você está indo para casa?

– Sim, terminei agora e estava indo embora...

– Vem, te deixo em La Víbora – e entrei no Lada, que cheirava a couro, a linimento e a novo, então Rafael arrancou nessa última vez que vi Rafael Morín.

– Onde você anda? – perguntei, como pergunto a todo mundo que conheço.

– No lugar de sempre, no Ministério da Indústria, vou levando para ver o que acontece – informou em tom despreocupado, e tinha a mesma voz afável e convincente que usava para os amigos, diferente da voz dura e ainda mais convincente que empregava nos discursos.

– Então já te deram um carro, hein?

– Não, ainda não, este é da repartição, mas fica comigo como se fosse meu porque, veja só, estou saindo agora mesmo de uma reunião na Câmara de Comércio, passo a vida assim. É um trabalho duro...

198

– E Tamara? – insisti, e só contou que ela estava bem, fez o trabalho social lá mesmo, em Bejucal, e agora estava numa clínica nova que abriram em Lawton. Não, não, ainda não temos filhos, mas qualquer hora dessas encomendamos um, disse.

– E você, como vai?

Tentei ver que filme passava no cinema Florida quando atravessamos a Agua Dulce e pensei em dizer que não ia lá muito bem, que eu era um burocrata que lidava com informação, que no mês passado operaram o Magro outra vez, que não sabia por que tinha me casado com Maritza, mas não senti vontade.

– Bem, compadre, muito bem.

– Olhe, passe lá em casa para a gente tomar um drinque – propôs então na esquina da Diez de Octubre com a Dolores, e pensei que Rafael nunca me dissera nada parecido, nem ao Magro, ao Coelho ou ao Andrés, a nenhum de nós, e, quando encostou perto do sinal de Santa Catalina para eu saltar, fui capaz de responder:

– Certo, qualquer dia desses. Lembranças a Tamara.

Apertamos outra vez as mãos e o vi dobrar na Santa Catalina, a seta vermelha piscando, deu duas buzinadas de despedida e se afastou no carro que cheirava a novo. Então pensei: seu sacana, interessado em ser meu amigo porque sou da polícia, não é? E tive de rir, nessa última vez que vi Rafael Morín.

Agora faltava o brilho claro de seus olhos e a voz, dramaticamente projetada para a multidão. Faltava o alento imaculado de seu rosto recém-barbeado, lavado, desperto. Faltava o sorriso infalível e seguro que esbanjava luz e simpatias. Parecia ter engordado, com uma gordura violácea e doentia, e precisava urgentemente pentear o cabelo castanho.

– Mas é ele – disse Conde, e o médico legista tornou a cobri-lo com o lençol, como a cortina que cai no último ato de uma peça sem encanto nem emoção.

– Nossa, se não é o meu amigo Conde – disse, e Conde pensou: É mais negro que uma dor de apendicite.

O tenente Raúl Booz sorria, e seus dentes brancos de cavalo jovem davam um pouco de luz à massa nigérrima de seu rosto. Ninguém podia garantir que aquele homem tivesse mais de dois metros ou pesasse mais de cento quilos, mas só de vê-lo Conde ficava nervoso. Como pode ser tão grande e tão negro, pensava quando se levantou e apertou a mão do tenente detetive Raúl Booz.

– Já conhece o sargento Manuel Palacios?

– Conheço – disse Booz, sorriu também para Manolo e se acomodou no sofá que ocupava uma das paredes do escritório. – Então era você que estava atrás desse homem.

Conde confirmou e explicou a história do desaparecimento de Rafael Morín Rodríguez.

– Pois estou te entregando o cara embrulhadinho, meu irmão. Vai ser o caso mais fácil da tua vida. Olhe isto – e lhe passou um relatório que estava no sofá. – Numa das unhas havia um cabelo com tecido capilar. Com certeza do homem que o matou.

– E o que diz a autópsia, tenente?

– Mais claro, só água. Morreu na noite do dia 1º ou na madrugada do dia 2. O médico legista não tem certeza porque o frio ajudou a conservar um pouco, por isso ninguém percebeu que tinha um cadáver lá. Havia fraturas na segunda e na terceira vértebras cervicais que comprimiram a medula, foi isso que provocou a morte, além de uma concussão cerebral forte, mas não mortal.

– Mas como foi, tenente, como pode ter acontecido a coisa? – disparou Manolo sem olhar para o relatório que Conde lhe entregava.

O tenente Raúl Booz, chefe do grupo de criminalística de La Habana del Este, examinou as próprias unhas antes de falar.

– Ontem, mais ou menos às dez da noite, telefonaram para a Delegacia de Guanabo dizendo que havia um cheiro estranho numa casa vazia de Brisas del Mar e que a porta dos fundos estava com a fechadura arrebentada. É um quarteirão onde só há duas casas, essa, que permanece vazia no inverno, e a da mulher que ligou, que fica a uns vinte metros. O pessoal de Guanabo foi lá e encontrou o cadáver no banheiro. Tudo parece indicar que morreu ao cair na banheira, mas a força do golpe foi tamanha que não existe a possibilidade de um escorregão, Palacios. Ele foi empurrado e antes disso houve uma briga, talvez bastante breve, quando o morto arranhou o assassino e lhe arrancou o cabelo que analisamos. É de um homem branco, em torno de quarenta anos, entre um metro e sessenta e dois e um metro e setenta e seis de altura e, é claro, cabelo preto... Vocês já têm um bom começo.

– Talvez já seja o fim, tenente – disse Conde.

– Mas tem uma coisa que complica a história. Talvez o assassinato não tenha sido premeditado, mas depois aconteceu uma coisa muito estranha. O assassino despiu a vítima e levou sua roupa, e também sumiu a maleta ou bolsa de couro que o morto devia estar carregando um pouco antes da briga, porque há restos de couro nas duas mãos, o que significa que o negócio devia pesar bastante e ele precisava passar de uma mão para a outra.

– E outros sinais, de carro ou coisa assim?

– Nada. As pegadas frescas são do morto e estão na porta quebrada, na cozinha, numa poltrona da sala e no banheiro. Parece que ficou lá esperando alguém, na certa o assassino. Vasculhamos a área próxima e não apareceu a maleta nem a roupa do morto. Mas este caso é um verdadeiro presente, não é?

– E o que você acha, Booz, se daqui a duas horas eu telefonar confirmando que o assassino se chama René Maciques? – perguntou Conde enquanto se levantava e ajeitava a pistola que insistia em escapar do cinto.

Conde quis acender um cigarro mas se conteve. Preferiu pegar a caneta e começou a brincar com o botão. No silêncio do cubículo, aquele som monótono retumbava com um eco agressivo.

– E então, Maciques? – perguntou afinal Manolo, e Maciques levantou a cabeça.

É um camaleão, pensou Conde. Não parecia mais o apresentador vital do primeiro encontro, nem o bibliotecário minucioso da gravação. Um dia sem fazer a barba bastara para transformar o chefe de gabinete num projeto de vagabundo-modelo, e o tremor de suas mãos fazia pensar num inverno temível e devastador.

– A culpa foi dele – disse Maciques, e tentou se erguer na cadeira. – Foi ele que fez toda essa confusão quando sentiu que ia ser descoberto. O resto, não sei como aconteceu.

– Acho que sabe sim, Maciques – insistiu Manolo.

– É uma maneira de dizer. O que quero dizer é que não entendo... Ele foi me procurar no dia 30 à noite e disse que o pessoal da Mitachi havia adiantado a viagem e que isso ia complicar a vida dele. Eu nunca soube que complicação era essa, mas podia imaginar, devia ser algum problema de dinheiro, e falou que precisava sair do país. Eu expliquei que aquilo era uma loucura, que não era tão fácil assim, e ele me disse que com uma lancha era fácil, que tinha dez mil pesos cubanos e uns dois mil e tantos dólares para pagar um lancheiro e que eu precisava encontrar um. E então me chantageou com a conta do banco e os papéis do carro. Ainda não sei como conseguiu copiar esses documentos, mas o fato é que conseguiu. Não, não, na história do carro parece que ele já tinha pensado direitinho: ganhou o carro e depois me deu de presente, e claro que eu vendi logo, era um perigo e resolvi vender... Mas então insisti, falei que era uma loucura, que ele estava fazendo sujeira comigo, e ele me disse para encontrar um lancheiro e esquecer o resto. Eu, na verdade, nem tentei procurar o tal lancheiro, pensei que devia haver algum jeito de recuperar aqueles papéis.

– Matando, Maciques?

O homem negou com a cabeça. Era um gesto mecânico e veemente como o tremor de suas mãos.

– Não, sargento, algum outro jeito... Mas, para ganhar tempo, disse a ele que tinha contratado um lancheiro para a madrugada do dia 1º; depois da festa do fim de ano, o homem tem permissão para pesca e falou que é o melhor momento para se sair, então precisávamos estar às quatro em Guanabo, e vocês não imaginam como ele estava na festa.

Já se considerava fora de Cuba e parecia mais petulante e orgulhoso do que nunca, que cara escroto, minha nossa, vocês não perderam nada por não o terem conhecido... Pensando bem, agora acho que eu devia ter parado tudo desde o começo. Mas vocês sabem o que é o medo? Medo de perder tudo, de talvez ir para a cadeia, de não voltar a ser gente nunca mais. Foi por isso que resolvi, fui buscá-lo em casa depois da festa e o levei para Guanabo. Então estacionei lá pelos lados da Veneciana, perto do rio, e disse que ia buscar o homem, mas o que fiz foi caminhar até a praia e ficar um pouco por ali. Quando voltei e falei que tinha de ser à noite, o cara ficou uma fera, eu nunca o tinha visto daquele jeito, me xingou, disse que eu era um merda e sei lá o que mais, disse que eu devia dar graças a Deus que ele fosse se mandar, porque senão ia acabar com a minha raça e mil bobagens assim. Então o levei para aquela casa. Eu sabia que no inverno está sempre vazia, porque um amigo meu a aluga em setembro, entramos e eu disse para ele esperar ali até a noite, porque o lancheiro tinha dito que iam sair bem cedo, e então voltei para Havana.

– E o que você estava pensando em fazer, Maciques?

– Pensar... nada. No que fiz à noite. Ir lá e dizer que estava tudo pronto. Então pegar a pasta com os papéis e mandar o cara arranjar um lancheiro sozinho. E sabem qual foi a primeira coisa que ele me disse quando cheguei? Que ia me escrever de Miami para contar onde tinha escondido as fotocópias, porque elas estavam bem guardadas num lugar onde ninguém ia encontrar. Então fui eu que fiquei puto e falei tudo o que achava dele fazia tempos, e ele me deu um tabefe, mas era uma dama, foi um negocinho assim, de mão aberta, que pegou bem aqui em cima da orelha, e foi então que dei o empurrão e ele caiu e bateu na beirada da banheira... Tudo aconteceu assim – disse Maciques e afundou a cabeça entre os ombros.

– E foi você quem pôs as diárias do Panamá e as outras coisas entre os papéis da empresa, não foi?

– Eu tinha que me proteger, certo? Já suspeitava que ele ia me preparar uma arapuca e eu tinha que me proteger. Que filho da puta – sentenciou, com a última vitalidade que lhe restava.

– E achou que ia se livrar dessa, Maciques? – perguntou Conde e se levantou. Por um instante tinha pensado que aquele homem envelhecido e derrotado era digno de pena, mas foi apenas uma ideia fugaz. A imagem da derrota não podia vencer o sentimento de repugnância que toda aquela história lhe provocava. – Pois achou errado, porque você é igualzinho ao seu finado chefe. A mesma merda da mesma latrina. E não perca o medo que sentiu, Maciques, não perca, porque essa história mal começou – disse, olhou para o sargento Manuel Palacios e saiu do escritório. A dor de cabeça lhe nascia atrás dos olhos e caminhava por sua testa, maligna e tenaz.

Falta um pardal, pensou. No dia anterior o vira em seu ninho, e agora só restavam algumas penas e a palha seca e trançada na forquilha do loureiro. Ainda não pode estar voando; se caiu não se salva, com esses gatos da cozinha não vai se salvar, e esperou que o pardal já fosse capaz de voar. O frio amainara e um sol avermelhado se perdia atrás dos prédios em direção ao mar. Ia ser uma tarde magnífica para aprender a voar.

– Com quantos dias os pardais voam, Manolo?

O sargento soltou a pasta em que grampeava os últimos relatórios e os depoimentos assinados por Maciques e olhou para o tenente.

– Mas o que há com você hoje, Conde? Como é que eu vou saber uma coisa dessas? Só se fosse pardal...

– Olhe, rapaz – apontou-lhe o indicador –, não exagere. Você também se sai com umas perguntas do cacete. Vai, termina logo isso para eu mostrar ao Velho.

– E, falando do rei de Roma, você acha que ele vai nos pagar os dias que está devendo?

Conde sentou em sua cadeira atrás da escrivaninha e esfregou os olhos. A dor de cabeça era apenas uma lembrança, mas estava com sono e começava a sentir fome. O que mais queria era dar um fim à história de Rafael Morín. Sentia-se mal por ter ignorado as verdadeiras potencialidades daquele personagem que, sem alterar a respiração, passava de

204

dirigente a empresário privado, de impecável a pecador, e morria com um golpe único, deixando-o com tantas perguntas que gostaria de ter feito.

– Vamos esperar que a Patricia China termine o serviço na empresa. Ela prometeu me dar o balanço amanhã de manhã, depois nós dois entregamos o relatório completo ao Velho e acho que ele nos autoriza uns dias de folga. Estou precisando. E acho que você também. Como andam as coisas com a Vilma?

– Tudo em ordem, já passou a birra.

– Ainda bem, porque suportar você depois de ser chutado por mulher não é coisa fácil. Mas, enfim, tanto faz, porque essa história já está acabando e talvez eu passe um mês sem ver a tua cara... Vem cá, e afinal quem avisou a mãe de Rafael e a Tamara?

– O major telefonou para o ministro da Indústria.

– Fico com pena da mãe.

– E da mulher, não? Você não vai consolá-la?

– Vá à merda, Manolo – disse, mas sorriu.

– Diga, Conde, como você se sente quando fecha um caso como esse? O tenente estendeu as mãos em cima da mesa. Bem abertas, com as palmas para cima.

– Assim, Manolo, de mãos vazias. Todo o mal já estava feito.

Conde e Manolo se entreolharam, o tenente ofereceu um cigarro ao colega, e então a porta do cubículo se abriu e eles viram entrar um charuto atrás do qual vinha um homem.

– Muito bom o trabalho com Maciques, sargento – disse o major Rangel e se encostou na porta. – E você se superou como sempre, Mario... Que tipo de homem era esse Rafael Morín?

Conde olhou outra vez para Manolo. Não sabia se o major Rangel queria uma resposta ou simplesmente fazer a pergunta em voz alta. Era muito pouco comum ver o Velho fora de sua sala e falando com esse tom de desconcerto, e ambos preferiram se calar.

– A que horas recebo o relatório completo amanhã?

– Às dez?

– Às nove da manhã. Patricia vai terminar esta tarde e deixa a empresa com a Polícia Financeira. Pode aparecer qualquer coisa lá. De maneira que amanhã às nove. Depois os dois se mandam e não aparecem por aqui até sexta-feira, se eu não chamar antes. Amanhã vou criar uma encrenca com essa história de Rafael Morín que vocês nem imaginam. Chega de safadeza e corrupção, depois a gente é que tem que tirar as castanhas do fogo – e sua voz parecia a de um homem muito maior, mais jovem, uma voz acostumada a exigir e a protestar. Observou a cinza impoluta do seu charuto e depois os dois subordinados. – E ainda falam dos delinquentes: são bebês que ainda não largaram o peito, ao lado de um sujeito como ele ou Maciques, e não sei o que vai acontecer dali para cima e para baixo, mas vou pedir sangue... Um respeitável diretor de empresa que lida com milhares e milhares de dólares. Não entendo, não entendo, juro pela minha mãe – abriu a porta e começou a andar atrás do charuto –, mas amanhã às nove estou saindo daqui com o relatório embaixo do braço...

– Não, não inventa. Olha só, nem está mais fazendo frio, além disso amanhã temos que estar cedo aqui para preparar o relatório, quer dizer, o caso não está fechado – implorou Manolo enquanto ligava o motor do carro, e Conde sussurrou: Quem brinca com fogo...
– O que essa mulher fez com você, Manolo? Nossa, está se cagando de medo dela.
O carro saiu do estacionamento da Central, e Manolo continuou negando com a cabeça.
– Você não vai me deixar complexado, pode esquecer. E não me venha com essa conversa de só dois golinhos, eu vou para a casa da Vilma, você faz o que bem entender e amanhã te pego às seis. Onde quer ficar? Além do mais, quando tomo duas doses meu pau não levanta, aí começam as brigas...
Conde sorriu e pensou: esse aí não tem salvação, e abriu a janela do carro. Decididamente, o frio se retirava; estava começando uma noite aprazível, boa para quase qualquer coisa. Ele queria tomar duas doses, e Manolo queria a Vilma. Duas boas opções. Afinal de contas, o caso Rafael Morín estava encerrado, pelo menos para a polícia, e Conde

começava a se sentir vazio. Tinha pela frente dois dias de descanso que afinal nunca saberia em que investir, fazia tempo que não se atrevia a sentar em frente à máquina de escrever – talvez nunca mais o fizesse – para começar um daqueles romances que se prometia fazia muitos anos, e a solidão de sua casa era uma tranquilidade hostil que o desesperava. O caso com Tamara, ele pressentia, era talvez uma coisa efêmera que logo se chocaria com o cotidiano de duas vidas definitivamente distantes, dois mundos que podiam coexistir mas dificilmente se acoplar. E será que eu conseguiria escrever meu romance na biblioteca do velho Valdemira?

– Vamos passar na funerária da avenida de Santa Catalina. O cadáver de Rafael Morín já deve estar lá.

– Pra que, Conde? – pulou Manolo, sempre detestara velórios e não queria incluir mais um na lista.

– Não sei pra quê. Nem tudo precisa ter um pra quê. Quero passar um minuto nesse velório.

– Está bem, compadre – aceitou o sargento. – Mas não é a trabalho, está bem? Deixo você lá e sigo em frente. E amanhã às seis.

O carro avançava pela *calzada* de Santa Catalina e Conde viu uma fila para comprar refrigerante; o motel recém-restaurado, com um anúncio luminoso de dois corações vermelhos atravessados por uma flecha verde feito a esperança, e um casal de jovenzinhos entrando em busca da recepção; viu o ponto de ônibus cheio de gente ansiosa e apressada; os cartazes do cinema e um motorista gritando filho da puta para o sujeito que o ultrapassou pela direita, e disse para si mesmo que ninguém pensava na morte, por isso podiam continuar vivendo, amando, correndo, trabalhando, ofendendo, comendo, até mesmo matando e pensando, e viu então a casa das gêmeas, escura entre suas esculturas e folhas-de-papagaio, brilhante com seus janelões de vidro e suas paredes brancas e seu destino momentaneamente alterado. Dali também saiu Rafael Morín, para apostar tudo ou nada, e perder, para sempre, o sorriso deslumbrante e seguro.

– Às seis, então – disse quando viu a funerária, o portão estava vazio e pensou que talvez o necrotério ainda não tivesse liberado o cadáver do ex-colega. – E cuidado, não vá engravidar a moça.

– Não, nem fale isso, não quero complicar minha vida – sorriu Manolo e apertou a mão que o chefe lhe estendia.

– Vamos, não se faça de malandro, que a Vilma pegou você de jeito.

– Certo, compadre, e daí? – riu outra vez o sargento Manuel Palacios, pisou fundo, e Conde pensou, um dia ele se mata.

Subiu a breve escada da funerária e leu na lousa um único nome: Rafael Morín Rodríguez, sala D. Não era um bom dia para morrer, e a funerária estava meio vazia. Foi até a sala D, mas não teve coragem de entrar. O perfume adocicado das flores de defunto impregnado nas paredes do prédio bateu em seu estômago e então resolveu sentar numa das cadeiras do corredor, perto do cinzeiro de pé e do telefone público. Acendeu um cigarro com gosto de capim molhado. Lá dentro estava, morto e pronto para o esquecimento, Rafael Morín, e aquele seria um enterro muito triste: não viria nenhum dos amigos de fim de ano, de diretorias e viagens ao exterior. Aquele homem estava empestado em mais de um sentido, e possivelmente nem sua própria esposa queria estar ali. Seus velhos amigos do pré-universitário estavam tão distantes que só saberiam daquilo tudo meses mais tarde e talvez duvidassem, não acreditassem. Imaginou como teria sido aquele velório em outras condições, coroas de flores amontoadas por toda a sala, lamentações pela perda daquele funcionário excepcional, tão jovem, o discurso de despedida, emocionante e carregado de adjetivos generosos, doloridos. Deixou o cigarro cair no cinzeiro e caminhou até a porta da sala D. Como um caçador furtivo, lentamente aproximou o rosto do vidro da porta e observou a sala quase vazia como havia previsto: a mãe de Rafael, um lenço apertado no nariz, chorava cercada de um grupo de vizinhas; ali estavam as duas que lavavam roupa aos domingos de manhã, uma delas segurava a mão da anciã e lhe falava ao ouvido: para todas elas, o fracasso de Rafael era de alguma maneira seu próprio fracasso e o desenlace de um destino trágico que o garoto tentara superar. Tamara estava em frente à sogra, e Conde só via a metade de suas costas e os cachos artificiais e indomáveis de seu cabelo. Estava com os ombros tranquilos, talvez deixando escorrer algumas lágrimas silenciosas. Duas cadeiras mais adiante, também de costas para a porta, havia ou-

208

tra mulher, que Conde tentava identificar. Parecia jovem, o corte de cabelo mostrava a nuca, tinha os ombros altos, a pele do braço visível era suave, e então a mulher olhou para Tamara e ofereceu seu perfil: Zaida, reconheceu, e admitiu sua decidida fidelidade. Sete mulheres, uma única colega de trabalho. E, no fundo, o caixão fechado, forrado de pano cinza, insolitamente despido enquanto esperava as flores que sempre demoravam num velório comum. Ia ser um enterro muito triste, pensou outra vez, e foi para a rua.

Pegou um cigarro no bolso do paletó, sentia uma sede profunda, e viu Miki Cara de Boneca na calçada oposta, buscando uma brecha no trânsito, e desejou saber por que viera ao velório. Mas sentiu que era demais para ele e apressou o passo ao subir pela rua lateral, enquanto, sem querer, começava a cantarolar *Strawberry Fields, forever, dan, dan, dan...*

O magro Carlos olhou para o copo como se não entendesse por que estava vazio. A partir do quarto ou quinto gole costumava acontecer isso, e Conde sorriu. Já tinham entornado meia garrafa de rum e não conseguiam espantar a tristeza. O Magro havia pedido para ir ao velório, e Conde se negara a levá-lo, o que você vai fazer lá, não seja mórbido, acusou, e o amigo o proibiu então de colocar música. O Magro respeitava a morte como fazem aqueles que sabem que vão morrer logo, e ambos decidiram afogar em rum as lembranças ruins, os pensamentos fatídicos, as ideias funestas. Mas essas merdas sabem nadar, pensou Conde.

— E o que vai fazer com Tamara, mano? — perguntou o Magro quando o copo recuperou o peso adequado.

— Sei lá, animal, sei lá. Não vai dar certo, e tenho medo de me apaixonar.

— Por que, rapaz, por quê?

— Pelo que pode acontecer depois. Não gosto de sofrer à toa, então sofro por antecipação e pronto.

— Eu sempre falei, você é um sofredor.

– Não é tão fácil, não mesmo – disse e terminou a dose. Deixou o copo na mesinha de centro. – Tenho que ir, amanhã preciso fazer o relatório.

– Vai me deixar quase meio litro? E não vai jantar? Está querendo que a velha Josefina tenha um chilique? Não, bicho, nada disso, depois sou eu quem tem que aguentar a velha dizendo que você não se alimenta, que está magro demais e sou eu o malvado que te dá rum, e que você precisa se cuidar, e quando vai se casar com uma garota legal, ouve só essa, e ter um filho. Hoje não dá mais para aturar isso, já ouvi o suficiente.

Conde sorriu, mas sentia vontade de chorar. Olhou por cima da cabeça do amigo e viu a parede, e viu o pôster desbotado dos Rolling Stones e Mick Jagger com seus dentes de cavalo; a foto tirada na festa dos quinze anos da irmã do Coelho, Pancho sorrindo, o Coelho tentando não rir e o Magro penteado especialmente para a festa, com a franjinha que escondia no pré-universitário jogada em cima das sobrancelhas e os olhos quase fechados, passando um braço pelos ombros de Mario Conde, com aquela cara de susto, irmãos desde sempre; as medalhas leves e de cores falsas que o Magro acumulara quando era muito magro e beisebolista; a já quase invisível etiqueta do Havana Club que alguém, muitos anos antes, colara no espelho no decorrer de uma bebedeira torrencial e que o Magro decidiu conservar para sempre no mesmo lugar. Aquela também era uma parede triste.

– Você já pensou, Magro, por que nós dois somos amigos...?

– Porque um dia te emprestei um canivete no pré-universitário. Olhe, não complique a vida, as coisas são como são e acabou.

– Mas também podiam ser diferentes.

– Mentira, bicho, mentira. Isso é conversa fiada. Não me obrigue a falar mais, porra, só vou te dizer uma coisa: quem nasce para carpinteiro tem que usar martelo. Já está escrito nas estrelas, não queira mudar aquilo que não se pode mudar. E não encha mais o saco. Me dá um pouco de rum, vai.

– Algum dia vou escrever sobre isso, juro – disse Conde e serviu duas doses generosas no copo do amigo.

– É o que você tem que fazer, começar a escrever e não pensar mais. Da próxima vez que quiser falar sobre essa história, me dê por escrito, certo?

– Qualquer dia mando você se foder, Magro.

– Nossa, por que essa agora?

Mario Conde olhou para seu copo e fez a cara do Magro de como pode estar vazio, mas não teve coragem.

– Nada, não ligue – disse, porque pensou que algum dia não iria poder conversar mais com o Magro, chamá-lo de meu irmão, animal, amigo, e dizer a ele que viver é a profissão mais difícil do mundo.

– Mas, vem cá, e afinal onde foi que o outro guardou a maleta com o dinheiro?

– Ficou com medo e jogou no mar.

– Com todo aquele dinheiro?

– Diz que com tudo.

– Que merda, não é?

– É, que merda. Eu me sinto esquisito. Queria encontrar Rafael, quase já não me interessava se vivo ou morto, e agora que ele apareceu é como se quisesse que sumisse de novo. Não quero pensar nele, mas não consigo tirá-lo da cabeça e tenho medo de que isso dure muito tempo. Como deve estar Tamara, hein?

– Olha, bota música – propôs o Magro –, bota música se quiser.

– O que você quer ouvir?

– Beatles?

– Chicago?

– Fórmula V?

– Los Pasos?

– Creedence?

– Aham, Creedence – foi o acordo, e ouviram a voz compacta de Tom Fogerty e as guitarras de Creedence Clearwater Revival.

– Continua sendo a melhor versão de "Proud Mary".

– Isso não se discute.

– Ele canta como se fosse um negro, ouve isso.

– Canta feito Deus, porra.

– Vamos, meninos, não é só de música que vive o homem. Vamos comer – chamou Josefina da porta, tirando o avental, e Conde se perguntou quantas vezes na vida ia ouvir aquele chamado da selva que irmanava os três ao redor de uma mesa insólita que Josefina lutava todo dia para servir. O mundo ia ser difícil sem ela, pensou.

– Recite o cardápio, minha senhora – pediu Conde, já atrás da cadeira de rodas.

– Bacalhau à biscainha, arroz branco, sopa polonesa de *champignons* encorpada por mim com acelga, miúdos de galinha e molho de tomate, banana madura frita e salada de agrião, alface e rabanete.

– E de onde você tira tudo isso, Jose?

– Melhor não perguntar, Condesito. Deixem um golinho de rum pra mim. Hoje me sinto, sei lá, contente.

– É todo seu – Conde ofereceu uma dose e pensou: Como gosto dela, cacete.

Isto é um quarto vazio, pensou, e respirou o cheiro profundo e consistente da solidão. Ali está uma cama vazia, pensou, e viu as formas misteriosas dos lençóis desarrumados que ninguém se preocupava em esticar. Acendeu a luz, e a solidão lhe bateu nos olhos. Rufino dava voltas de carrossel na redondez de seu aquário. Não se canse, Rufino, disse e começou a tirar a roupa. Deixou o paletó em cima da cadeira, jogou a camisa na cama, pôs a pistola sobre o paletó e, depois de tirar os sapatos empurrando-os com os pés, largou a calça *jeans* no chão.

Foi até a cozinha e preparou a cafeteira com os últimos restos de pó que encontrou num pacote. Lavou a garrafa térmica depois de jogar fora o café pálido e fedido que esquecera ali na manhã de um dia anterior que lhe parecia decididamente remoto. Aproveitou o reflexo de seu rosto na vidraça para verificar mais uma vez a anunciada calvície, depois abriu a janela para a tranquilidade noturna do bairro e pensou que também podia ser uma noite perfeita para se sentar sob o poste da esquina e jogar uma partida de dominó, protegido por um bom agasalho de aguardente. Só que fazia muito tempo que ninguém se reunia ali, nem mesmo numa noite como aquela, para jogar dominó e tomar bebidas baratas. Já não nos parecemos nem conosco mesmos, porque nós daquele tempo jamais voltaremos a ser os mesmos, pensou, e se perguntou quando ligaria para Tamara. A solidão me mata, e adoçou o café e serviu uma xícara gigante de amanhecer enquanto acendia o inevitável cigarro.

Voltou para o quarto e, sentado na cama, olhou para Rufino. O peixinho-de-briga estava parado e parecia também olhar para ele.

– Amanhã te dou comida – disse.

Largou a xícara vazia em cima da mesa de cabeceira marcada por outras xícaras largadas e foi até a montanha de livros que esperavam sobre um banquinho sua vez de serem lidos. Percorreu as lombadas com o dedo, procurando um título ou autor que o entusiasmasse, e desistiu no meio do caminho. Estendeu a mão para a estante e escolheu o único livro que nunca acumulava poeira. "Que seja muito sórdido e comovente", repetiu em voz alta, e leu a história do homem que conhece todos os segredos do peixe-banana e que talvez por isso tenha se matado, e dormiu pensando que, pela genialidade pacífica daquele suicídio, aquela história era pura sordidez.

Mantilla, julho de 1990 - janeiro de 1991

OUTROS TÍTULOS DA BOITEMPO

Hereges
Leonardo Padura
Tradução de Ari Roitman e Paulina Wacht (com a colaboração de Bernardo Pericás Neto)

"Aqui, temos de volta a figura instigante e sedutora de Mario Conde, que no passado foi policial e que agora, volta e meia, se mostra um detetive singular. Sua missão é descobrir o que aconteceu com um pequeno quadro pintado por Rembrandt que, em 2007, apareceu num leilão em Londres. E, ao mesmo tempo, descobrir o paradeiro de uma rica e misteriosa adolescente de Havana", da orelha de Eric Nepomuceno.

O homem que amava os cachorros
Leonardo Padura
Tradução de Helena Pita
Prefácio de Gilberto Maringoni

"Esta premiadíssima obra do cubano Leonardo Padura, traduzida para vários idiomas, é e não é uma ficção. Aborda um fato real: após cumprir pena pelo assassinato de Leon Trotski na Cidade do México, Ramón Mercader refugia-se em Cuba", da orelha de Frei Betto.

Cabo de guerra
Ivone Benedetti

"Na diminuta estante da ficção ambientada nos anos de chumbo, *Cabo de guerra* destaca-se por erigir em personagem central um 'cachorro'. Assim era designado pela repressão o militante da luta armada que, traindo seus companheiros, punha-se a seu serviço como espião", da orelha de Bernardo Kucinski.

A cidade & a cidade
China Miéville
Tradução de Fábio Fernandes

"Olhe à sua volta: existe outra cidade dentro da sua cidade, mas você não está vendo. Fronteiras são mais leves do que o ar; há cidadãos invisíveis a você — você mesmo é invisível a determinadas pessoas. O que é uma cidade, o que é uma nação, até que ponto um lugar compõe a sua identidade?", da orelha de Ronaldo Bressane.

Selo da Bielorrússia que faz referência aos vinte anos de retirada das tropas soviéticas do Afeganistão, onde permaneceram de 24 de dezembro de 1979 a 15 de fevereiro de 1989.

Este livro foi composto em Adobe Garamond, corpo 11/14,3, e reimpresso em papel Off White 80 g/m² pela gráfica Forma Certa, para a Boitempo, em agosto de 2024, com tiragem de 300 exemplares.